计算机辅助设计课程教学规划教材

# 3ds Max Design 2010
# 标准实例教程

## 三维书屋工作室

胡仁喜　张日晶　熊慧 等编著

机械工业出版社

本书由浅入深、循序渐进地介绍了用 3ds Max Design 2010 制作模型和动画的基础知识。全书共分 15 章，内容涵盖了 3ds Max Design 2010 简介、对象的基本操作、二维建模、几何体建模、复合建模、网络建模、NURBS 高级建模、物体的修改、材质的使用、贴图的使用、灯光与摄像机、空间变形和粒子系统、环境效果、动画制作初步以及渲染与输出。本书最大的特色在于图文并茂，大量的图片都做了标示和对比，力求让读者通过有限的篇幅，学习尽可能多的知识。基础部分采用参数讲解与举例应用相结合的方法，使读者明白参数意义的同时，能最大限度地学会应用。每章后面都有实战训练，使读者熟练地掌握操作技巧，能独立制作出各种美妙的三维模型和精彩的动画效果。本书适用于初、中级用户，同时也可用作高校相关专业师生和社会培训班的效果图与动画制作培训教材。

## 图书在版编目(CIP)数据

3ds Max Design 2010 标准实例教程/胡仁喜等编著. —北京：机械工业出版社，2010.1

计算机辅助设计课程教学规划教材

ISBN 978 – 7 – 111 – 28875 – 6

Ⅰ.3… Ⅱ.胡… Ⅲ.三维—动画—图形软件，3ds Max Design 2010—教材 Ⅳ.TP391.41

中国版本图书馆 CIP 数据核字（2009）第 240366 号

机械工业出版社（北京市百万庄大街 22 号 邮政编码 100037）
策划编辑：曲彩云 责任编辑：曲彩云
责任印制：杨 曦
北京蓝海印刷有限公司印刷
2010 年 1 月第 1 版第 1 次印刷
184mm×260mm ·19.75 印张·490 千字
0001— 4000 册
标准书号：ISBN 978 –7 –111 –28875 –6
 ISBN 978 –7 –89451 –385 –4（光盘）
定价：45.00 元（含 1CD）

# 出版说明

　　计算机日新月异的发展带动了各行各业的突飞猛进。工业界也在这场计算机革命的风暴中激流勇进，由过去传统的手工绘图设计演变为今天的计算机辅助设计。

　　在这场计算机辅助工业设计的大潮中，世界各大知名设计软件公司都使出浑身解数，推出了一个接一个的计算机辅助设计软件。各个公司的软件都是主要针对工业造型设计进行开发的，功能都强大到足以颠覆过去几个世纪以来一直采用的手工设计体系。但各个软件又各有其不同的侧重点，在计算机辅助设计的不同方向闪耀着独特的夺目光辉。

　　目前我国的工业和艺术设计已全面进入计算机辅助设计时期。世界上一些著名的辅助设计软件都在国内找到了相应稳定的用户群。各科研院所、工厂企业都根据自己行业发展应用需要，选用了其中一个或多个软件作为自己的设计工具。各大专院校也根据人才培养的需要，顺应时代的潮流，根据相关专业应用需要，在课程设置中，已经将这些应用软件的学习列为重要的专业或专业基础课程。

　　为了规范课堂教学，促进计算机辅助设计在工程设计中的全面应用，我们根据各种计算机辅助设计软件在国内的普及程度与目前国内各大中专院校开展教学的实际情况组织了这套计算机辅助设计课程教学规划教材。包括：

《AutoCAD 2011 中文版标准实例教程》

《CAXA 电子图版 2009 标准实例教程》

《UG NX 7.0 中文版标准实例教程》

《Pro/Engineer Wildfire5.0 中文版标准实例教程》

《Solidworks 2010 中文版标准实例教程》

《MasterCAM X4 标准实例教程》

《CATIA V6r2010 中文版标准实例教程》

《SolidEdge V20 中文版标准实例教程》

《3ds Max Design 2010 标准实例教程》

《Corel Draw X4 中文版标准实例教程》

《Photoshop CS4 中文版标准实例教程》

《Illustrator CS4 中文版标准实例教程》

《Altium Designer Winter 09 标准实例教程》

　　参与这套丛书写作的各位老师都是具有多年丰富教学经验的专家学者，对所讲述的软件具有非常丰富的实际应用经验。丛书所有教材兼顾课堂教学和自学需要，讲解力求详细具体，深入浅出。理论讲解的同时，安排了大量的实例，这些实例大多来自作者的工程设计实践，具有鲜明的实践指导作用。在每章的最后还安排了上机操作实例、思考与练习等实践内容，将理论与实践操作有机结合。

# 前　言

随着计算机软硬件性能的提高和游戏、影视、娱乐的蓬勃发展，计算机图形技术的应用越来越流行。特别是计算机三维动画设计，在多媒体设计中占据着相当重要的地位。计算机三维动画设计软件一次又一次地将设计者的想象力发挥得淋漓尽致，其中尤以 3ds Max 系列为最。

3ds Max Design 2010 是由著名的 Autodesk 公司麾下的 Discreet 子公司开发的应用最广、最成功的动画制作软件之一。它是目前世界上销量最大的三维场景制作及动画渲染软件，被广泛应用于电影特技、影视广告、计算机游戏、教育、娱乐、建筑装潢等方面。3ds Max Design 2010 由于其功能强大、使用方便、界面交互性强而成为 3ds 专业制作人员及业余爱好者的首选。现在也有许多人想学习 3ds Max Design 2010 软件，但苦于面对复杂的操作界面无从下手。为了使这些朋友能尽快地熟悉 3ds Max Design 2010 并能初步运用，我们编写了这本书。

本书由浅入深、循序渐进、较全面地介绍了 3ds Max Design 2010 的相关内容。全书共分 15 章。第 1 章基础篇，介绍了 3ds Max Design 2010 的应用领域、新增功能以及软件界面，最后通过一段简单的动画制作讲述了制作动画的一般流程。第 2 章全面介绍了对象的基本操作。包括对象的概念、对象的选取、对象的空间变换、对象的复制以及对象的对齐与缩放。

第 3 章～第 7 章带领读者走进建模的天地。其中第 3 章介绍二维建模的相关知识，包括二维图形的绘制、二维图形的参数区简介、二维图形的编辑以及二维图形转换成三维物体的方法。第 4 章介绍几何体建模的相关知识，内容涵盖标准几何体的创建、扩展几何体的创建、门的创建、窗的创建以及楼梯的创建。第 5 章讲解复合建模，包括 Loft 放样生成三维物体、变形放样对象、布尔运算以及 Morph 变形物体与变形动画。第 6 章以例子的方式展示网格建模的风采。第 7 章又带领读者迈入 NURBS 高级建模的殿堂，包括 NURBS 曲线的创建与修改、NURBS 曲面的创建与修改、NURBS 工具箱的使用以及 NURBS 建模的方法介绍。

结束了建模的介绍，第 8 章开始了物体的修改介绍，全面介绍修改器堆栈的使用和常用编辑修改器的应用，极大地开拓了读者的思路。第 9 章介绍材质的使用，包括材质编辑器简单介绍、标准材质的使用和复合材质的使用。第 10 章是贴图部分，全面介绍了贴图类型、贴图通道的使用以及 UVW map 修改功能的使用。第 11 章讲解灯光与摄像机的相关知识。包括标准光源的建立、光源的控制、灯光的特效以及摄像机的使用。第 12 章介绍空间变形和粒子系统。让读者对用 3ds Max Design 2010 制作大自然景象有了一定的了解，并具备了较强的操作技能。第 13 章是环境效果。内容包括环境特效面板的介绍、环境贴图的运用、雾效和体积光的使用、火焰特效的制作。第 14 章介绍动画制作初步。内容涵盖动画的简单制作、使用功能曲线编辑动画轨迹、使用控制器制作动画。第 15 章讲解渲染与输出的相关知识。包括渲染工具的使用和后期合成的培训。

本书历经 3ds Max 7.0、3ds Max 8.0 和 3ds Max 9.0 几个不同软件版本，这次我们在前面三个版本的基础上，根据读者的反馈和各个学校任课老师的教学优化意见，扩充新的知识，改正旧版本中的个别错误，修订而成最新的版本，新版本最大的特色在于图文并茂，大量的图片都做了标示和对比，力求让读者通过有限的篇幅，学习尽可能多的知识。基础部分采用参数讲解与举例应用相结合的方法，使读者明白参数意义的同时，能最大限度地学会应用。每章后面都有实战训练，使读者熟练地掌握操作技巧，能独立制作出各种美妙的三维模型和精彩的动画效果。

本书由三维书屋工作室总策划，主要由胡仁喜、张日晶和熊慧编写。徐刚、竞水华、孟庆红、魏武、董世斌、方云录、程鹏辉、张俊生、辛文彤、阳平华、周广芬、李鹏、周冰、董伟、李瑞、李世强、陈丽芹、袁涛、王敏、土佩楷、王渊峰、王兵学、许洪也为本书的编写提供了大量的帮助。在此，对他们的工作表示感谢。

尽管我们对书稿进行了多次校审，由于水平所限，难免有不足甚至错误之处，恳请广大读者联系 win760520@126.com 不吝斧正。

作　者

# 目　录

# 第1章 3ds Max Design 2010 简介

本章是 3ds Max Design 2010 的开场篇。将介绍 3ds Max Design 2010 应用最广泛的行业及特点、新增功能，3ds Max Design 2010 的界面介绍部分将详细介绍各部分的作用。最后通过一个动画制作实例来展示利用 3ds Max Design 2010 制作动画的一般步骤。

初学者通过本章的学习可以对 3ds Max Design 2010 有一个感性的认识，为以后的学习打下坚实的基础。有过其他版本学习经验的 3ds Max 爱好者可以初步认识 3ds Max Design 2010 的新功能。

**教学重点与难点**

➢ 3ds Max Design 2010 的应用领域
➢ 3ds Max Design 2010 的新增功能
➢ 3ds Max Design 2010 的界面
➢ 3ds Max Design 2010 制作动画的步骤

## 1.1 3ds Max Design 2010 的应用领域

### 1.1.1 片头广告

3ds Max 开发了特有的文字创建系统和完善的后期工具，令广告制作者不需要其他后期软件就可以制作出漂亮的广告片头。图 1-1 和图 1-2 所示为用 3ds Max 制作的片头。

图 1-1 片头一

图 1-2 片头二

### 📖1.1.2 影视特效

3ds Max Design 2010 在影视制作中应用相当广泛，它与 Discreet 公司推出的 3ds 影视特效合成软件 combustion2.0 完美结合，从而提供了理想的视觉效果、动画及 3D 合成方案。采用 3ds Max 制作特效并获奖的电影作品也在不断增多。如：《角斗士》、《碟中碟 2》、《星战前传》、《黑客帝国》等就是其中的精品。图 1-3 所示为电影中特效镜头。

图 1-3 特效镜头

### 📖1.1.3 建筑装潢

3ds Max Design 2010 在建筑装潢行业中有着相当广泛的应用，它以其强大的建模工具配合快速的渲染功能，尤其在最新的版本中加入了各种高级的渲染器之后使其能够快速地制作出可与彩照相媲美的效果图作品。而且，可以利用 3ds Max Design 2010 强大的动画制作功能制作建筑景观的环游动画。由于使用 3ds Max 制作效果图相对比较容易上手，所以它吸引了越来越多的建筑、装潢工作者，已成为建筑效果图及环境处理的完整解决方案。图 1-4 和图 1-5 所示为建筑与装潢效果图。

图 1-4 建筑装潢一 　　　　　　　　　　　　图 1-5 建筑装潢二

### 📖1.1.4 游戏开发

3ds Max Design 2010 强大的动画制作功能，使它受到了游戏开发者的青睐。在 3ds

Max Design 2010 游戏开发领域中，3ds Max Design 2010 和 character studio 是最佳的开发解决方案。3ds Max 和 character studio 可以提供更多的建立和调整角色的方法。3ds Max Design 2010 还可以使用众多的插件，从而给游戏开发者提供了各种各样的特效工具。图 1-6 所示为用 3ds Max 制作的游戏角色。

图 1-6　游戏

## 1.2　3ds Max Design 2010 的新增功能

### 1.2.1　一般改进

视口改进由于提供了硬件支持，现在可以在视口中预览柔和边缘的阴影、Ambient Occlusion 和曝光控制，节省渲染时间。

视口标签菜单在经过重新组织后变得更加好用，而且加快了对更多显示选项的访问速度。

外观 3ds Max Design 2010 窗口已经过更新，更加方便易用。

### 1.2.2　建模改进

石墨建模工具结合了大量新建多边形建模功能，包括自由形式塑形工具和强大的循环建模工具和动态可配置的新 "Ribbon" 界面中的可靠工具集，如图 1-7 示。

图 1-7　新的建模工具

❖　新的 ProOptimizer 修改器提供了一种简便的方法来改进模型的多边形计数。利用批处理 ProOptimizer 工具，可以使用相同控件同时优化多个场景。对明

3

确的法线的优化支持在此版本中得到了加强。

✧ ProBoolean 提供了两个新的操作：其一为"附加"，该操作只合并对象，而不会影响其几何体；另一操作为"插入"，该操作将一个图形从另一个图形中去除，同时将这两个操作对象保持原样。

✧ 同时，利用新的四边形网格化修改器，可将 ProBoolean 中的四边形镶嵌功能应用到任一对象，从而更容易通过"网格平滑"获得较好的圆角化的边，如图 1-8 所示。

图 1-8　新的四边形网格化修改器

✧ 变换工具框具有便于对象旋转、缩放和定位以及移动对象轴的功能对话框。

✧ xView 将分析网格模型，标记出各种潜在问题和错误，并在视口中以图表和文本形式显示结果。

### 📖1.2.3　场景和项目管理

✧ 在处理复杂场景时，新增的容器工具集可将多个对象收集到单个组织设备，有助于协作并建立灵活的工作流。可以将相关对象（例如城市的多个部分）放置到一个容器中并将它们视为单个元素。打开容器会显示内容，而关闭容器，则会使数据具体化。容器可以从场景临时卸载，根据需要对数据进行切入切出以管理复杂度。此工作流可保存内存，增加视口性能，并减少加载和保存次数。还可以授予或收回容器的编辑权限，以便场景聚合者不一定能够修改内容。

✧ 对 OBJ 文件格式的扩展支持使得在 Autodesk Mudbox 和 Autodesk 3ds Max Design 2010 以及其他 3D 应用程序之间导入导出 3D 模型数据更加方便。现在，您能够查看某个 OBJ 文件是否包含纹理坐标和平滑组。另外，新增了以下 3 种选项：用于在导入时将多边形三角化的选项、用于选择如何导入法线的选项以及用于保存法线和多边形导入的预设值以供将来使用的选项。

✧ 用于导出 DWG 文件的 AutoCAD 2010 选项包含对新的网格对象类型的支持，在 AutoCAD 2010 中已针对细分曲面工作流实现该对象类型。此对象类型去掉了大小限制，并在 AutoCAD 中提供了工具以转换为真正的 ACIS 实体。

✧ 场景资源管理器界面已经过重新排列和更新以便于使用，而且还增加了新功能。例如，现在可以切换资源管理器列并可随时更改高级搜索项。"场景资源管理器"界面如图 1-9 所示。

图 1-9　场景资源管理器

## 1.2.4　材质和贴图

　　新增的"材质资源管理器"界面使得浏览和管理场景中的材质更加轻松。使用"材质资源管理器"可以浏览和管理场景中的所有材质。

　　虽然"材质编辑器"允许设置各个材质的属性，但它在任何时间可同时显示的材质数量有限。使用"材质资源管理器"，可以浏览场景中的所有材质，查看材质应用到的对象，更改材质分配，以及以其他方式管理材质"材质资源管理器"界面，如图 1-10 所示。

　　◇　视口画布提供了用于在视口中直接在对象的纹理上进行绘制的工具。它将活动视口变成二维画布，可以在这个画布上进行绘制。

　　◇　渲染曲面贴图提供了基于对象 UVW 贴图自动创建位图的工具。生成的位图会显示对象的曲面属性，包括凹度/凸性（脏蚀贴图）、网格密度、朝向方向（烟尘贴图）和对象厚度。还有一个"位图选择"功能，用于根据贴图属性选择子对象。

　　◇　3ds Max Design 2010 是第一个整合了来自 mental images 的 mental mill（单独安装）技术的 3D 软件包。利用 mental mill，可以设计、测试和维护任何一种硬件上的明暗器以及复杂的明暗器图表，从而实现具有实时视觉效果反馈的硬件和软件渲染。

　　◇　使用"UVW 展开"修改器的"编辑 UVW"对话框上的新增工具，可更轻松地选择纹理子对象的循环和环以及对齐它们、缝合簇等。

　　◇　新增的 mental ray 明暗器包括 Multi/Sub-Map（利用它可改变多个指定了同一材质的对象的曲面外观）和对象颜色（利用它可将某个对象的线框颜色混合到其材质中）。界面如图 1-11 所示。

图 1-10　"材质管理器"对话框

图 1-11　"Multi/Sub-Map"界面

## 1.2.5　渲染

✧ 渲染帧窗口（显示）界面已针对 3ds Max Design 2010 进行了重新设计。在使用 mental ray 进行渲染时，"渲染"按钮和"产品级/迭代"开关以及其余特定于 mental ray 的控件现在会显示在下部面板中；否则，它们仍位于上部面板中的原有位置。此外，下部面板已经过精简，从而增加了易用性。最为重要的是，利用新的全局调整滑块可临时覆盖反射、折射和软阴影的精度以获得更快的渲染速度或更高质量的渲染效果。也可在"渲染设置"对话框 > 新增的"全局调试参数"卷展栏中使用后几个控件。

✧ "光子贴图"和"最终聚集贴图"控件已得到改进并可从各自的"重用"卷展栏中使用。此卷展栏中新增的控件可以减少使用最终聚集的动画中的闪烁现象。

✧ 另一个可减少使用最终聚集的动画（针对带有移动视点的动画）中闪烁的新增设置为沿摄像机路径的位置投影点。

✧ 使用 mental ray 渲染时，最终聚集现在将提供快速的渐进反馈显示，以便您可以更快地了解整个场景照明。无论是否启用"最终聚集"，都将自动提供此功能。

✧ 改进后的位图分页可渲染比以前版本支持的图像更大的图像。在 3ds Max Design 2010 中，位图分页始终保持活动状态，并且实行自动管理。

✧ 利用新增的"页面文件"系统路径，可指定用于位图分页的区域。如果创建的是大型渲染并且具有可用于缓存的高性能专用磁盘，则此选项可极大地缩短渲染时间。请参见系统路径。

✧ 对 3ds Max Design 2010 处理 Gamma 校正方式的更改提高了其易用性。新增主题 Gamma 管道提供了有关使用此功能的其他信息，特别是 mental ray 渲染器。

## 📖 1.2.6　动画

新增的粒子流工具集 PFlowAdvanced 使组织粒子、在场景中精确放置粒子、自定义系统等操作更加简便。

PFlowAdvanced 还包含 PFlowElements 库，库中至少包含 100 个由业界领先的效果大师创作的示例。可在 3ds Max Design 2010 附带的示例文件 DVD 中找到它们。

现在，可以锁定动画轨迹和动画层以防止意外更改。

链接约束已得到改进，指定某个链接目标即可创建一个可在轨迹栏上和轨迹视窗中操纵的关键点。

ProSound 是 3ds Max Design 2010 的实时多轨音频解决方案，包括对轨迹视图的全面支持和整合。功能包括多达 100 个独立音频轨迹及 AVI 和 WAV 两种文件格式的 PCM 音频，并且具有 6 个输出通道。

## 📖 1.2.7　角色动画改进

利用新增的指节功能，可创建具有更多细节的、更精细的手动画。

标准的 Biped 的手。此设置不允许对手部动画进行精细制作。

启用"指节"后的 Biped 手部。这种手有一个小的根部，并且所有手指都有各种指骨，允许进一步设计细节动画。

## 1.3　3ds Max Design 2010 界面介绍

3ds Max Design 2010 是运行在 Windows 系统之下的三维动画制作软件，具有一般窗口式的软件特征，即窗口式的操作接口。3ds Max Design 2010 的主窗口如图 1-12 所示。

## 📖 1.3.1　菜单栏

3ds Max Design 2010 采用了标准的下拉菜单。它包括 15 个菜单。具体如下：

- ✧ 【3DS】（文件）用于文件管理、重置系统、导入导出对象等。
- ✧ 【Edit】（编辑）用于选择和编辑对象。主要包括对操作步骤的撤消、临时保存、删除、复制和全选、反选等命令。
- ✧ 【Tools】（工具）提供了较为高级的对象变换和管理工具，如镜像、对齐等。
- ✧ 【Group】（组合）用于对象成组，包括成组、分离、加入等命令。
- ✧ 【Views】（视图）用于控制场景窗口，包括保存激活的窗口、栅格等。

❖ 【Create】（创建）用于创建二维图形、标准几何体、扩展几何体、灯光等。

❖ 【Modifiers】（编辑修改器）用于修改造型或接口元素等设置。按照选择编辑、曲线编辑、网格编辑等类别，提供全部内置的修改器。

图1—12　3ds Max Design 2010的操作界面

❖ 【reactor】（反应器）集成了Max的动力学模拟系统Reactor的所有功能。

❖ 【Animation】（动画）用于高级动画设置。提供了IK系统、约束机制、骨骼系统等。

❖ 【Graph Editors】（图形编辑）提供了轨迹视图和概要视图的打开、新建和删除命令。

❖ 【Character】（角色）可以将一个角色所包含的所有元素创建为一个角色集合，并且对这个集合进行编辑。

❖ 【Rendering】（渲染）包括渲染器、视频合成、环境设置、材质编辑器等。

❖ 【Customize】（定制）用于用户自定义接口和视图，从而符合个人习惯。

❖ 【MAXScript】（MAX脚本）用于实现编程语言和3ds Max的接口。

❖ 【Help】（帮助）提供在线帮助等信息。

## 📖1.3.2　工具栏

默认情况下3ds Max Design 2010中只显示主要工具栏。主工具栏工具图标按钮包括选择类工具图标、选择与操作类图标、选择集锁定工具图标、坐标类工具图标、着色类工具图标、链接关系类工具图标和其他一些诸如帮助、对齐、数组复制等工具图标。当前选中的工具按钮呈黄底显示。要打开其他的工具栏可以在工具栏上单击右键，在弹出菜单中选择或配置要显示的工具项和标签工具条，如图1-13所示。

**01** 选择类图标

◆　　【Select Object】（选择物体）：单击它时呈现亮黄色，在任意一个视图内，鼠标变成一白色十字游标。单击要选择的物体即可选中它。

◆　　【Select by Name】（按名称选择）：该图标的功能允许使用者按照场景中对象的名称选择物体。

◆　　【Rectangular Selection Region】（矩形区域选择）：单击此图标时按住鼠标左键不动，会弹出 4 个选取方式，矩形选择就是其一，下面还有 3 个。

◆　　【Circular Selection Region】（圆形区域选择）：用它在视图中拉出的选择区域为一个圆。

◆　　【Fence Selection Region】（不规则区域选择）：在视图中，用鼠标选定第一点，拉出直线再选定第二点，如此拉出不规则的区域将所要编辑区域全部选中。

◆　　【Lassoa Selection Region】（套索区域选择）：在视图中，用鼠标滑过视图，会产生一个轨迹，以这条轨迹为选择区域的选择方法就是套索区域选择。

```
Customize...
✓ Command Panel
✓ Main Toolbar
  Axis Constraints
  Layers
  reactor
  Extras
  Render Shortcuts
  Snaps
  Animation Layers
  Containers
  Brush Presets
```

图 1-13　配置菜单

◆　All　【Selection Fliter】（选择过滤器）：用来设置过滤器种类。

◆　　【Named Selection Sets】（选择集设定）：将工具栏向左拖拽，可以找到此图标。通过选择集对话框进行物体的选择、合并和删除等操作。

**02**　选择与操作类图标

◆　　【Select and Move】（选择并移动）：用它选择了对象后，能对所选对象进行移动操作。

◆　　【Select and Rotate】（选择并旋转）：用它选择了对象后，能对所选对象进行旋转操作。

◆　　【Select and Scale】（选择并缩放）：用它选择了对象后，能对所选对象进行缩放操作。它下面还有两个缩放工具，一个是正比例缩放，一个是非比例缩放，按住缩放工具按钮就可以看到这两个缩放的图标。

**03**　链接关系类图标

◆　　【Select and Link】（选择并链接）：将两个物体链接成父子关系，第一个被选择的物体是第二个物体的子体，这种链接关系是 3d studio max 中的动画基础。

◆　　【Unlink Selection】（取消链接）：单击此按钮时，上述的父子关系将不复存在。

◆　　【Bind to Space Warp】（结合空间扭曲）：将空间扭曲结合到指定对象上，使物体产生空间扭曲和空间扭曲动画。

**04**　复制、视图工具图标

◆　　【Mirror Selected Objects】（镜像）：第一个工具按钮是对当前选择的

物体进行镜像操作。

- ❖ 【Align】（对齐）：第二个工具按钮用于对齐当前的对象，其下还有 5 种对齐方式，可应用于不同的情况之下。

- ❖ 【Curve Editer】（轨迹视图）：第一个按钮打开轨迹窗口。

- ❖ 【Open Schematic View】（打开层级关系）：第二个按钮打开层级视图以显示关联物体的父子关系。

- ❖ 【Material Editer】（材质编辑器）：第三个按钮打开材质编辑器，快捷键为 M。

**05** 捕捉类工具图标

- ❖ 【Snap Toggle】三维捕捉开关：单击打开/关闭三维捕捉模式开关。

- ❖ 【Angle Snap Toggle】角度捕捉：单击打开/关闭角度捕捉模式开关。

- ❖ 【Percent snap】百分比捕捉：单击打开/关闭百分比捕捉模式开关。

- ❖ 【Spinner Snap Toggle】旋转器锁定：单击打开/关闭旋转器锁定开关。

**06** 其他工具图标

- ❖ 撤消和重复工具按钮：左边按钮为撤消按钮，右边为重复按钮。

- ❖ 渲染工具按钮（工具栏最右边），第一个是渲染场景，打开后弹出一个渲染窗，可以设置输出动画大小，图质等设置等。第三个是快速渲染，所有参数和上一次渲染的参数一样。

## 1.3.3 命令面板

在 3ds Max Design 2010 主接口的右侧是命令面板区域，可以通过控制按钮 （创建）、 （修改）、 （层级）、 （运动）、 （显示）、 （应用）等在不同的命令面板中进行切换。

命令面板是一种可以卷起或展开的板状结构，上面布满当前操作各种相关参数。当选择某个控制按钮后，便弹出相应的命令面板，上面有一些标有功能名称的横条状卷页框，左侧带有"＋"或"－"号。"＋"号表示此卷页框控制的命令已经关闭，相反，"－"号表示此卷页框控制的命令是展开的。图 1-14～图 1-16 所示为各控制面板的截图。

> 技巧：鼠标在命令面板某些区域呈现手形图标，此时可以按住鼠标左键上下移动命令面板到相应的位置，以选择相应的命令按钮、编辑参数以及各种设定等。

**01** 创建（Create）命令面板

下面分别介绍其中的子面板。Create 面板如图 1-14 所示。

- ❖ 【Geometry】（几何体）：Geometry 按钮可以生成标准几何体、扩展几何体、合成物体、粒子系统、网格面片、NURBS 曲面、动力学物体等。

- ❖ 【Shapes】（平面图形）：Shapes 按钮可以生成二维图形，并沿某个路径放样生成三维造型。

❖ 　▣【Lights】（灯光）：包括泛光灯、聚光灯等，模拟现实生活中各种灯光造型。

❖ 　▣【Cameras】（摄像机）：生成目标摄像机或自由摄像机。

❖ 　▣【Helpers】（辅助工具）：生成一系列起到辅助制作功能的特殊对象。

❖ 　▧【Space Warps】（空间扭曲）：生成空间扭曲以模拟风、引力等特殊效果。

❖ 　▣【Systems】（系统）：具有特殊功能的组合工具，生成日光、骨骼等系统。

**02** 修改（Modify）命令面板

如果要修改对象的参数，就需要进入修改命令面板，在面板中可以对物体应用各种修改器，每次应用的修改器都会记录下来，保存在修改器堆栈中。修改命令面板一般由 4 部分组成。如图 1-15 所示。

❖ 　名字和颜色区：名字和颜色区显示了修改对象的名字和颜色。

❖ 　修改命令区：可以选择相应的修改器。单击 Configure Modifier Sets（修改器配置）▣，通过它来配置有个性的修改器面板。

❖ 　堆栈区：在这里记录了你对物体每次进行的修改，以便随时对以前的修改作出更正。

❖ 　参数区：显示了当前堆栈区中被选对象的参数，随物体和修改器的不同而不同。

**03** 层级（Hierarchy）命令面板

这个命令面板方便地提供了对物体链接控制的功能（如图 1-16）。通过它可以生成 IK 链，可以创建物体间的父子关系，多个物体的链接可以形成非常复杂的层次树。提供了正向运动和反向运动双向控制的功能。层级命令面板包括 3 部分：

图 1-14　Create 面板

图 1-15　Modify 面板

图 1-16　Hierarchy 命令面板

◆ 【Pivot】（轴心点）：3ds Max 中的所有物体都只有一个轴心点，轴心点的作用主要是：作为变动修改中心的默认位置。当为物体施加一个变动修改时，进入它的 Center（中心）次物体级，在默认的情况下轴心点将成为变动的中心。作为缩放和旋转变换的中心点。作为父物体与其子物体链接的中心，子物体将针对此中心进行变换操作。作为反向链接运动的链接坐标中心。

◆ 【IK】（反向运动）：是根据反向运动学的原理，对复合链接的物体进行运动控制。当移动父对象的时候，它的子对象也会随之运动，而当移动子对象的时候，如果父对象不跟着运动，这叫正向运动，否则称为反向运动。简单地说，IK 反向运动就是当移动于对象的时候，父对象也跟着一起运动。使用 IK 可以快速准确地完成复杂的复合动画。

◆ 【Link Info】（链接信息）：链接信息是用来控制物体在移动、旋转、缩放时，在 3 个坐标轴上的锁定和继承情况。

**04** 运动（Motion）命令面板

通过运动命令面板可以控制被选择物体的运动轨迹，还可以为它指定各种动画控制器，同时对各关键点的信息进行编辑操作（如图 1-17）运动命令面板包括两部分。

◆ 【Parameters】（参数）：在参数面板内可以为物体指定各种动画控制器，还可以建立或删除动画的关键点。

◆ 【Trajectories】（轨迹）：进入轨迹控制面板，可以在视图中显示物体的运动轨迹，在轨迹曲线上白点代表过渡帧的位置点，白色方框点代表关键点。可以通过变换工具对关键点进行移动、缩放、旋转以改变物体运动轨迹的形态，还可以将其他的曲线替换为运动轨迹。

图 1-17　Motion 命令面板

## 📖 1.3.4　窗口

在 3ds Max Design 2010 主接口中的 4 个视图是三维空间内同一物体在不同视角的一种反映。系统本身默认视图设置为 4 个。

◆ Top 视图（顶视图）：即从物体上方往下观察的空间，默认布置在视图区的左上角。在这个空间里没有深度的概念，只能编辑对象的上表面，在 Top 视图里移动物体，只能在 XZ 平面内移动，不能在 Y 方向移动。

◆ Front 视图（前视图）：即从物体正前方看过去的空间，默认布置在视图区的右上角。在这个视图中没有宽的概念，物体只能在 XY 平面内移动。

◆ Left 视图（左视图）：从物体左面看过去的空间，默认布置在视图区左下角。在这个空间没有宽的概念，物体只能在 XZ 平面内移动。

◆ Perspective 视图（透视图）：通常所讲的三视图就是上面的 3 个。在一个三维空间里，操作一个三维物体比二维要复杂得多，于是人们设计出三视图。在三视图的任何一个之中，对对象的操作都像是在二维空间中一样。假如只有这

3 个视图，那就体现不出 3D 软件的精妙，Perspective 视图正为此而存在。

> 说明：观察一栋楼房，总是感到离观察者远的地方要比离得近的地方矮一些，而实际上是一样高，这就是透视效果。

透视使一个视力正常的人看到空间物体的比例关系。因为有了透视效果，才会有空间上的深度和广度感觉。Perspective 视图加上前面的 3 个视图，就构成了计算机模拟三维空间的基本内容。

默认的 4 个视图不是固定不变的，可以通过快捷键来进行切换。快捷键与视图对应关系如下：

T＝Top（顶视图）；B＝Bottom（底视图）；L＝Left（左视图）；R＝Right（右视图）；

F＝Front（前视图）；K＝Back（后视图）；C＝Camera（摄像机视图）；

U＝User（用户视图）；P＝Perspective（透视图）。

## 📖 1.3.5　窗口导航控制

视图控制器各按钮用于控制视图中显示图像的大小状态，熟练地运用这些按钮，可以大大提高工作效率。

- ✧ 【Zoom】按钮📷：单击此按钮，在任意视图中按住鼠标左键不放，上下拖动鼠标，可以拉近或推远场景。
- ✧ 【Zoom All】按钮📷：和【Zoom】用法相同，只是它影响的是所有可见的视图。
- ✧ 【Zoom Extents】按钮📷：单击此按钮，当前视图以最大方式显示。
- ✧ 【Zoom Extents All Selected】按钮📷：单击此按钮，在所有视图中，被选择的物体均以最大方式显示。
- ✧ 【Zoom　Region】按钮📷：单击此按钮，用鼠标在想放大的区域拉出一个矩形框，矩形框内的所有物体组成的整体以最大方式在本视图中显示，不影响其他视图。
- ✧ 【Pan View】按钮📷：单击此按钮，在任意视图拖动鼠标，可以移动视图观察窗。
- ✧ 【Arc Rotate】按钮📷：单击此按钮，视图中出现一个黄圈，可以在圈内、圈外或圈上的 4 个顶点上拖动鼠标以改变物体在视图中的角度。在透视图以外的视图应用此命令，视图自动切换为用户视图。如果想恢复原来的视图，可以用刚学的快捷键来实现。
- ✧ 【Min/Max Toggle】按钮📷：单击此按钮，当前视图全屏显示。再次单击，可恢复为原来状态。

## 📖 1.3.6　时间滑块

主要用在动画制作中。可以在每一帧设置不同的物体状态，然后按照时间的先后顺序播放，这就是动画的基本原理。时间滑块就是我们需要调整某一帧的状态时的工具。

如图 1-18 所示。

图 1-18　时间滑块

### 1.3.7　信息提示栏

信息提示栏给出了目前操作的状态。其中 X、Y、Z 文本框分别表示当前游标在当前窗口中的具体坐标位置，读者可移动游标察看文本框的变化。提示区给出了目前操作工具的扩展描述及使用方法。如选中等比缩放按钮时，提示区就会出现提示信息："Click and drag to select and scale"（单击并拖动来选择和缩放对象），如图 1-19 所示。

图 1-19　信息提示栏

### 1.3.8　动画记录控制区

- ✧ 【Go to Start】到起始帧：退到第 0 帧动画帧。
- ✧ 【Previous Frame】前一帧：回到前一动画帧。
- ✧ 【Play Animation】播放动画：在当前视图窗口播放制作的动画。
- ✧ 【Next Frame】后一帧：前进到后一动画帧。
- ✧ 【Go to End】到结束帧：回到最后的动画帧。
- ✧ 【Key Mode Toggle】关键帧模式：单击此图表，仅对动画关键帧进行操作。
- ✧ 时间控制器：输入数值后，进至相应的动画帧。
- ✧ 【Time Configuration】时间配置器：单击图标，可以在对话框中设置动画模式和总帧数。

## 1.4　简单三维动画实例

为了使大家对用 3ds Max Design 2010 制作动画有一个初步的认识，下面将用一个弹跳小球的动画制作来介绍动画制作的全过程。

制作动画的步骤：

- ✧ 确定情节。
- ✧ 制作模型及场景。
- ✧ 制作动画，调节物体在各关键帧上的状态。
- ✧ 为模型和场景添加材质和贴图，设置背景。

## 1.4.1　确定情节

该动画的情节是：在风景优美的原野上有一条狭长的木质轨道。从远处飞过来一个布质小球，正好打在木质轨道上，弹了两下之后，向木板的另一端滚去。

## 1.4.2　制作模型及场景

❶ 单击【3DS】菜单中的【Reset】命令，重新设置系统。

❷ 在 Top 视图单击鼠标右键，激活视图。单击【Create】面板 |【Geometry】（三维造型）|【Box】（盒子），在 Top 视图拉出一个长方体，作为小球运动的轨道。

❸ 在 Front 视图的空白处单击鼠标右键，激活视图。单击【Create】面板 |【Geometry】（三维造型）|【Sphere】（球体），在轨道的左上方建立一个球体。

❹ 点击移动按钮 ，选中球体，将球体移到合适位置。单击右下方的视图调整工具【Zoom Extents All Selected】按钮 ，结果如图 1-20 所示。

❺ 至此，模型及场景制作完毕。

图 1-20　小球模型及轨道

## 1.4.3　制作动画

❶ 激活 Front 视图，单击右下方的视图调整工具【Maximize Viewport Toggle】按钮 ，将 Front 视图最大化。

❷ 单击【Auto Key】按钮开始制作动画。

❸ 单击选中小球，将时间划块移动到第 10 帧。选取移动按钮 ，将小球沿 X 轴向右移动 4 格，向下移动 5 格，使其刚好与轨道接触，如图 1-21 所示。

图 1-21　第一次移动小球后前视图　　　　　图 1-22　第一次压缩小球后前视图

❹将时间滑块拖动到第 12 帧，按住【Select and Uniform Scale】（选择并等比缩放）按钮不放，在弹出的下拉选单中选择【Select and Non Uniform Scale】（选择并非等比缩放）按钮，将鼠标移动到 Y 轴上，当 Y 轴变成黄色而 X 轴依然为红色时，单击左键并拖动鼠标，沿 Y 轴方向压缩小球，如图 1-22 所示。

❺可以看到，非等比压缩后，小球和轨道之间产生了一些距离，这不是我们想看到的。选取移动工具，沿 Y 轴向下移动小球，使小球与轨道接触。如图 1-23 所示。

❻将时间划块移动到第 30 帧。选取移动工具，将小球向右沿 X 轴移动 4 格，然后沿 Y 轴向上移动 4 格，结果如图 1-24 所示。

图 1-23　压缩后移至与平板接触　　　　　图 1-24　第二次移动后的位置

❼选取【Select and Non Uniform Scale】（选择并非等比缩放）按钮，沿 Y 轴将压扁的小球复原，如图 1-25 所示。

❽将时间划块移动到第 50 帧。选取移动工具，将小球向右沿 X 轴移动 4 格，然后沿 Y 轴向下移动 4 格，结果如图 1-26 所示。

❾将时间划块移动到第 52 帧，选取【Select and Non- uniform Scale】（选择并非等比缩放）按钮，沿 Y 轴将小球压扁，如图 1-27 所示。

❿按照第 5 步操作，将小球移动到与轨道接触，如图 1-28 所示。

⓫按照第 6 步~第 8 步的操作，给小球在 70 帧~90 帧之间添加同第 10 帧~50 帧之间一样的动画。最后结果如图 1-29、图 1-30 所示。

⓬将时间滑块移动到第 100 帧。用移动工具将小球移至轨道的末端，并在【Select

and Rotate】（选择并旋转）工具按钮上单击右键，此时弹出对话框如图 1-31 所示。在光标位置输入-360，然后按回车键，结果如图 1-32 所示。

图 1-25　将压扁的小球复原

图 1-26　移动后的小球

图 1-27　压缩后的小球

图 1-28　压缩后移动至与板面相接

图 1-29　弹起后的小球

图 1-30　落地后的小球

图 1-31　旋转对话框

图 1-32　最后一帧的小球位置

⓭点击【Auto Key】按钮，结束动画制作。此时，可以点击【Play Animation】（播放）按钮 ▶️，在 Perspective 视图观看制作的动画。

## 📖1.4.4　为模型和场景添加材质和贴图

❶ 选中小球，单击【Material Editor】（材质编辑器）按钮 🖼️，打开材质编辑器。选择第一个材质球，单击 <u>Blinn Basic Parameters</u> 卷展栏下【Diffuse】旁边的小白块。在弹出的对话框中双击选择 Bitmap 贴图方式。从弹出的对话框中选择一副布料图片（光盘中的贴图 / PAT0127.tga 文件），点 OK 按钮，可以看到材质球发生了变化，如图 1-33 所示。

❷单击【Assign Material to Selection】（将材质赋给物体）按钮，即把材质赋给了小球。点击【Show Map in Viewport】（在视图中显示贴图）按钮 🖼️，观看 Perspective 视图，可见小球被贴上了纤维样的图片，如图 1-34 所示。

图 1-33　材质编辑器　　　　　　　　　图 1-34　赋了材质和贴图的小球

❸采用同样方法，给轨道贴上木板材质，如图 1-35 所示。

图 1-35　贴了图的小球和轨道

❹点击菜单栏中的 Rendring/Enviroment，打开环境贴图面板，单击图 1-36 所示的

按钮选择一幅背景图片（光盘中的贴图/ MEADOW1.jpg 文件）。

❺至此，场景中的模型贴图完毕。渲染透视图，可以看到效果图。如图 1-37 所示。

图 1-36　环境贴图框

图 1-37　环境贴图后的渲染效果

# 1.5　课后习题

## 1．填空题

（1）3ds Max Design 2010 的应用领域主要包括_____、_____、_____和_____。

（2）在影视制作中，3ds Max Design 2010 常与_____软件结合使用。

（3）在 3d 游戏开发领域中，3ds Max 和_____是最佳的开发解决方案。

## 2．问答题

（1）　3ds Max Design 2010 工作界面有哪些方面的改进？

（2）3ds Max Design 2010 在渲染方面有哪些新功能？

（3）3ds Max Design 2010 默认有几个视图，各代表什么含义？

（4）制作动画一般包括哪些步骤？

## 3．操作题

（1）运行 3ds Max Design 2010，观察并熟悉用户界面。

（2）建立一个简单的三维物体，观察 4 个视图中的形状。

（3）仿照 1.4 节中的方法，制作一段简单动画。

# 第 2 章　对象的基本操作

**教学目标**

在利用 3ds Max Design 2010 进行建模、动画设计的过程中，我们必须掌握一定的技巧，但是这些技巧是建立在很好地掌握基本概念、基本变换的基础之上的。所以只有抓住核心概念，熟练掌握基本操作、基本变换，并能举一反三，才不会迷失在技巧的海洋里。本章着重介绍三维设计中对象的概念、对象的选择、对象的基本空间变换以及对象的复制等基础知识。

**教学重点与难点**

➢ 对象的概念
➢ 对象的空间变换技巧
➢ 对象的几种复制方式

## 2.1　对象简介

3ds Max 是开放的面向对象性的设计软件，从编程的角度讲，不仅创建的三维场景属于对象，灯光镜头属于对象，材质编辑器属于对象，甚至贴图和外部插件也属于对象。对象分为两类：一种对象是场景中创建的几何体、灯光、镜头及虚拟物体，为了方便学习，我们将视图中创建的称为场景对象；另一种对象是菜单栏、下拉框、材质编辑器、编辑修改器、动画控制器和贴图等，称为特定对象。

### 2.1.1　参数化对象

3ds Max Design 2010 提供了强大的精细定义或修改对象的参数功能，可以准确确定对象的各种属性。参数化的对象极大地加强了 3ds Max 的建模、修改和动画能力。当用户在视图中建立一个对象的时候，系统自动生成与之相关的参数。当修改这些参数时，视图中的对象也发生变化。

❶ 单击【Create】（创建）命令面板，按下【Geometry】（几何体）按钮，在【Object Type】（对象类型）卷展栏里选择【Cylinder】（圆柱）。

❷ 在顶视图中按住鼠标左键并拖动，拉出长方体的底面，松开鼠标，向上或向下移动鼠标，至合适位置再次单击鼠标左键，完成长方体的创建，结果如图 2-1 所示。

❸ 从右面的面板看出，系统已经为刚创建好的盒子生成了各种参数，如图 2-2 所示。

❹ 调整这些参数，发现视图中圆柱也发生相应的变化。初学者可边调节边观察圆柱

在透视图中的形状，从而熟悉各参数的作用。需要注意的是，有些参数在小范围内对对象的影响不大，读者可大胆调节，观察变化。

图 2-1　透视图中的对象

图 2-2　系统为对象生成的参数

## 2.1.2　主对象与次对象

- ❖ 主对象：指用【Create】命令面板的各种功能创建的带有参数的原始对象。
- ❖ 主对象的类型：二维形体、放样路径、三维造型、运动轨迹、灯光、摄像机等。
- ❖ 次对象：指主对象中可以被选定并且可操作的组件。
- ❖ 常见的次对象：组成形体的点、线、面和运动轨迹中的关键点。
- ❖ 其他类型的次对象：有网格或片面对象的节点、边和面，放样对象的路径及型，布尔运算和变形的目标，【NURBS】对象的控制点、控制节点、导入点、曲线、表面等。

> 说明：所有的次对象都能通过【Modify】（修改）命令面板【Sub-Object】（次物体对象）选项操作。

下面通过例子来展现主对象与次对象：

❶ 单击【Create】（创建）命令面板，按下【Geometry】（几何体）按钮，在【Object Type】（对象类型）卷展栏里选择【Sphere】（球体）。

❷ 在顶视图中按住鼠标左键并拖动，创建出一个球体，结果如图 2-3 所示。视图中的球体即为主对象。

❸ 选中球体，点击【Modify】（修改）命令面板，在【Modifier List】列表中单击【Edit mesh】选项，在参数区【Slection】下选择【Polygon】（四方形）选项，按住 Shift 键选择几个四方形面片，如图 2-4 所示。这些面片即为球的次对象。

图 2-3　主对象——球体

图 2-4　次对象——面片

# 2.2 对象的选择

## 📖 2.2.1 使用单击选择

在 3ds Max 的选择方法中，通过单击鼠标来选择对象是最常用最简单的方法。采用这种方法的前提是，已经在工具栏中按下了选取工具，包括【Select Object】（选择物体）按钮、【Select and Move】（选择并移动）按钮，【Select and Rotate】（选择并旋转）按钮等。对象是否被选中，要看视图中对象的状态。初学者应仔细观察。

❶ 单击【Create】（创建）命令面板，按下【Geometry】（几何体）按钮，在【Object Type】（对象类型）卷展栏里选择【Teapot】（茶壶）。

❷ 在顶视图中按住鼠标左键并拖动，创建一个茶壶。在空白处单击左键，结果如图 2-5 所示（注意光标的形状为箭头形）。

 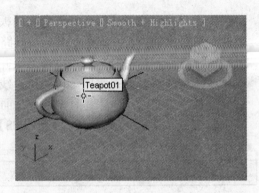

图 2-5 空白处的光标                图 2-6 茶壶上的光标

❸ 在工具面板上选择【Select Object】（选择物体）按钮⬜，移动鼠标在茶壶上，此时鼠标变成一个白色的十字形，同时出现茶壶的名字 Teapot01，如图 2-6 所示。单击鼠标左键，即可选中物体。此时物体四周出现白色边框。表明物体已经被选中，如图 2-7 所示。

图 2-7 处于选中状态的茶壶

## 2.2.2　使用区域选择

在建模过程中，我们常常需要选择某一区域内的多个对象，这时可以使用区域选择。

❶ 单击【Create】（创建）命令面板，按下【Geometry】（几何体）按钮，在【Object Type】（对象类型）卷展栏下任意选择几个物体。在透视图中创建几个物体。

❷ 在工具面板上选择【Select Object】（选择物体）按钮，在透视图中拉出一个矩形框，使要选择的对象都在矩形框内，或者和框相交，如图 2-8 所示。

图 2-8　用鼠标拖出的白色虚线框图　　　　图 2-9　被白色虚线框包围的物体被选中

❸ 释放鼠标，则该区域内的所有对象都被选中。被选中的物体周围出现白色边框，如图 2-9 所示。

❹ 按住工具栏中的□按钮不放，在其下弹出其他区域形状的选择按钮，包括圆形区域选择按钮、自由多边形区域选择按钮以及套索区域选择按钮。任意选取一个按钮，区域选择时即按照相应的形状进行。

❺ 圆形区域选择按钮□：以鼠标单击的点为圆心，可以拖出一个圆形区域。在该区域内的物体会被选中。

❻ 自由多边形区域选择按钮□：以鼠标单击的点为起点，定义第一条边，可以任意拖动以定义更多的边，最后双击或者在起点单击以封闭该多边形区域。在该区域内的对象将被选中。

❼ 套索区域选择按钮□：此工具类似画图软件中套索工具，以鼠标单击的点为起点，可以拖出一个闭合的不规则区域，在此区域内的对象将被选中。

❽ 窗体交叉按钮□：按下此按钮时即变成□。运用区域选择工具时，只有完全包含在区域内对象才会被选中，而与选择区域相交对象不会被选中，如图 2-10、图 2-11 所示。

图 2-10　按下窗体交叉按钮时的选择效果　　　图 2-11　按下窗体交叉按钮时的选择框位置

建议读者多尝试，变换区域选择按钮，体会其功能。

### 2.2.3 根据名字选择

在建模过程中，如果场景比较复杂，对象比较多，往往要按一定的规则为对象命名。默认情况下，系统会为创建的对象自动命名，如 Cylinder01。这样，在选择对象的时候就可以根据名称选择。这一方法特别适合大场景的制作。

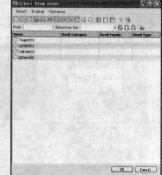

❶ 以 2.2.2 节中的对象为例。场景中有一个茶壶、两个球体、一个圆柱共 4 个对象。系统自动为它们赋予的名字分别为 Teapot01、Sphere01、Sphere02 和 Cylinder01。

❷在工具面板上选择【Select by Name】（用名字选择）按钮，此时屏幕弹出对话框，如图 2-12 所示。

❸可以在列表框上方的文本框中输入需要选择对象的名称进行选择。也可以在名称列表中单击所要选择的对象名称，再点击【Select】按钮，对象即被选中。也可以双击直接选择。

图 2-12　名字选择对话框

❹当需要选择多个对象时，可以按住键盘上的 Ctrl 或者 Shift 键的同时，选择其他对象的名称。

❺当对象较多时，可以使用右侧的控制列表来分类显示对象的名称。

### 2.2.4 根据颜色选择

3ds Max Design 2010 还提供了按照颜色选择对象的方法。该方法常用来选择一组颜色相同的对象，这就要求在创建对象时要合理分组设置对象的颜色。下面以 2.2.2 节中的对象为例介绍：

❶场景中有一个茶壶、两个球体、一个圆柱共 4 个对象。

❷选中茶壶和圆柱，单击右边面板上【Name and Color】栏中的色块，并在打开的颜色对话框中为两者赋予相同的颜色，结果如图 2-13 所示。

❸选择菜单栏上【Edit】按钮，在下拉菜单里选择【Select By】，在其子菜单里选择【Color】命令。然后将鼠标移到场景中的茶壶上，此时，鼠标指针形状变化为 ![icon]。

❹在茶壶上单击鼠标左键，则与茶壶颜色相同的对象均被选中。如图 2-14 所示。

图 2-13　为茶壶和圆柱赋予相同颜色

图 2-14　两者均被选中

### 2.2.5  利用选择过滤器选择

利用下拉菜单选择，可以过滤掉所要选择的对象类型之外的对象。下面以 2.2.2 节中的对象为例介绍：

❶为了能利用下拉菜单选择，在场景中加入一个圆形和椭圆形。

❷选取工具栏上【Selection Filter】（选择过滤器），在下拉列表中选择【Shapes】命令。

❸在工具栏上选择【Select Object】（选择物体）按钮，在透视图中拉出一个矩形框，将视图中所有的对象都囊括在内，如图 2-15 所示。

图 2-15  区域选择框中的对象　　　　　图 2-16  选择对象的结果

### 2.2.6  建立命名选择集

在建模的过程中，经常需要重复选择相同的对象，这时可以利用 3ds Max 提供的选择集。先将某几个对象定义为一个选择集，每次通过选择此选择集就可以选择这几个特定的对象了。下面以 2.2.2 节中的对象为例介绍：

❶选中视图中的两个球体。

❷在工具栏中【Named Selection Sets】（命名的选择集）栏中输入"球体"作为该选择集的名称，然后按回车键确定。至此，选择集创建完毕。

❸点击工具栏中【Named Selection Sets】（命名的选择集）栏旁边的小三角，在下拉列表中可以看见刚才创建的选择集"球体"。

❹如果要选择两个球体，只需点击选择集中的"球体"即可选中，如图 2-17 所示。

图 2-17  通过建立选择集选择对象

### 2.2.7 编辑命名选择集

创建好选择集后，有时需要对选择集进行某些调整，这就要用到编辑选择集命令。
下面举例以 2.2.6 节中的对象为例介绍：

❶ 选择菜单栏上的【Edit】按钮，在下拉菜单里选择【Select by】下的【Name】
选项，此时屏幕弹出【Edit Named Selections】对话框。如图 2-18 所示。

❷ 表中列出了目前已有的选择集，本例中只有一个"球体"选择集。选择集里有
Sphere01 和 Sphere02 两个成员。

图 2-18　编辑选择集对话框

可以通过最上面栏中的相关按钮对目前选择集编辑。具体命令按钮的作用参见图
2-18。读者可以多命名几个选择集，然后练习各按钮的功能。

### 2.2.8 选择并组合对象

组是一个比较有用的命令。它可以把创建好的不同物体捆绑在一起，进行统一的操
作。例如创建好沙发各组件后，可以利用组命令将沙发组件捆为一体，从而避免在移动
或者进行其他操作的时候丢失组件。下面以 2.2.6 节中的对象为例介绍组合对象的方法。

❶ 将圆柱和两个球捆成一组。
❷ 利用区域选择，选中圆柱和两个球。
❸ 选择【Group】菜单下的【Group】命令，弹出成组对话框，如图 2-19 所示。

图 2-19　成组对话框　　　　　　　　　　　图 2-20　成组后的对象

❹ 系统默认的组名为 Group01，在对话框内输入组的名字"球柱"，点击【OK】按钮，

这样就把刚才选中的对象绑在了一起。利用移动工具移动，可以看到 3 个对象同时移动。如图 2-20 所示（注意：选中的对象只有一个而不是 3 个白色边框了）。选择时只要在任何一个成员物体上点击，即可选中组。

❺如果要拆分组，只需先选中组，再点击【Group】菜单下的【Ungroup】命令即可。

## 2.3　对象的轴向固定变换

### 2.3.1　3ds Max Design 2010 中的坐标系

对于场景中的对象而言，要进行空间变换，首先要考虑的问题就是坐标系。因为不同坐标系将直接影响到坐标轴的方位，从而影响空间变换的效果。

下面简单介绍 3ds Max Design 2010 中的各坐标系：

❖ View：3ds Max Design 2010 中最常用的坐标系，也是系统默认状态的坐标系。在正交视图中使用 Screen 坐标系，在类似 Perspective 这样的非正交视窗中使用 World 坐标系。

❖ Screen：当不同的视窗被激活时，坐标系的轴发生变化，这样坐标系的 XY 平面始终平行于视窗，而 Z 轴指向屏幕内。

❖ World：不管激活哪个视窗，XYZ 轴固定不变，XY 平面总是平行于顶视图，Z 轴则垂直于顶视图向上。在 3ds Max Design 2010 中，各视窗的坐标系就是 World 坐标系。

❖ Parent：使用选定对象的父对象的局部坐标轴。如果对象不是一个被链接的子对象，那么 Parent 坐标系的效果与 World 坐标系一样

❖ Local：使用选定对象的局部坐标轴。如果不只一个对象被选中，那么每一个对象都围绕自己的坐标轴变换。

❖ Grid：使用激活栅格的坐标系。当默认主栅格被激活时，Grid 坐标系的效果同 View 一样。

❖ Pick：选择场景中的对象用作坐标系，使用该对象的局部坐标轴。选择，然后单击场景中的一个对象，该对象名称出现在 Reference Coordinate System 显示框中，并显示在 Pick 下面的下拉列表中。

### 2.3.2　沿单一坐标轴移动

在精细建模过程中。往往需要将对象沿某一坐标轴移动，而在其他方向无位移，这时可以使用 3ds Max 提供的轴向约束工具，如图 2-21 所示。需要说明的是，如果工具栏中没有轴向约束图标，可以在工具栏的空白处单击鼠标右键，此时弹出悬浮菜单，如图 2-22 所示。选择其中的命令即可出现在工具栏中。下面举例介绍物体的轴向移动。

❶ 在视图中创建一个长方体，作为沿轴向移动的对象。如图 2-23 所示。

❷打开坐标系列表，选择 World 坐标系。此时所有视窗中的坐标轴都调整方向。

❸选择创建好的长方体，单击工具栏中的【Restrict to Y】(Y 轴约束)按钮，然后选取【Slect and Move】(选择并移动)按钮。此时，各视图中的 Y 轴线变成黄颜色，表明约束至 Y 轴生效，如图 2-24 所示。

图 2-21　轴向约束图标　　　　　　　　　图 2-22　工具栏中图标的设置

图 2-23　未选轴向约束时的物体及坐标轴　　　图 2-24　选定轴向约束时的物体及坐标轴

❹在顶视图中移动对象，可以看到对象只能上下移动，即被约束至 Y 轴。

❺在前视图中移动对象，可以看到对象不能被移动。

❻在左视图中移动对象，可以看到对象只能左右移动，即被约束至 Y 轴。

❼在透视图中移动对象，可以看到对象只能前后移动，即被约束至 Y 轴。

---

注意：在沿单一轴移动的过程中，可以不用选择轴向移动按钮，只需将鼠标移到所要约束的坐标轴上，坐标轴变成黄色，即表明移动被约束至该轴。事实上，即使选择了轴向约束按钮，在移动的过程中，如果将鼠标放在了其他坐标轴上，移动的轴向也会随着发生改变。这一点初学者应特别注意。

---

### 📖 2.3.3　在特定坐标平面内移动

❶以上面的长方体作为移动的对象。

❷打开坐标系列表，选择 World 坐标系。此时所有视窗中的坐标轴都调整方向。

❸选择创建好的长方体，单击工具栏中的【Restrict to YZ】(YZ 平面约束)按钮，然后选取【Slect and Move】(选择并移动)按钮。此时，各视图中的 YZ 轴线变成黄颜色，表明约束至 YZ 轴生效。

❹在顶视图中移动对象，可以看到对象只能上下（Y轴）移动，即移动被约束至 YZ 平面生效。

❺在前视图中移动对象，可以看到对象只能上下（Z轴）移动，即移动被约束至 YZ 平面生效。

❻在左视图中移动对象，可以看到对象可以上下左右(YZ平面)移动。

❼在透视图中移动对象，可以看到对象只能上下前后移动。而不能左右移动，表明对象被约束至 YZ 平面。

## 2.3.4  绕单一坐标轴旋转

❶ 以上面的长方体作为旋转的对象。

❷打开坐标系列表，选择 World 坐标系。此时所有视窗中的坐标轴都调整方向。

❸选择创建好的长方体，单击工具栏中的【Restrict to X】(X 平面约束)按钮，然后选取【Slect and Rotate】(选择并旋转)按钮。此时，各视图中的 X 轴线变成黄颜色，表明约束至 X 轴生效。

❹在顶视图中旋转对象，可以看到对象只能绕 X 轴旋转，如图 2-25 所示。

❺在前视图中旋转对象，可以看到对象只能绕 X 轴旋转。

❻在左视图中旋转对象，可以看到对象只能绕 X 轴旋转。如图 2-26 所示。

❼在透视图中旋转对象，可以看到对象只能绕 X 轴旋转，表明对象旋转被约束至 X 轴。

图 2-25  顶视图中绕 X 轴旋转坐标轴的变化　　图 2-26  左视图中绕 X 轴旋转坐标平面的变化

## 2.3.5  绕坐标平面旋转

❶ 以上面的长方体作为旋转的对象。

❷打开坐标系列表，选择 World 坐标系。此时所有视窗中的坐标轴都调整方向。

❸选择创建好的长方体，单击工具栏中的【Restrict to XY】(XY 平面约束)按钮，然后选取【Slect and Rotate】(选择并旋转)按钮。此时，各视图中的 XY 轴线变成黄颜色，表明约束至 XY 轴生效。

❹在顶视图中旋转对象，可以看到对象能同时绕 X 轴和 Y 轴旋转。

❺在前视图中旋转对象，可以看到对象只能绕 X 轴旋转。

❻在左视图中旋转对象，可以看到对象只能绕 Y 轴旋转。

❼在透视图中旋转对象，可以看到对象只能绕 X 轴和 Y 轴旋转，表明对象旋转被约束至 XY 平面。

## 2.3.6 绕点对象旋转

在 3ds Max 进行创作的过程中，有时希望以场景中的某一点为中心旋转物体。这就要用到点对象。点对象是一种辅助对象，它不可以被渲染。下面举例介绍如何利用点对象旋转物体。

❶单击【Create】（创建）命令面板，按下【Geometry】（几何体）按钮，在【Object Type】（对象类型）卷展栏下选择【Sphere】（球体），在视图中创建一个球体。

❷单击【Create】（创建）命令面板，按下【Helpers】（辅助物体）按钮，在【Object Type】（对象类型）卷展栏下选择【Point】（点），在视图中适当位置创建一个点对象。结果如图 2-27 所示。

❸打开坐标系列表，选择 Pick 坐标系。移动鼠标选择刚创建的点对象，此时坐标系下拉列表中出现 Point01 字样，说明已经将点对象 Point01 设置成了坐标中心。

❹选择创建好的球体，单击工具栏中的【Slect and Rotate】（选择并旋转）按钮，选择工具栏上的【Restrict to Y】（Y 轴约束）按钮，在各视图中旋转球体，可以看到球体只能沿着点对象的 Y 轴旋转。

❺选择工具栏上的【Restrict to XY】（XY 平面约束）按钮，在各视图中旋转球体，可以看到：在顶视图中，只能沿着点对象的 X 轴旋转；在前视图中，可以沿着点对象的 X 轴和 Y 轴旋转；在左视图中，只能沿着点对象的 Y 轴旋转；在透视图中，可以沿着点对象的 X 轴和 Y 轴旋转。

图 2-27　点对象及球体

## 2.3.7 多个对象的变换问题

**01** 以各对象的轴心点为中心

❶ 单击【Create】（创建）命令面板，按下【Geometry】（几何体）按钮，展开【Object Type】（对象类型）卷展栏，在场景中分别创建一个茶壶，一个长方体和一个圆柱体。如图 2-28 所示。

❷ 选中创建的 3 个对象。单击工具栏上的【Use Pivot Point Center】（以轴心点为中心）按钮 ，然后选择工具栏中的【Select and Rotate】（选择并旋转）按钮。

❸ 在透视图中将鼠标移到 Z 轴使之变成黄颜色，拖动鼠标旋转物体，发现各对象均以自己的轴心点为中心旋转，如图 2-29 所示。

**02** 以选择集的中心为中心

❶ 为了对比方便，还是利用前面创建好的茶壶、长方体及圆柱。如图 2-28 所示。

❷ 选中创建的 3 个对象。单击工具栏上的【Use Selection Center】（以选择集为中心）按钮 ，然后选择工具栏中的【Select and Rotate】（选择并旋转）按钮。

图 2-28　场景中的多个对象

图 2-29　以各物体中心为中心旋转

❸ 在透视图中将鼠标移到 Z 轴使之变成黄颜色，拖动鼠标旋转物体，发现各对象均以选择集的中心为中心旋转，如图 2-30 所示。

**03** 以当前坐标系原点为中心

❶ 为了对比方便，还是利用前面创建好的茶壶、长方体及圆柱。如图 2-30 所示。

❷ 选中创建的 3 个对象。单击工具栏上的【Use Transform Coordinate Center】（以坐标原点为中心）按钮 ，然后选择工具栏中的【Select and Rotate】（选择并旋转）按钮。

❸ 在透视图中将鼠标移到 Z 轴使之变成黄颜色，拖动鼠标旋转物体，发现各对象均以坐标系原点为中心旋转，如图 2-31 所示。

图 2-30　以选择集中心为中心旋转

图 2-31　以坐标系原点为中心旋转

# 2.4 对象的复制

在大规模的建模过程中，经常需要创建同样的对象。这个时候最方便的办法就是使用复制功能。3ds Max 提供了多种复制功能。

## 2.4.1 对象的直接复制

最常用的复制方式就是用利用键盘和空间变换工具进行。

❶ 单击【Create】（创建）命令面板，按下【Geometry】（几何体）按钮，展开【Object Type】（对象类型）卷展栏，在场景中创建一个球体，如图 2-32 所示。

❷ 选中创建的球体。单击工具栏上的【Slect and Move】(选择并移动)按钮，按住键盘上的 Shift 键的同时，移动球体。

❸ 此时屏幕弹出对话框，如图 2-33 所示。在【Number of Copies】（复制数目）框内输入 2，然后单击【OK】按钮，就复制出两个球体。结果如图 2-34 所示。

图 2-32 场景中建立的对象 　　　　 图 2-33 复制对话框

从复制对话框可以看出，复制物体时有 3 种选择，即：Copy(复制)、Instance(关联复制)、Reference（参考复制），如图 2-35 所示。他们的区别在于：

图 2-34 复制后的透视图 　　　　 图 2-35 关联复制与参考复制对比

- ❖ Copy(复制)：复制出来的对象是独立的，复制品与原来的对象没什么关系。如果对源物体施加编辑器修改，复制品不会受到影响。本例采用的就是此项命令。
- ❖ Instance(关联复制)：复制出来的对象不独立，复制品及源物体受到任何一个成员物体的影响。如果对其中之一施加编辑器修改，其他物体也相应会作相应变化。此命令常用于多个地方使用同一对象的场合。

　❖　Reference（参考复制）：相当于上面两种复制命令的结合。使用此项命令可以使多个对象使用同一个根参数和根编辑器。而每个复制出来的对象保持独立编辑的能力。也就是说，如果对源物体施加编辑器修改时，参考复制品会受到影响；而对参考复制品进行的操作，不会影响到源物体。

### 📖 2.4.2 对象的镜像复制

镜像复制是模拟现实中的镜子效果，把实物对应的虚像复制出来。下面举例介绍。

❶ 单击【Create】（创建）命令面板，按下【Geometry】（几何体）按钮，展开【Object Type】（对象类型）卷展栏，在场景中创建一个茶壶。

❷ 选中茶壶，单击主工具栏上的【Mirror Selected Objects】（镜像所选择的物体）按钮 🔏，屏幕弹出 Mirror 对话框，如图 2-36 所示。

❸ 在【Mirror Axis】区域选择镜像轴为【X】轴，选择复制方式为【Copy】，此时场景中已经可以看到镜像复制的效果，调节【Offset】的值可以调节两个茶壶对象之间的距离，效果如图 2-37 所示。

图 2-36　镜像对话框　　　　　图 2-37　镜像的源物体与复制品

【Mirror】对话框的几个参数解析。

　❖　【Mirror Axis】（镜像轴）：用于选择镜像的轴或者平面，默认是 X 轴。
　❖　【Offset】（偏移）：用于设定镜像对象偏移原始对象轴心点的距离。
　❖　【Clone Selection】（复制选项）：用于控制对象是否复制、以何种方式复制。默认选项是【No Clone】，即只翻转对象而不复制对象。

> 说明：使用移动和旋转工具也能达到镜像复制的效果，但是使用 Mirror 工具按钮更为方便。

### 📖 2.4.3 对象的阵列复制

Array（阵列）命令可以同时复制多个相同的对象，并且使得这些复制对象在空间上按照一定的顺序和形式排列。

❶ 单击【Create】(创建)命令面板,按下【Geometry】(几何体)按钮,展开【Object Type】(对象类型)卷展栏,在场景中创建一个球体。

❷ 选择球体,单击菜单栏上的【Tools】菜单,在下拉菜单中选择【Array】(阵列)命令。屏幕弹出阵列对话框,如图 2-38 所示。

❸ 在阵列对话框中的【Array Dimensions】(阵列维数)区域选定【2D】,并在【2D Count】(二维数目)和【1D Count】(一维数目)中输入 5,然后在【Incremental Row Offset】(行偏移)中设置【X】为 50,在【Incremental】中设置【Y】值为 50,单击【OK】创建 5×5 的二维阵列,如图 2-39 所示。

图 2-38　阵列对话框　　　　　　　　　图 2-39　阵列后的透视图

相关参数简介:

✧ 【Array Transformation】(阵列变换):用于控制利用哪种变换方式来形成阵列,通常多种变换方式和变换轴可以同时作用。

✧ 【Type of Object】(对象类型):用于设置复制对象的类型,和 Clone 对话框类似。

✧ 【Array Dimensions】(阵列维数):用于指定阵列的维数。

✧ 【Total in Array】(阵列总数):用于控制复制对象的总数,默认为 10 个。

## 2.4.4　对象的空间复制

很多时候需要让对象沿着某一条路径分布。这时,单纯的阵列命令就不能满足需求。3ds Max 提供了【Spacing Tools】(空间工具),可以满足要求。

❶ 单击【Create】(创建)命令面板,按下【Geometry】(几何体)按钮,展开【Object Type】(对象类型)卷展栏,在场景中创建一个球体。

❷ 单击【Create】(创建)命令面板,按下【Shapes】(形体)按钮,展开【Object Type】(对象类型)卷展栏,在场景中创建一个椭圆。

❸ 选择球体,单击菜单栏上的【Tools】菜单,在下拉菜单中选择【Spacing Tools】(空间工具)命令。屏幕弹出空间工具对话框,如图 2-40 所示。

❹ 单击对话框中的【Pick Path】(选取路径)按钮,然后在视图中选择椭圆形,此时,【Pick Path】(选取路径)按钮上的文字变成椭圆的名字。

❺设置 Count（数目）为 15，选择【Context】为【Center】（中心)排列方式。这是在透视图中看到设置参数后的效果。单击【Apply】（应用）按钮，然后点击【Close】（关闭）按钮结束空间排列，结果如图 2-41 所示。

图 2-40　空间工具对话框

图 2-41　应用空间工具后的透视图

## 2.4.5　对象的快照复制

快照复制是针对已有的动画而言的，可以从动画中截取相应的图片。就好像用照相机的快照功能在动态的世界中获取若干图片一样。下面举例介绍。

❶ 单击【Create】（创建）命令面板，按下【Geometry】（几何体）按钮，展开【Object Type】（对象类型）卷展栏，在场景中创建一个圆柱体。

❷单击【Play Amimation】（动画开关)按钮，此时按钮变成红颜色。

❸将时间滑块移动到第 100 帧，然后在顶视图中将圆柱体沿 X 轴移动一段距离。

❹单击【Play Amimation】（动画开关)按钮，关闭动画制作。

❺选中圆柱体，单击菜单栏上的【Tools】菜单，在下拉菜单中选择【Snapshot】（快照）命令。屏幕弹出快照命令对话框，按照图 2-42 设置参数。

图 2-42　快照对话框

图 2-43　用快照复制出的对象

❻在透视图中观察用快照复制出来的对象，如图 2-43 所示。

## 2.5 对象的对齐与缩放

### 📖 2.5.1 对象的对齐

在建模的过程中，经常会碰到一些对相对位置要求比较严格的场合。如各种组件组合成物体。这种情况下，用 3ds Max 提供的对齐工具是明智的选择。3ds Max 中的对齐工具共有 5 个，分别是对齐、法线对齐、放置高光点、摄像机对齐、视图对齐。其中的第一个工具最为常用。

❶ 单击【Create】（创建）命令面板，按下【Geometry】（几何体）按钮，展开【Object Type】（对象类型）卷展栏，在场景中创建一个长方体和一个圆柱体。如图 2-44 所示。

图 2-44 对象的起始相对位置

图 2-45 对齐对话框

❷选中圆柱体，单击工具栏上的【Align】（对齐）按钮，然后将鼠标移动到圆柱体上，光标变成十字形状时单击鼠标左键，此时弹出对齐对话框。如图 2-45 设置参数。然后点【OK】按钮完成对齐操作。

❸在透视图中观察对齐后相对位置的变化，如图 2-46 所示。

图 2-46 对齐后的相对位置

对齐对话框的参数简介：

✧ Align Position：用来选择在哪个轴向上对齐，可以选择 XYZ 中的一个或多个，本节例子中选了 3 个轴向对齐。

- ◇ Minimum：使用对象负的边缘点来作为对齐点。
- ◇ Maximum：使用对象正的边缘点来作为对齐点。
- ◇ Center：使用对象的中心作为对齐点。
- ◇ Pivot Point：使用对象的枢轴点作为对齐点。
- ◇ Align Orientation(local)：将当前对象的局部坐标轴方向改变为目标对象的局部坐标轴方向。
- ◇ Match Scale：如果目标对象被缩放了，那么选择轴向可是被选定对象沿局部坐标轴缩放到与目标对象相同的百分比。

## 📖2.5.2　对象的缩放

缩放功能是用来改变被选中模型各个坐标的比例大小。缩放功能分为 3 种，即【Select and Uniform Scale】（选择并均匀缩放）⬜功能、【Select and Non-uniform Scale】（选择并非均匀缩放）⬜功能和【Select and Squash】（选择并挤压）⬜功能。三种功能的切换方法是，用鼠标左键按住当前工具栏上的缩放按钮不放，就会看到其他的两个功能移动鼠标到需要的按钮上，选中该功能按钮即可。

现在建立一个茶壶，并通过对其的操作来体会缩放功能的用途。

❶ 单击【Create】（创建）命令面板，按下【Geometry】（几何体）按钮，展开【Object Type】（对象类型）卷展栏，在场景中创建一个球体，并复制 3 个相同的球。

❷选中第二个球体，单击【Select and Uniform Scale】（选择并均匀缩放）按钮，把鼠标移到模型上。这时鼠标指针变成了⬜。按住鼠标左键，上下移动鼠标，这时模型的大小随着鼠标的移动改变了。可以看到，该缩放功能是用来对模型进行均匀缩放的工具，如图 2-47 所示。

❸选中第三个球体，切换到【Select and Non-uniform Scale】（选择并非均匀缩放）按钮，把鼠标移到模型上。这时鼠标指针变成了⬜。按住鼠标左键，沿 Y 轴放大物体。可以看到，Y 轴方向上的比例改变了，而 X、Z 轴方向比例不变，如图 2-47 所示。

图 2-47　采用不同缩放方式下的球体

❹选中第四个球体，切换到【Select and Squash】（选择并挤压）按钮，把鼠标移到模型上。这时鼠标指针变成了 △。按住鼠标左键沿 Y 轴放大物体。可以看到，Y 轴比例变大了而其他两个轴向比例缩小了。总体积保持不变，如图 2-47 所示。

> 注意：【Select and Non-uniform Scale】只改变被选中坐标轴的比例，对另外两个坐标轴没有影响；而【Select and Squash】由于有压缩的效果，在对一个坐标轴进行操作时，其他两个坐标轴会跟着进行相应的变化。

## 2.6 课后习题

### 1. 填空题

（1）主对象的类型包括：二维形体、_____、运动轨迹、_____、摄像机等。

（2）常见的次对象包括：组成形体的点、_____、面和运动轨迹中的_____。

（3）使用名字选择对象的时候，首先要知道对象的_____。

（4）复制物体时弹出对话框中的 3 种复制方式是复制、_____和参考复制。

### 2. 问答题

（1）什么是主对象？什么是次对象？

（2）如何将对象组合在一起？

（3）沿轴向移动物体时需要注意什么问题？

（4）对象的缩放功能分哪 3 种？

### 3. 操作题

（1）建立几个简单的三维物体，练习各种选择操作。

（2）建立一个球体，练习沿各个轴向移动的操作。

（3）建立一个茶壶，练习各种复制的操作。

（4）建立一个长方体和一个球体，练习对齐操作。

# 第 3 章　利用二维图形建模

### 教学目标

本章主要讲述如何运用系统提供的图形建立工具来产生常用的二维图形；如何对已有的二维图形进行修改；如何利用绘制的二维图形和简单的命令生成三维物体。其中二维图形的绘制与编辑是基础，需要较大的耐心。相关命令的运用是二维建模的重点，读者应多加练习，多思考其原理，为以后的学习打下良好的基础。

### 教学重点与难点

- ➢ 二维图形的绘制及参数意义
- ➢ 二维图形的编辑修改等操作
- ➢ 二维图形编辑修改器的使用

## 3.1　二维图形的绘制

二维图形是一种由一条或多条 Splines（样条）曲线构成的。二维图形的建立和修改在 3ds Max 中有很重要的作用。二维图形也是制作和组合复杂的不规则三维曲面模型的基础。通常有以下五种用途：

- ❖ 运用 Extrude（增厚）功能，可以把一个二维平面拉伸成一个有厚度的立体模型，比如立体字的制作。
- ❖ 运用 Lathe（旋转）功能，可以把一个截面旋转成一个轴对称的三维模型，比如柱子的制作。
- ❖ 构造放样造型的路径或截面图形。
- ❖ 指定动画中物体运动的路径。
- ❖ 作为复杂的反关节活动的一种连接方式。

### 3.1.1　线的绘制

线在 3ds Max 中的应用非常广泛。它的绘制分为以下两种：

**01** 直线段的连接线

❶ 单击【3DS】菜单中的【Reset】命令，重新设置系统。并在 Top 视图中点右键将其激活。

❷单击命令面板上的【Create】 （创建）命令，选取【Shapes】 （平面图形），弹出的子命令面板如图 3-1 所示。

❸在【Shapes】面板中单击【Line】按钮，在 Top 视图中任意位置单击鼠标左键，作为线的起点。移动鼠标到另一点再次单击鼠标左键，这样就绘制出一条线段。如果要结束绘制单击鼠标右键。

❹如果要绘制多边形框，须反复几次，最后将鼠标移至起始点单击左键，此时系统会询问是否将图形闭合，如图 3-2 所示。选【是】生成闭合图形，如图 3-3 所示。

图 3-1　维造型命令面板　　图 3-2　Spline 对话框　　　图 3-3　Top 视图中绘制的直线段闭合框

**02** 曲线段的连接线

❶ 单击【3DS】菜单中的【Reset】命令，重新设置系统。并在 Top 视图中单击右键将其激活。

❷单击命令面板上的【Create】❋（创建）命令，选取【Splines】◙（平面图形）。

❸在【Splines】面板中单击【Line】按钮，在 Top 视图中任意位置单击鼠标左键，作为线的起点。移动鼠标到另一点再次单击鼠标左键并按住，拖动鼠标到第三点，这样就绘制出一条曲线段。如果要结束绘制单击鼠标右键。

❹如果要绘制多边形曲线框，须反复几次，最后结果如图 3-4 所示。

图 3-4　Top 视图中绘制的曲线段闭合框

需注意的问题：位于【Object Type】（对象类型）卷展栏下方的【Start New Shape】复选框，3ds Max Design 2010 默认时为打开方式。

❖ 当复选框为打开状态时 ☐ Start New Shape，表示目前处于【Start New Shape】模式，此时新创建的每一个图形都会成为一个新的独立的个体。

❖　当复选框为关闭状态时 ☑   ，所有新创建的图形都会作为当前选择图形的一部分，和以前建造的图形一起构成一个新的图形。

## 📖3.1.2　矩形的绘制

❶ 单击【3DS】菜单中的【Reset】命令，重新设置系统。并在 Top 视图中单击右键将其激活。

❷单击命令面板上的【Create】 ⚙（创建）命令，选取【Shapes】 ▣（平面图形）。

❸在【Shapes】面板中单击【Rectangle】按钮，在 Top 视图中任意位置单击鼠标左键，作为矩形的一个角。按住鼠标左键拖动到另一点，就绘制出一个矩形。

❹如果要绘制正方形，只需在按住鼠标左键拖动时按住 Ctrl 键不放即可。绘制的长方形和正方形如图 3-5 所示。

图 3-5　Top 视图中绘制的长方形及正方形　　　图 3-6　Top 视图中绘制的圆弧

## 📖3.1.3　圆弧的绘制

❶ 单击【3DS】菜单中的【Reset】命令，重新设置系统。并在 Top 视图中单击右键将其激活。

❷单击命令面板上的【Create】 ⚙（创建）命令，选取【Splines】 ▣（平面图形）。

❸在【Splines】面板中单击【Arc】按钮，在 Top 视图中任意位置单击鼠标左键，作为弧形的起点，并按住鼠标左键拖动到另一点放开，此时移动鼠标，可以看见弧度大小随鼠标位置而变化，再次单击鼠标，就绘制出一个圆弧。如图 3-6 所示。

## 📖3.1.4　圆的绘制

圆形是一种在实际创作中使用频率较高的二维平面图形，创作过程中往往利用其一部分，与其他的二维图形复合，制作比较复杂的图形。下面举例介绍。

❶ 单击【3DS】菜单中的【Reset】命令，重新设置系统。并在 Top 视图中单击右键将其激活。

❷单击命令面板上的【Create】 ⚙（创建）命令，选取【Splines】 ▣（平面图形）。

❸在【Splines】面板中单击【Circle】按钮，在 Top 视图中任意位置单击左键，作为圆心，并按住左键拖动到另一点放开，就绘制出一个圆。如图 3-7 所示。

## 📖3.1.5　椭圆的绘制

椭圆的绘制同圆基本相同，这里不再重复，结果如图 3-8 所示。

图 3-7　Top 视图中绘制的圆　　　　　图 3-8　Top 视图中绘制的椭圆

## 📖3.1.6　同心圆的绘制

❶ 单击【3DS】菜单中的【Reset】命令，重新设置系统。并在 Top 视图中单击右键将其激活。
❷单击命令面板上的【Create】 ⚙（创建）命令，选取【Shapes】 ▣（平面图形）。
❸在【Splines】面板中单击【Donut】按钮，在 Top 视图中任意位置单击鼠标左键，作为同心圆的圆心，并按住鼠标左键拖动到另一点后放开，此时产生第一个圆环。移动鼠标到合适位置，再次单击鼠标左键，就绘制出一个圆环。如图 3-9 所示。

图 3-9　Top 视图中绘制的同心圆　　　　图 3-10　Top 视图中绘制的多边形

## 📖3.1.7　多边形的绘制

多边形的绘制较简单，这里不再重复，结果如图 3-10 所示。

## 3.1.8　星形的绘制

星形的绘制也是在其他复杂图形的基础上修改而成的，比较重要。

❶ 单击【3DS】菜单中的【Reset】命令，重新设置系统。并在 Top 视图中单击右键将其激活。

❷ 单击命令面板上的【Create】 ⚙ （创建）命令，选取【Shapes】 ⬚ （平面图形）。

❸ 在【Shapes】面板中单击【Star】按钮，在 Top 视图中任意位置单击鼠标左键，作为星形外接圆的圆心，并按住鼠标左键向外拖动到另一点放开，再向内移动鼠标到合适位置，单击左键，即可绘制出一个星形。如图 3-11 所示。

## 3.1.9　截面的创建

截面的绘制较简单，这里仅给出效果图，如图 3-12 所示。

图 3-11　Top 视图中绘制的星形　　　　　　　图 3-12　Top 视图中绘制的截面

## 3.1.10　文本的创建

在 3ds Max 中创建三维文字效果是非常方便的事情，而制作漂亮的三维文字效果的基础，就是平面文本的创建。

❶ 单击【3DS】菜单中的【Reset】命令，重新设置系统。并在 Top 视图中单击右键将其激活。

❷ 单击命令面板上的【Create】 ⚙ （创建）命令，选取【Shapes】 ⬚ （平面图形）。

❸ 在【Shapes】面板中单击【Text】按钮，在 Top 视图中任意位置单击鼠标左键，就可以创建出系统默认的文字"MAX Text"。如图 3-13 所示。

❹ 单击面板中的参数卷展栏 ┃＋　　Parameters　　┃ 将其展开，在【Text】文本框中输入文字"厚德载物"，然后在下拉列表中选择字体为楷体，如图 3-14 设置，文字即变为想要的格式，如图 3-15 所示。

图 3-13　系统初始文本　　图 3-14　Text 参数区设置　　图 3-15　设置后的文字

### 3.1.11　螺旋线的绘制

❶单击【3DS】菜单中的【Reset】命令，重新设置系统。并在 Top 视图中单击右键将其激活。

❷单击命令面板上的【Create】 （创建）命令，选取【Shapes】 （平面图形）。

❸在【Splines】面板中单击【Helix】按钮，在 Top 视图中单击鼠标左键，作为螺旋线的起点，并按住鼠标左键拖动，确定好螺旋线的起始半径后，松开鼠标左键，再移动鼠标，在适当位置确定螺旋线的高度后单击鼠标左键，拖动鼠标确定螺旋线的终点。

❹如图 3-16 设置参数面板，得到所需的螺旋线。单击【Zoom Extents All】按钮 ，在 Perspective 视图中观察所绘螺旋线，如图 3-17 所示。

图 3-16　螺旋线参数面板　　　图 3-17　Perspective 视图中绘制的螺旋线

## 3.2　二维图形的参数区简介

二维图形有着比较简单的参数区，它们对于精确建模非常重要，所以单独作为一节来介绍。而参数区大部分都很相似，所以我们将以圆环的参数面板为例，选择有代表性的参数来讲。按照上一节介绍的方法，先在 Top 视图中创建一个圆，此时，它的参数卷展栏中参数都出现了。

### 3.2.1　【Name and Color】名字和颜色卷展栏

❖　默认名字为 Circle01，可以根据需要更改。

❖　系统随机为操作对象赋予颜色，可以根据需要进行更改。

图 3-18 所示为名字和颜色卷展栏。

## 📖3.2.2　【Rendering】（渲染）卷展栏

❖　默认时选用【Renderer】（渲染器）选项，样条曲线的【Thickness】（粗细）
为 1.0，此时视图中的曲线没有粗细的概念，只是一个抽象的线。

❖　改变样条曲线的粗细，在视图中不会看到变化，勾选【Renderable】（可以渲
染）选项，再单击工具栏中的【Quicker Render】（快速渲染）按钮，就可以
看到渲染后的样条曲线，此时改变曲线的粗细就可以看出变化了。

❖　勾选【Display Render Mesh】（显示渲染面）选项时，在视图中就可以看到
曲线有了粗细。

图 3-19 所示为渲染卷展栏。

图 3-18　名字和颜色卷展栏　　　　　　图 3-19　渲染卷展栏

## 📖3.2.3　【Interpolation】(插补)卷展栏

❖　【Steps】（步数）：选项默认设置是 6，即曲线上相邻两点之间的曲线要经过 6 步
才生成。步数值设置越高，曲线越光滑。

❖　【Optimize】（最优化）：使步数最优化地分布在曲线上相邻两点之间。

❖　【Adaptive】（自适应）：根据两点之间的曲线复杂程度来决定用几步，比如：
两点之间是直线段，步数就是 0；两点之间是一个曲线，步数就是 6 或者更多。

　　图 3-20 所示为插补卷展栏。

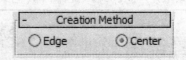

图 3-20　插补卷展栏　　　　　　　　图 3-21　生成方式卷展栏

### 📖3.2.4 【Creation Method】（生成方式）卷展栏

❖ 直线：【Initial Type】（初始类型）是设置单击方式下经过点的线段形式；【DragType】（拖动类型）是设置单击并拖曳方式下经过点的线段形式。【Corner】（棱角）、【Smooth】（光滑）和【Bezier】（贝塞尔曲线）三个单选项表示三种不同线段形式。【Corner】单选项会让经过该点的曲线以该点为顶点组成一条折线；【Smooth】单选项会让经过该点的曲线以该点为顶点组成一条光滑的幂函数曲线；【Bezier】单选项会让经过该点的曲线以该点为顶点组成一条贝塞尔曲线。

❖ 圆弧：【End-End-Middle】单选项，即先确定弦长，再确定半径；【Center-End-End】单选项是先确定半径，再移动鼠标指针确定弧长。

❖ 圆、同心圆、多边形和椭圆：【Center】（中心），第一点是图形的中心。【Edge】（边缘）第一点在图形的边缘。图 3-21 为圆形的生成方式卷展栏。

### 📖3.2.5 【Keyboard Entry】（键盘输入）卷展栏

用来通过键盘在视图中生成图形，可以精确控制图形生成的位置和图形的各项参数。其中 X、Y、Z 中的数值为控制点的位置，对圆来说就是圆点的位置。下面的参数根据图形的不同而不同，对于圆来说，参数栏里只有半径一项。建议大家多用这个参数区来生成图形。图 3-22 所示为圆形的键盘输入卷展栏。

图 3-22　键盘输入卷展栏　　　　　　图 3-23　参数卷展栏

### 📖3.2.6 【Parameters】（参数）卷展栏

不同的基本图形有不同的参数，圆形的参数如图 3-23 所示。

> 技巧：1. 多边形的【Corner Radius】（棱角半径），可以用来为图形倒角；
> 　　　2. 星形的【Fillet Radius】（倒角半径）和【Distortion】（扭曲），可以为图形倒角和扭曲星形；
> 　　　3. 螺旋线的【Turns】（旋转）可设置旋转的圈数，【Bias】（倾斜）可控制螺旋线的斜率，【CW】（旋转上升）和【CCW】（旋转下降）可设置螺旋的旋转方向。

## 3.3　二维图形的编辑

前面创建的二维图形，往往不能满足需要。一般来讲，我们用在修改、编辑二维图形上的时间会更多。二维图形的编辑比较重要，它直接为后面讲到的放样建模提供截面。

在二维图形的修改过程中，用得最多的是【Edit Spline】按钮。该功能可以修改曲线的 4 个层次，即物体层次、节点层次、线段层次及曲线层次。每个级别上又有很多相应的操作。

## 3.3.1 在物体层次编辑曲线

在物体层级编辑关闭时，二维形体处于物体层级编辑状态，此时，只有【Geometry】物体卷展栏处于激活状态。

❶ 单击【3DS】菜单中的【Reset】命令，重新设置系统。

❷并在 Top 视图中点右键将其激活。单击【Create】⛭控制按钮下【Splines】�’命令面板中的【NGon】和【Circle】按钮，在视图中制作一个由多边形和圆组成的场景，如图 3-24 所示。

❸选取场景中的圆，在【Modify】✏命令面板中的 Modifier List ▾下拉列表中找到【Edit Spline】修改器，对圆进行物体层次修改。

❹单击【Geometry】卷展栏 — Geometry 将其展开。单击【Creat line】（添加线）按钮，为圆增添两个耳朵形的曲线，此时新画的耳朵形曲线和圆并为一体，如图 3-25 所示。

图 3-24　独立的圆与多边形　　　　图 3-25　为圆添加耳朵形曲线

❺保持其处于选中状态，单击【Attach】(结合)按钮，然后在视图中移动光标到多边形上，此时光标变成两个圆圈勾连的形状，单击鼠标左键，场景中的圆脸形曲线和多边形连成一体，如图 3-26 所示。

❻若要分离已经结合在一起的二维图形，则要用到【Detach】（分离）按钮。现在就来练习把刚才加入圆脸形曲线中的多边形分离出来。

❼单击【Attach】(结合)按钮，使其处于弹起状态，打开【Slection】卷展栏，按下【Spline】（样条曲线）🗹按钮，然后在 Top 视图中选择多边形，使其呈红色选中状态。如图 3-27 所示。

❽打开【Geometry】卷展栏 + Geometry ，往下拖动面板，找到【Detach】（分离）按钮 Detach 。单击使其处于按下状态，此时弹出分离对话框。选择 OK 按钮，多边形即可从复合图形中分离出来。

图 3-26　脸型曲线和多边形曲线复合体　　　　图 3-27　处于选中状态呈红色的多边形

技巧与提示：1.在 [Modifier List ▼] 下拉列表中找到【Edit Spline】修改器时可按键盘上的字母 e 加速寻找；

2.分离多边形过程中选择使其成红色的前提是先关闭【Attach】(结合)按钮，如果不关闭的话将无法选择。

## 3.3.2　在节点层次编辑曲线

**01** 认识四种类型的点

❶ 在 Top 视图中创建一个矩形对象。

❷选择矩形对象，在【Modify】(修改)命令面板中选择【Edit Spline】(编辑曲线)修改器，在 Selection 卷展栏中单击【Vertex】(顶点)按钮，此时在矩形的 4 个节点上出现十字标记，其中有一个节点含有一个小白框，表明此节点为此造型的起始节点。

❸选取矩形的一个节点，此时节点两旁出现两个绿色的小方框和一根连接这两个小方框的两根调整杆，同时可以看到有节点的地方出现红色的标记。视图中绿色小方框可以调整节点的位置。节点有 4 种类型，分别为：

◇　【Smooth】：强制把线段变成圆滑的曲线，但仍和节点成相切状态。

◇　【Corner】：让节点两旁的线段能呈现任何的角度。

◇　【Bezier】：提供节点一根角度调整杆，调整杆和节点相切。

◇　【Bezier Corner】：提供两根调整杆，可随意更改其方向以产生所需的角度。

❹在选取的节点上单击鼠标右键，弹出右键菜单如图 3-28 所示，可以在此选择顶点的类型。

图 3-28　节点上鼠标右键菜单

❺顶点为不同类型时的异同如图 3-29 所示。

图 3-29　4 种不同顶点的异同

系统提供了两种调整节点的方法：一种是拖动调整杆绕节点旋转，另一种是将调整杆的绿色小方框向节点推进或拉近。当旋转调整杆时，改变的是线段到达节点的角度；而当移动绿色小方框时，改变的是线段本身的张力。当调整杆缩成一点和节点重合时，节点两旁的线段成为一条直线。

【Lock Handles】是一个用来控制手柄的工具。当关闭【Lock Handles】复选开关时，只有被选取的控制柄才会受到影响。当【Lock Handles】复选开关打开时，有以下两个选项可供选择：

✧　【Alike】（类似）：设置此项时，只有选择集中与调整的控制柄方向相同的那些控制柄才能起作用。比如，在调整一个进入控制柄时，则选择集中所有的进入控制柄都在起变化。

✧　【All】（全部）：在调整的时候，选择集中所有的控制柄都起作用，无论是进入还是退出控制柄。

**02**　常用参数命令的举例运用之一

❶单击【3DS】菜单中的【Reset】命令，重新设置系统。

❷并在 Top 视图中点右键将其激活。单击【Create】控制按钮下【Shapes】命令面板中的【NGon】按钮，在视图中创建一个六边形，如图 3-30 所示。

图 3-30　新创建的六边形

图 3-31　用细化插入两点后

❸选取场景中的六边形，在【Modify】命令面板中的 Modifier List 下拉列表中找到【Edit Spline】修改器。单击【Slection】卷展栏将其展开。单击点按钮进入点层次修改。

❹展开【Geometry】卷展栏，往下拖动面板，找到【Refine】（细化）按钮，单击

使其处于按下状态。移动鼠标到六边形最上面的边中部，此时鼠标变为 ，在边上单击鼠标左键，插入一个节点，重复操作，在最下边的边中央也插入一个点，结果如图 3-29 所示。

❺往下拖动面板，找到【Insert】（插入）按钮，单击使其处于按下状态。移动鼠标到六边形的一个斜边中部，此时鼠标变为 🖱，单击并按住鼠标左键拖向六边形中心，再次单击鼠标左键，然后单击鼠标右键，此时就插入了一个点，并且改变了图形，结果如图 3-32 所示。

❻重复上步中的操作，在其他斜边中同样插入点，并移至六边形中心，如图 3-33 所示。

❼选中最上面边的中点，在面板中找到【Break】（断开）按钮，单击使其处于按下状态。单击选择中点，利用移动工具往下移，发现最上面的边已经从中点处断开，如图 3-34 所示。

图 3-32　用 Insert 插入点后的形状

图 3-33　4 个斜边插入点并移动后的形状

图 3-34　用 Break 断开并移动一点后的形状

图 3-35　移动另一点后的形状

❽选中断开的另一点，沿 Y 轴向下移动到如图 3-35 所示。可以看见两个点之间有些距离。

❾利用边框选择，选中移下来的两个点，在面板中找到【Weld】（焊接）按钮，单击使其处于按下状态，即可将两点焊接在一起。如果不能焊接，可以将【Weld】（焊接）按钮后面的数值设大一些，结果如图 3-36 所示。

❿用上面所学的方法，将最下边从中点处断开，移动到图 3-37 所示位置，我们来练习 Conect 命令。

⓫拖动面板，找到【Conect】（连接）按钮，单击使其处于按下状态。单击刚移动

好的任一点并按住鼠标不放，将其拖向已移动好的另一点，释放鼠标，这样，两个节点之间就被一条线段连接起来，如图 3-38 所示。

图 3-36 焊接后的形状

图 3-37 断开并移动后的形状

在此例中，综合学习了细化、插入、断开、焊接、连接 5 个命令。这些命令在绘制复杂的二维图形中经常用到，初学者应多练习。

**03** 常用参数命令的举例运用之二

❶ 选择菜单【3DS】（文件）|【Reset】（恢复），然后在场景中创建一个矩形对象。

❷ 选取矩形对象并添加【Edit Spline】（编辑样条曲线）修改器，在【Slection】卷展栏中单击【Vertex】（顶点）按钮。选中一个顶点。

❸ 单击【End Point Auto Welding】卷展栏中的【Fillet】按钮，输入 10，对象出现圆弧形导角，如图 3-39 所示。

图 3-38 连接后的形状

图 3-39 圆弧形导角

❹ 单击同一卷展栏中的【Chamfer】按钮，输入 10，对象出现直线形导角，如图 3-40 所示。

图 3-40 直线形导角

图 3-41 删除点后的形状

⑤选中另一个顶点，按 Delete 键，可以看到顶点被删掉了，而与该顶点相邻的两点被一条曲线连了起来。如图 3-41 所示。

本例中学习了直线形倒角、圆弧形倒角以及节点删除 3 个命令。

## 3.3 在线段层次编辑曲线

星形和椭圆形的开放曲线

❶ 单击【3DS】菜单中的【Reset】命令，重新设置系统。

❷ 在 Top 视图中点右键将其激活。单击【Create】◈控制按钮下【Shapes】◙命令面板中的【Star】按钮，在视图中创建一个星形，同样方法创建一个椭圆形对象，如图 3-42 所示。

图 3-42　星形和椭圆                         图 3-43　选中线段

❸ 按住 Ctrl 键，选取场景中的星形和椭圆。

❹ 在【Modify】（修改）命令面板中的修改器列表中选择【Edit Spline】（编辑曲线）修改器，在【Selection】卷展栏中单击【Segment】（线段）◢按钮，此时可以对场景中构成星形和椭圆的线段进行编辑和操作。

❺ 在视图中框选星形的一部分和椭圆形的上半部，使其呈红色状态，如图 3-43 所示。

❻ 按住 Delete 键删除选中的线段，此时，场景中的矩形和椭圆变成开放的曲线，如图 3-44 所示。

图 3-44　椭圆与星形的开放图形                 图 3-45　闭合后的图形

### 📖3.3.4　在样条曲线层次编辑曲线

连接开放曲线及轮廓制作

❶ 还是以上面的例子讲解。单击【Selection】卷展栏中的【Spline】（曲线）✑按钮，然后选取场景中的半椭圆形，单击【Geometry】（几何体）卷展栏中的【Close】按钮，视图中一条弯曲的线段将半椭圆形的两个端点连接起来。如图 3-45 所示。

❷在视图中选取星形，单击【Close】（关闭）按钮，此时一条直线将星形封闭起来。

❸查看视图中矩形和椭圆的节点模式，半圆是【Bezier】节点，矩形是【Bezier Corner】节点类型。

❹确保星形处于曲线编辑层次，单击【Geometry】（几何体）卷展栏，找到【Outline】（轮廓）按钮，单击使其处于按下状态。在后面的数值框内输入 10，观察星形曲线的变化，如图 3-46 所示。

### 📖3.3.5　二维图形的布尔操作

当两个对象具有重叠部分时，可以使用【Boolean】（布尔运算）将它们组合成一个新的对象。【Boolean】（布尔运算）就是将两个以上的对象进行并集、差集、交集和剪切运算，以产生新的对象。

❶ 单击【3DS】菜单中的【Reset】命令，重置系统。

❷单击【Create】控制按钮下【Shapes】命令面板中的【Rectangle】和【Circle】按钮，在视图中制作一个由矩形和圆组成的场景，如图 3-47 所示。

图 3-46　星形曲线产生轮廓线　　　　　图 3-47　创建的矩形和圆形

❸选取场景中的圆，单击【Modify】命令面板中的【Edit Spline】按钮，选取修改器堆栈树形列表中【Spline】✑图标按钮。

❹要进行布尔运算，必须先将两条曲线合并在一起，这需要使用【Attach】命令，选中圆形，使其变成红色被选择状态，单击【Attach】按钮示其处于按下状态，移动鼠标到矩形上，此时鼠标变为✿形状，单击矩形，这样矩形就和圆形复合在了一块。

❺确保处于【Spline】✑编辑状态，单击鼠标选中圆形曲线，使其呈红色状态。单击【Geometry】卷展栏中的【Boolean】按钮，在【Boolean】按钮变成黄色的情况下单击【Union】图标按钮，如图 3-48 所示。

❻在视图中移动光标到矩形上,此时光标变成两个圆圈勾连的形状,单击鼠标左键,场景中的圆和矩形连成一体,如图3-49所示。

图3-48　布尔运算类型选择　　　　　　　　　图3-49　布尔并运算

❼取消前两步操作,确定选取了圆,单击【Geometry】卷展栏中的【Boolean】按钮,在【Boolean】按钮变成黄色的前提下单击【Subtraction】图标按钮,然后在视图中单击选择矩形,场景中圆减去与多边形相交部分后的图形如图3-50所示。

❽确定选取了圆,单击【Geometry】卷展栏中的【Boolean】按钮,在【Boolean】按钮变成黄色的前提下单击【Intersection】图标按钮,然后在视图中单击选中显示圆与多边形相交部分后的图形如图3-51所示。

图3-50　布尔减运算　　　　　　　　　　图3-51　布尔交运算

# 3.4　二维图形转换成三维物体

## 📖3.4.1　Extrude 建模

Extrude 修改器功能非常强大,它能将闭合的或者开放的二维造型沿着垂直方向拉伸,从而生成三维物体。下面通过台阶模型的制作来讲解。

❶单击【3DS】菜单中的【Reset】命令,重置系统。

❷激活 Left 视图,单击【Create】控制按钮下【Shapes】命令面板中的【Line】按钮,在视图中利用网格的帮助绘制闭合台阶截面曲线,如图3-52所示。

❸单击【Modify】命令面板,在修改列表中选择【Edit Spline】按钮,选取【Selection】

卷展栏中【Vertex】（顶点）按钮，此时，所绘制的图形中的所有点都显示了出来。

图 3-52 初步的台阶截面图

图 3-53 修改后的台阶截面图

❹选取左上角不规则的点，单击鼠标右键选择其类型为【Corner】类型，图形即变为图 3-53 所示。

❺单击【Vertex】（顶点）按钮，取消节点层次编辑。在修改列表中选择【Extrude】命令，并设置参数如图 3-54 所示。

图 3-54 设置参数

图 3-55 台阶模型

❻单击右下角的【Zoom Extents All】视图调整工具，在 Perspective 视图中可以看到挤压而成的台阶模型，如图 3-55 所示。

## 3.4.2 Lathe 建模

Lathe 修改器可以通过旋转把二维造型变成三维物体，用于生成三维物体的源造型通常是目标造型横截面的一半。下面通过杯子模型的建立来介绍。

❶ 单击【3DS】菜单中的【Reset】命令，重置系统。

❷激活 Front 视图，单击【Create】控制按钮下【Shapes】命令面板中的【Line】按钮，在视图中利用网格的帮助绘制一条闭合曲线，如图 3-56 所示。

❸单击【Modify】命令面板，在修改列表中选择【Edit Spline】按钮，选取【Selection】卷展栏中【Vertex】（顶点）按钮，此时，所绘制的图形中的所有点都显示了出来。

将有些点的类型设置为 Bezier，并调整，使杯子截面光滑匀称。结果如图 3-57 所示。

❹单击【Vertex】（顶点）⬚按钮，退出节点层次编辑。在修改列表中选择【Lathe】命令，视图中图形马上变成图 3-58 所示。

图 3-56　初步的杯子截面图　　　　　　　图 3-57　修改后的杯子截面图

图 3-58　默认对齐方式下的旋转体

❺打开参数卷展栏，在【Align】（对齐）下选择【Min】按钮，即可得到杯子的形状。结果如图 3-59 所示。

图 3-59　选择最小对齐方式后的旋转体

## 3.4.3   Bevel 建模

Bevel 修改器通常用于二维图形的拉伸变形，在拉伸的同时，可以在边界上加入直角或者圆形倒角。多用于制作三维文字标志。

❶ 单击【3DS】菜单中的【Reset】命令，重置系统。

❷ 激活 Front 视图，单击【Create】控制按钮下【Shapes】命令面板中的【Text】按钮，在视图中创建"DISNEY"的字样，如图 3-60 所示。

图 3-60   文字截面          图 3-61   参数设置

❸ 单击【Modify】命令面板，在修改列表中选择【Bevel】命令，向下拖动面板，展开【Bevel Values】卷展栏，设置参数如图 3-61 所示。

❹ 单击右下角的【Zoom Extents All】视图调整工具，可以看到制作成的有斜切的立体字模型，如图 3-62 所示。

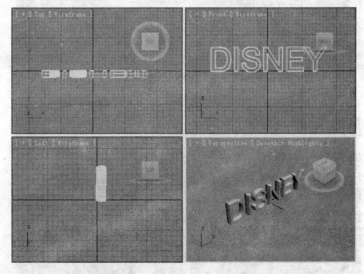

图 3-62   设置好参数后的模型

## 3.4.4   Bevel pro3DS 建模

Bevel pro3DS 修改器是 Bevel 修改器的延伸，制作过程需要倒角轮廓线和放样路径。

需要注意的是，制作完成后倒角轮廓线不能删除，如果删除，模型也将被删除。

❶ 单击【3DS】菜单中的【Reset】命令，重置系统。

❷激活 Top 视图，单击【Create】控制按钮下【Shapes】命令面板中的【NGon】按钮，在视图中创建一个六边形。

❸激活 Front 视图，单击【Create】控制按钮下【Shapes】命令面板中的【Line】按钮，在视图中绘制 象曲线作为路径，结果如图 3-63 所示。

❹选中六边形，单击【Modify】命令面板，在修改列表中选择【Bevel】命令，展开【Parameters】参数卷展栏，单击【Pick Pro3DS】按钮使其处于按下状态，移动鼠标到绘制好的路径曲线上，鼠标变成十字形时，单击左键。视图中的模型发生变化。

❺单击右下角的【Zoom Extents All】视图调整工具，可以看到制作成截面为六边形的葫芦状模型，如图 3-64 所示。

图 3-63　截面与路径

图 3-64　用 Bevel pro3DS 命令制成的模型

## 3.5　实战训练

上面学习了许多平面图形绘制、编辑的方法与技巧，以及二维图形到三维模型的转换命令。下面通过制作路旁候车亭模型，来综合练习简单模型的制作方法。

### 📖 3.5.1　柱子的制作

❶ 单击【3DS】菜单中的【Reset】命令，重置系统。

❷ 激活 Front 视图，打开【Create】控制面板，单击【Shapes】命令中的【Line】按钮，最大化显示 Front 视图，在视图中绘制一条曲线，如图 3-65 所示。

❸ 单击【Modify】命令面板，在修改列表中选择【Edit Spline】按钮，选取【Selection】卷展栏中【Vertex】（顶点）⋮⋮ 按钮，此时，所绘制的图形中的所有点都显示了出来。调整点的位置和类型，结果如图 3-66 所示。

图 3-65　柱子截面雏形

图 3-66　修改后的柱子截面

❹ 单击【Vertex】（顶点）⋮⋮ 按钮，退出节点层次编辑。

❺ 在修改列表中选择【Lathe】（车削）命令。打开参数卷展栏，在【Align】（对齐）下选择【Max】按钮，得到柱子模型，结果如图 3-67 所示。

图 3-67　柱子效果图

图 3-68　建立椭圆

### 📖 3.5.2　亭顶的制作

❶ 激活 Left 视图，在适当位置绘制一个椭圆，如图 3-68 所示。

❷ 单击【Modify】命令面板，在修改列表中选择【Edit Spline】按钮，选取【Selection】卷展栏中【Vertex】（顶点）▦按钮，此时，所绘制的图形中的所有点都显示了出来。

❸展开【Geometry】卷展栏，单击【Break】按钮把椭圆从离柱子最近的点处断开，并作相应移动，调整为图 3-69 所示。

图 3-69　断开移动后的椭圆

图 3-70　亭顶截面图

❹向下拖动面板，单击【Connect】按钮，将鼠标在断开的一个点上单击并按住，拖向另一个点，这样，两个点就连接了起来，结果如图 3-70 所示。

❺单击【Vertex】（顶点）▦按钮，取消节点层次编辑。在修改列表中选择【Extrude】命令，并设置【Amount】参数为 500（可视情况调整），结果如图 3-71 所示。

### 📖3.5.3　亭壁的制作

亭壁可用一个长方体来代替，此处不再介绍，仅给出相对位置图，如图 3-72 所示。

图 3-71　绘制成的亭顶图

图 3-72　加入亭壁的效果图

### 📖3.5.4　候车亭的合成

❶单击右下角的【Zoom Extents All】视图调整工具,让所有模型均可看到。

❷激活 Top 视图，选中柱子，按住 Shift 键的同时，用移动工具沿 X 轴移动到亭子

的另一侧。弹出复制对话框，选择 Instance 方式，结果如图 3-73 所示。

❸在 Left 视图用移动工具将各模型作相应位置调整，单激活 Perspective 视图，观看制作成的亭子效果，如图 3-74 所示。至此，候车亭制作结束。

图 3-73　柱子截面雏形

图 3-74　制作好的候车亭效果

❹可以为候车亭赋予材质并添加装饰物，此处仅给出参考效果，如图 3-75 所示。

图 3-75　装饰后的候车亭效果

# 3.6　课后习题

## 1. 填空题

（1）【Edit Spline】功能可以修改曲线的 4 个层次。分别是物体层次、＿＿＿＿、＿＿＿＿及曲线层次。

（2）节点有 4 种类型，分别为【Smooth】、＿＿＿＿、【Bezier】以及＿＿＿＿。

（3）二维图形的布尔操作包括并集、＿＿＿＿、＿＿＿＿和剪切运算。

（4）利用 Lathe 修改器把二维造型变成三维物体，用于生成三维物体的源造型通常是目标造型横截面的＿＿＿＿。

## 2. 问答题

（1）二维图形有什么用途？

（2）用什么方法，可以使绘制的曲线变得光滑？

（3）如何绘制有圆角的长方体？

3．操作题

（1）在透视图中绘制各种二维形体，并改变参数，观察它们的形状变化。

（2）在透视图中绘制几条曲线，练习各种编辑命令。

（3）利用 Extrude 建模的方法，建立一个柱体。

（4）利用 Lathe 建模的方法，建立一个花瓶。

# 第4章　几何体建模

三维模型的创建方法有多种，在本章将主要讲述创建基本三维模型、扩展三维模型和一些建筑构件的方法，并给它们常用参数的举例运用。本章通过丰富的图片对比，培养读者对各种几何体的感性认识，初学者应认真掌握，多加调试。

**教学重点与难点**

➤ 标准几何体参数的创建
➤ 扩展几何体参数的调节
➤ 利用几何体建模的方法

## 4.1　标准几何体的创建

三维建模有多种方法，最简单的方法就是利用 3ds Max 系统配置的标准几何体造型，然后在这些标准造型的基础上运用各种修改器，达到造型的目的。

### 4.1.1　长方体的创建

**01** 创建方式

❶ 单击【3DS】菜单中的【Reset】命令，重新设置系统。

❷进入【Create】（创建）命令面板，按下【Geometry】（几何体）按钮，在【Object Type】（对象类型）卷展栏里选择【Box】（盒子）。

❸在顶视图中按住鼠标左键并拖动，拉出长方体的底面，松开鼠标，向上或向下移动鼠标，可以在透视图中实时观察到长方体的变化过程。再次单击鼠标左键，完成长方体的创建，结果如图 4-1 所示。

❹如果要创建正方体，最简单的办法就是选取右侧【Creation Method】（创建方式）中的 Cube（立方体），然后在视图中拖动鼠标，即可创建出立方体来，如图 4-2 所示。

**02** 重要参数举例介绍

段数对长方体来说是很重要的概念。段数的多少直接影响着长方体能否被某些修改器所编辑。默认情况下，长、宽、高的段数均为 1。

❶重置系统。按照上述方法，在 Top 视图创建一个长方体。

❷选中长方体，选择移动工具，按住 Shift 键的同时沿 X 轴移动长方体，此时弹出

复制对话框，在数量栏中输入2后，单击【OK】按钮，这样就复制出两个长方体。

图 4-1 透视图中的长方体

图 4-2 透视图中的立方体

❸选中第二个长方体，单击【Modify】（修改）命令面板，在【Parameters】（参数）卷展栏下长、宽、高的段数栏中分别输入2、2、2。

❹选中第三个长方体，单击【Modify】（修改）命令面板，在【Parameters】（参数）卷展栏下长、宽、高的段数栏中分别输入3、3、3。

❺此时可以从顶视图、左视图以及前视图中看出各立方体的段数变化，如图4-3所示。

图 4-3 不同段数的立方体

### 4.1.2 经纬球体的创建

**01** 创建方式

❶单击【3DS】菜单中的【Reset】命令，重新设置系统。

❷进入【Create】（创建）命令面板，按下【Geometry】（几何体）按钮，在【Object

Type】（对象类型）卷展栏里选择【Sphere】（球体）。

❸在顶视图中按住鼠标左键并向外拖动，然后松开鼠标，在透视图中可以观察到创建的球体，结果如图 4-4 所示。

图 4-4　透视图中的球体

02 重要参数举例介绍

对球体而言，经常会用到如下的参数：【Smooth】（光滑）、【Hemisphere】（半球）、【Slice on】（切开）。下面举例介绍。

❶ 重置系统。按照上述方法，在 Top 视图创建一个球体。

❷选中球体，选择移动工具，按住 Shift 键的同时沿 X 轴移动长方体，此时弹出复制对话框，在数量栏中输入 3 后，单击【OK】按钮，这样就复制出 3 个球体。

❸选中第二个球体，单击【Modify】（修改）命令面板，在【Parameters】（参数）卷展栏下取消【Smooth】复选框。

❹选中第三个球体，单击【Modify】（修改）命令面板，在【Parameters】（参数）卷展栏下的【Hemisphere】（半球）数值框内输入 0.5。

❺选中第四个球体，单击【Modify】（修改）命令面板，在【Parameters】（参数）卷展栏下单击选中【Slice on】，在其下面的【Slice to】框内输入 200。

❻观察参数作用于球体的变化，如图 4-5 所示。

图 4-5　不同参数时球体的形状

### 📖4.1.3 几何球体的创建

几何球体与经纬球体两者的差别在于面片结构的不同。在两者点面数一致的情况下，几何球比经纬球更光滑。

**01** 创建方式

几何球体与经纬球体的创建方法几乎相同。仅给出几何球体与经纬球体的对比图，如图4-6所示。

**02** 重要参数举例介绍

这里重点对比不同基本点面类型下的几何球体的异同。需要说明的是，几何球体只能设置半球模式。而不能像经纬球那样可以产生任意百分比的球体。

❶ 重置系统。按照上述方法，在 Top 视图创建一个几何球体。

❷选中几何球体，选择移动工具，按住 Shift 键的同时沿 X 轴移动几何球体，此时弹出复制对话框，在数量栏中输入 2 后，单击 OK 按钮，这样就复制出两个几何球体。

❸选中第一个几何球体，单击【Modify】（修改）命令面板，打开【Parameters】（参数）卷展栏，在【Geodesic Base Type】(基本点面类型)下选中【Tetra】(四面体)。

❹选中第二个几何球体，单击【Modify】（修改）命令面板，打开【Parameters】（参数）卷展栏，在【Geodesic Base Type】(基本点面类型)下选中【Octa】(八面体)。

❺选中第三个几何球体，单击【Modify】（修改）命令面板，打开【Parameters】（参数）卷展栏，在【Geodesic Base Type】(基本点面类型)下选中【Icosa】(二十四面体)。

❻此时，我们可以看出各球体的形状变化。如图4-7所示。

图4-6 几何球体与经纬球体的对比

图4-7 不同基本点面类型下的几何球体

### 📖4.1.4 圆柱体的创建

**01** 创建方式

❶ 单击【3DS】菜单中的【Reset】命令，重新设置系统。

❷进入【Create】（创建）命令面板，按下【Geometry】（几何体）按钮，在【Object Type】（对象类型）卷展栏里选择【Cylinder】（圆柱体）。

❸在顶视图中按住鼠标左键并拖动，拉出圆柱体的底面，松开鼠标，向上或向下移动鼠标，可以在透视图中实时观察到圆柱体的变化过程。再次单击鼠标左键，完成圆柱体的创建，结果如图 4-8 所示。

**02** 重要参数举例介绍

对圆柱体来说，除一般的参数之外，我们经常会用到如下的参数：【Smooth】（光滑）、【Side】（边数）、【Slice on】（切开）。下面举例介绍。

❶ 重置系统。按照上述方法，在 Top 视图创建一个圆柱体。

❷选中圆柱体，选择移动工具，按住 Shift 键的同时沿 X 轴移动圆柱体，此时弹出

图 4-8　透视图中的圆柱体

图 4-9　透视图中圆柱体不同参数时的形状

复制对话框，在数量栏中输入 3 后，单击【OK】按钮，这样就复制出 3 个圆柱体。

❸选中第二个圆柱体，单击【Modify】（修改）命令面板，在【Parameters】（参数）卷展栏下将【Side】（边数）设为 8。

❹选中第三个圆柱体，单击【Modify】（修改）命令面板，在【Parameters】（参数）卷展栏下取消【Smooth】（光滑）复选框。

❺选中第四个圆柱体，单击【Modify】（修改）命令面板，在【Parameters】（参数）卷展栏下单击选中【Slice on】，在其下面的 Slice to 框内输入-150。

❻在透视图中看到圆柱不同参数时的形状变化，如图 4-9 所示。

### 📖 4.1.5　圆锥体的创建

圆锥体可以看作是圆柱的延伸，它的用途比较广泛，可以用来产生圆锥、圆台、棱锥、棱台等物体。

**01** 创建方式

❶ 单击【3DS】菜单中的【Reset】命令，重新设置系统。

❷进入【Create】（创建）命令面板，按下【Geometry】（几何体）按钮，在【Object

Type】（对象类型）卷展栏下选择【Cone】（锥体）。

❸在顶视图中按住鼠标左键并拖动，拉出圆锥体的底面，松开鼠标，向上移动鼠标，可以在透视图中出现了一个圆柱体。单击鼠标左键，移动鼠标，发现顶面开始缩小。缩放至一点时，再次单击鼠标左键，完成锥体的创建。结果如图 4-10 所示。

**02** 重要参数举例介绍

对圆锥体来说，除一般的参数之外，我们经常会用到如下的参数：【Smooth】（光滑）、【Side】（边数）、【Slice on】（切开）、。尤其要注意的是，可以利用【Radius2】参数完成圆台、棱台的创建；利用【Side】（边数）完成棱柱的创建。下面举例介绍。

❶ 重置系统。按照上述方法，在 Top 视图创建一个圆锥体。

❷选中圆锥体，选择移动工具，按住 Shift 键的同时沿 X 轴移动圆锥体，此时弹出复制对话框，在数量栏中输入 3 后，单击【OK】按钮，这样就复制出 3 个圆锥体。

图 4-10　透视图中的圆锥体　　　　图 4-11　透视图中圆锥体不同参数时的形状

❸选中第二个圆锥体，单击【Modify】（修改）命令面板，在【Parameters】（参数）卷展栏下将【Side】（边数）设为 8。

❹选中第三个圆柱体，单击【Modify】（修改）命令面板，在【Parameters】（参数）卷展栏下取消【Smooth】（光滑）复选框。

❺选中第四个圆柱体，单击【Modify】（修改）命令面板，在【Parameters】（参数）卷展栏下单击选中【Slice on】，在其下面的 Slice to 框内输入-150。

❻在透视图中看到圆锥体不同参数时的形状变化，如图 4-11 所示。

## 4.1.6　管状体的创建

在 3ds Max Design 2010 中，类似管状物的创建非常容易。管状物往往作为建筑效果图的基础，在椅子的制作中用得非常多。

**01** 创建方式

❶ 单击【3DS】菜单中的【Reset】命令，重新设置系统。

❷进入【Create】（创建）命令面板，按下【Geometry】（几何体）按钮，在【Object Type】（对象类型）卷展栏下选择【Tube】（圆管）。

❸在顶视图中按住鼠标左键并拖动，拉出圆管的底面外轮廓，松开鼠标，向内移动鼠标，确定好圆管的内圆大小后，单击鼠标左键。然后向上拖动鼠标，在透视图中观察圆管的高度。到合适位置时，单击鼠标左键，完成圆管的创建，如图 4-12 所示。

**02** 重要参数举例介绍

对圆管体来说，我们经常会用到如下的参数：【Smooth】（光滑）、【Side】（边数）、【Slice on】（切开）。因为它和圆柱的参数非常相似，这里就不多介绍，只给出不同参数下的形状对比图，如图 4-13 所示。

图 4-12　透视图中的圆管　　　　　图 4-13　圆管不同参数时的形状

## 4.1.7　圆环的创建

**01** 创建方式

❶ 单击【3DS】菜单中的【Reset】命令，重新设置系统。

❷进入【Create】（创建）命令面板，按下【Geometry】（几何体）按钮，在【Object Type】（对象类型）卷展栏下选择【Torus】（圆环）。

❸在顶视图中按住鼠标左键并拖动，拉出圆环的外轮廓，松开鼠标，向内移动鼠标，可以在透视图中看到圆环的内轮廓随着鼠标的移动而变动。到合适位置，再次单击鼠标左键，完成圆环的创建，结果如图 4-14 所示。

**02** 重要参数举例介绍

对圆环来讲，它的参数比较多，我们主要介绍几个比较难懂的参数：【Smooth】（光滑）、【Rotation】（旋转）、【Twist】（扭曲）。

❶ 重置系统。按照上述方法，在 Top 视图创建一个圆环，为了对比效果明显一点，将圆环的【Sides】设为 8。

❷选中圆环，选择移动工具，按住 Shift 键的同时沿 X 轴移动圆锥体，此时弹出复制对话框，在数量栏中输入 3 后，单击【OK】按钮，这样就复制出 3 个环。

❸选中第二个圆环，单击【Modify】（修改）命令面板，在【Parameters】（参数）卷展栏下将【Smooth】（光滑）方式选为 Sides(边)。

❹选中第三个圆环，单击【Modify】（修改）命令面板，在【Parameters】（参数）

卷展栏下将【Smooth】（光滑）方式选为 None(无)。

❺选中第四个圆环，单击【Modify】（修改）命令面板，在【Parameters】（参数）卷展栏下将【Smooth】（光滑）方式选为 Segments(段)。

❻稍微调整四格圆环的物体。可以在透视图中看到圆环采用不同光滑方式时的形状变化。如图 4-15 所示。

图 4-14    透视图中的圆环

图 4-15    圆环不同光滑方式时的形状

❼重复第（1）（2）步操作，不同的是只需复制两个圆环即可。

❽选中第二个圆环，单击【Modify】（修改）命令面板，在【Parameters】（参数）卷展栏下的【Rotation】（旋转）框内输入 180。

❾选中第三个圆环，单击【Modify】（修改）命令面板，在【Parameters】（参数）卷展栏下的【Twist】（扭曲）框内输入 720。

❿此时可以在透视图对比各参数的效果，如图 4-16 所示。

图 4-16    圆环在不同参数下的三视图

## 📖4.1.8    四棱锥的创建

❶ 单击【3DS】菜单中的【Reset】命令，重新设置系统。

❷进入【Create】（创建）命令面板，按下【Geometry】（几何体）按钮，在【Object

Type】（对象类型）卷展栏里选择【Pyramid】（四棱锥）。

❸在顶视图中按住鼠标左键并拖动，拉出底面，松开鼠标，向上或向下移动鼠标，可以在透视图中实时观察到四棱锥的变化。再次单击鼠标左键，完成四棱锥的创建，结果如图 4-17 所示。

图 4-17　透视图中的四棱锥　　　　　图 4-18　透视图中的平面

## 4.1.9　平面的创建

❶ 单击【3DS】菜单中的【Reset】命令，重新设置系统。

❷进入【Create】（创建）命令面板，按下【Geometry】（几何体）按钮，在【Object Type】（对象类型）卷展栏里选择【Plane】（平面）。

❸在顶视图中按住鼠标左键并拖动，即可完成平面的创建，结果如图 4-18 所示。

## 4.1.10　茶壶的创建

**01**　创建方式

❶ 单击【3DS】菜单中的【Reset】命令，重新设置系统。

❷进入【Create】（创建）命令面板，按下【Geometry】（几何体）按钮，在【Object Type】（对象类型）卷展栏里选择【Teapot】（茶壶）。

❸在顶视图中按住鼠标左键并拖动，即可完成茶壶的创建。透视图效果如图 4-19 所示。

**02**　重要参数举例介绍

对茶壶来说，不仅可以创建整个茶壶，而且可以仅创建其部件。它的部件包括：【Body】（壶身）、【Handle】（壶把）、【Spout】（壶嘴）、【Lid】（壶盖）。

❶ 重置系统。按照上述方法，在 Top 视图创建一个茶壶。

❷选中茶壶，选择移动工具，按住 Shift 键的同时沿 X 轴移动茶壶，此时弹出复制对话框，在数量栏中输入 5 后，单击【OK】按钮，这样就复制出 5 个茶壶。

❸选中第二个茶壶，单击【Modify】（修改）命令面板，在【Parameters】（参数）卷展栏下的【Teapot parts】（茶壶部件）区里仅勾选【Body】（壶身）。

❹选中第三个茶壶，单击【Modify】（修改）命令面板，在【Parameters】（参数）卷展栏下的【Teapot parts】（茶壶部件）区里仅勾选【Handle】（壶把）。

❺选中第四个茶壶，单击【Modify】（修改）命令面板，在【Parameters】（参数）卷展栏下的【Teapot parts】（茶壶部件）区里仅勾选【Spout】（壶嘴）。

❻选中第五个茶壶，单击【Modify】（修改）命令面板，在【Parameters】（参数）卷展栏下的【Teapot parts】（茶壶部件）区里仅勾选【Lid】（壶盖）。

❼在透视图中观察各参数对壶的作用效果，如图 4-20 所示。

图 4-19　透视图中的茶壶　　　　　　图 4-20　透视图中不同参数对象业的作用

# 4.2　扩展几何体的创建

学完了标准几何体建模之后，现在进入扩展几何体模型的创建。扩展几何体是比较重要的一类内置模型，可以在这些模型的基础上运用各种修改器，达到创建复杂模型的目的。

## 4.2.1　多面体的创建

**01** 创建方式

❶单击【3DS】菜单中的【Reset】命令，重新设置系统。

❷打开【Create】（创建）面板，单击【Geometry】（几何体）子面板，在下拉列表中选择【Extended Primitives】（扩展几何体），如图 4-21 所示。

❸单击【Hedra】（多面体）按钮，然后在 Top 视图中单击鼠标左键并拖动。完成多面体的创建。结果如图 4-22 所示。

**02** 重要参数举例介绍

❶重置系统。按照上述方法，在 Top 视图创建一个多面体。

❷选中多面体，选择移动工具，按住 Shift 键的同时沿 X 轴移动多面体，此时弹出复制对话框，在数量栏中输入 5 后，单击【OK】按钮，这样就复制出 5 个多面体。

❸选中第二个多面体，进入【Modify】面板，在【Parameters】卷展栏中选定【Tetra】

（四面体）选项，然后在【Family Parameters】区域设置 P 的值为 1.0，此时对象为正四面体。

图 4-21　创建扩展几何体面板　　　图 4-22　透视图中的多面体

❹选中第三个多面体，进入【Modify】面板，在【Parameters】卷展栏中选定【Cube/Octa】选项，设置 P 的值为 1.0，此时对象为正八面体。

❺选中第四个多面体，进入【Modify】面板，在【Parameters】卷展栏中选定【Cube/Octa】选项，设置 P 的值为 1.0，设置 Q 的值为 1.0，此时多面体变成了立方体形状。

❻选中第五个多面体，进入【Modify】面板，在【Parameters】卷展栏中选定【Dodec/Icos】选项，设置 Q 的值为 1.0，此时正八面体变成了正十二面体。

❼选中第六个多面体，进入【Modify】面板，在【Parameters】卷展栏中选定【Dodec/Icos】选项，设置 P 的值为 1.0，设置 Q 的值为 1.0，此时正 12 面体变成了正二十面体。

❽至此，可以从透视图中观察对多面体的参数控制效果，如图 4-23 所示。

图 4-23　不同参数下的多面体

## 4.2.2 倒角长方体创建

倒角长方体在建模中非常有用，有了倒角扩展几何模型我们可以方便地完成一些需要倒角的造型，如沙发、椅垫等。

**01** 创建方式

❶ 单击【3DS】菜单中的【Reset】命令，重新设置系统。

❷进入【Create】（创建）命令面板，按下【Geometry】（几何体）按钮，在下拉列表中选择【Extended Primitives】（扩展几何体）。

❸单击【ChamferBox】（倒角盒子）按钮，在顶视图中按住鼠标左键并拖动，拉出长方体的底面，松开鼠标，向上或向下移动，单击鼠标左键，透视图中出现长方体的模型。晃动鼠标，长方体出现倒角，单击左键完成倒角长方体创建，结果如图 4-24 所示。

**02** 重要参数举例介绍

对倒角长方体而言，经常会用到如下的参数：【Fillet】（倒角）、【Fillet Segs】（倒角段数）、【Smooth】（光滑）。前两个参数控制长方体的圆角大小。Fillet 的值越大，圆角的部分就越大，Fillet Segs（倒角段数）的值越大，则圆角越光滑。介绍。

❶ 重置系统。按照上述方法，在 Top 视图创建一个倒角长方体。

❷选中倒角长方体，选择移动工具，按住 Shift 键的同时沿 X 轴移动长方体，此时弹出复制对话框，在数量栏中输入 2，单击【OK】按钮，这样就复制出两个倒角长方体。

❸选中第二个倒角长方体，单击【Modify】（修改）命令面板，在【Parameters】（参数）卷展栏下取消【Smooth】复选框。

❹选中第三个倒角长方体，单击【Modify】（修改）命令面板，在【Parameters】（参数）卷展栏下的【Fillet Segs】框内输入 200。【Fillet】（倒角）框内输入 438。

❺此时，我们可以观察参数作用于倒角长方体的变化，如图 4-25 所示。

图 4-24  透视图中的倒角长方体

图 4-25  不同参数下的倒角长方体

## 4.2.3 倒角圆柱体的创建

倒角圆柱体在建模中非常有用，有了圆角扩展几何模型我们可以方便地完成一些需要圆角的造型，如沙发、椅垫等。

**01** 创建方式

创建方式几乎与圆柱体相同，只多了一步形成倒角的操作。这里不再详细介绍。仅给出圆柱体与倒角圆柱体的对比图，如图 4-26 所示。

**02** 重要参数举例介绍

除具备圆柱体的一般参数外，倒角圆柱体特有的参数就是：【Fillet】（倒角）和【Fillet Segs】（倒角段数）。Fillet 的值越大，圆角的部分就越大；Fillet Segs（倒角段数）的值越大，则圆角越光滑。

❶ 重置系统。按照上述方法，在 Top 视图创建一个倒角圆柱体。

❷选中倒角圆柱体，选择移动工具，按住 Shift 键的同时沿 X 轴移动倒角圆柱体，此时弹出复制对话框，在数量栏中输入 2 后单击【OK】按钮，这样就复制出两个倒角圆柱体。

❸选中第二个倒角圆柱体，单击【Modify】（修改）命令面板，打开【Parameters】（参数）卷展栏，保持其他参数不变，将【Fillet Segs】（倒角段数）设为 5。

❹选中第三个倒角圆柱体，单击【Modify】（修改）命令面板，打开【Parameters】（参数）卷展栏，保持其他参数不变，将：【Fillet】（倒角）增加 10。

❺在透视图中看出各倒角圆柱体的形状变化，如图 4-27 所示。

图 4-26　圆柱体与倒角圆柱体的对比图　　　图 4-27　不同参数下的倒角圆柱体形状

## 4.2.4　油桶的创建

**01** 创建方式

❶单击【3DS】菜单中的【Reset】命令，重新设置系统。

❷进入【Create】（创建）命令面板，按下【Geometry】（几何体）按钮，在下拉列表中选择【Extended Primitives】（扩展几何体）。

❸单击【Oiltank】（油桶）按钮，在顶视图中按住鼠标左键并拖动，拉出油桶的两个盖，向上或向下移动鼠标，在适当高度单击鼠标左键，完成油桶创建。结果如图 4-28 所示。

**02** 重要参数举例介绍

对油桶来说，除一般的参数之外，主要介绍两个参数：【Cap Hight】（端面高度）、【Blend】（混合）。

❶重置系统。按照上述方法，在 Top 视图创建一个油桶。

❷选中油桶,选择移动工具,按住 Shift 键的同时沿 X 轴移动油桶,此时弹出复制对话框,在数量栏中输入 2 后,单击【OK】按钮,这样就复制出两个油桶。

❸选中第二个油桶,单击【Modify】(修改)命令面板,在【Parameters】(参数)卷展栏下的【Cap Hight】(端面高度)高度框内加上 10。

❹选中第三个油桶,单击【Modify】(修改)命令面板,在【Parameters】(参数)卷展栏下的【Blend】(混合)框内输入 4。

❺此时,我们可以在透视图中看到油桶在不同参数时的形状变化,如图 4-29 所示。

图 4-28　透视图中的油桶　　　　图 4-29　透视图中油桶在不同参数时的形状

## 4.2.5　多边形棱柱体的创建

### 01　创建方式

❶ 单击【3DS】菜单中的【Reset】命令,重新设置系统。

❷进入【Create】(创建)命令面板,按下【Geometry】(几何体)按钮,在下拉列表中选择【Extended Primitives】(扩展几何体)。

❸单击【Gengon】(多边形)按钮,在顶视图中按住鼠标左键并拖动,拉出一个五边形的底面,松开鼠标,向上移动鼠标,可以在透视图中出现了一个五棱柱。单击鼠标左键确定高度。晃动鼠标,发现棱柱的倒角发生变化。再次单击鼠标左键,完成多边形棱柱体的创建,结果如图 4-30 所示。

### 02　重要参数举例介绍

对倒角棱柱体来说,除一般的参数之外,经常会用到如下的参数:【Smooth】(光滑)、【Fillet】(倒角)和【Fillet Segs】(倒角段数)。这些参数基本和前面的扩展体参数相同。读者可按以下步骤,观察效果。

❶重置系统。按照上述方法,在 Top 视图创建一个倒角棱柱体。

❷选中倒角棱柱体,选择移动工具,按住 Shift 键的同时沿 X 轴移动倒角棱柱体,此时弹出复制对话框,在数量栏中输入 3 后,单击【OK】按钮,就复制出 3 个倒角棱柱体。

❸选中第二个倒角棱柱体,单击【Modify】(修改)命令面板,在【Parameters】(参数)卷展栏下勾选【Smooth】(光滑)复选框。

❹选中第三个倒角棱柱体,单击【Modify】(修改)命令面板,在【Parameters】(参数)卷展栏下的【Fillet】(倒角)数值框内增加 5。

❺选中第四个倒角棱柱体，单击【Modify】（修改）命令面板，在【Parameters】（参数）卷展栏下的【Fillet Segs】（倒角段数）数值框内输入 2。

❻在透视图中看到倒角棱柱体在不同参数时的形状变化，如图 4-31 所示。

图 4-30　透视图中的倒角棱柱体　　　　图 4-31　倒角棱柱体在不同参数时的形状

## 4.2.6　纺锤体的创建

纺锤体与油桶差不多，差别只在于两端的突起部分是圆锥体。

**01** 创建方式

创建的方法可以参考油桶的创建，这里仅给出效果图，如图 4-32 所示。

图 4-32　透视图中的纺锤体　　　　图 4-33　纺锤体在不同参数时的形状

**02** 重要参数举例介绍

对纺锤体来说，它的参数跟油桶的相似，这里仅介绍在油桶中尚未介绍的【Overall】（全部）、【Centers】（中心）。

❶ 重置系统。按照上述方法，在 Top 视图创建一个纺锤体。

❷选中纺锤体，选择移动工具，按住 Shift 键的同时沿 X 轴移动纺锤体，此时弹出复制对话框，在数量栏中输入 2 后，单击【OK】按钮，这样就复制出两个纺锤体。

❸选中第一个纺锤体，单击【Modify】（修改）命令面板，在【Parameters】（参数）卷展栏下勾选【Overall】（全部）复选框。此时纺锤体的高度包括两个端面的高度。

❹选中第二个纺锤体，单击【Modify】（修改）命令面板，在【Parameters】（参数）卷展栏下勾选【Centers】（中心）复选框。此时纺锤体的高度不包括两个端面的高度。

❺在透视图中观察设置的效果，如图 4-33 所示。

## 📖4.2.7 胶囊的创建

胶囊与纺锤体差不多，区别只在于两端的突起部分是半圆形。学习是可以与油桶、纺锤体对比学习。

**01** 创建方式

创建的方法请参考油桶的创建方法，这里仅给出效果图，如图 4-34 所示。

**02** 重要参数举例介绍

胶囊的参数基本与纺锤体相似。这里不再介绍，仅给出一些不同参数下的效果图。如图 4-35 所示。

图 4-34　透视图中的胶囊

图 4-35　胶囊在不同半径、同一高度下的形状

## 📖4.2.8　L 形延伸体的创建

❶ 单击【3DS】菜单中的【Reset】命令，重新设置系统。

❷进入【Create】（创建）命令面板，按下【Geometry】（几何体）按钮，在下拉列表中选择【Extended Primitives】（扩展几何体）。

❸单击【L-Ext】（L 形延伸体）按钮，在顶视图中按住鼠标左键并拖动，拉出一个 L 形底面，松开鼠标，向上或向下移动鼠标，到了合适的高度，单击鼠标左键。移动鼠标，可以看见 L 形延伸体的厚度发生变化。再次单击鼠标左键，完成 L 形延伸体的创建，结果如图 4-36 所示。

## 📖4.2.9　C 形延伸体的创建

多用于创建 C 形墙体，创建方法与参数与 L 形延伸体基本相同，此处不作介绍，仅给出效果图，如图 4-37 所示。

图 4-36 透视图中的 L 形延伸体

图 4-37 透视图中的 C 形延伸体

## 4.2.10 圆环节的创建

**01** 创建方式

❶单击【3DS】菜单中的【Reset】命令，重新设置系统。

❷进入【Create】（创建）命令面板，按下【Geometry】（几何体）按钮，在下拉列表中选择【Extended Primitives】（扩展几何体）。

❸单击【Torns Knot】（圆环节）按钮，在顶视图中按住鼠标左键并拖动，至合适大小后松开确定圆环节的半径，然后向上移动鼠标指针至合适位置后单击鼠标，确定缠绕圆柱体的截面半径。从而完成圆环节的创建，效果如图 4-38 所示。

**02** 重要参数举例介绍

圆环节的参数较多，这里重点介绍它的两种模型。一种是【Knot】，另一种是【Circle】。

❶重置系统。按照上述方法，在 Top 视图创建一个圆环节。

❷选中圆环节，单击【Modify】（修改）命令面板，在【Parameters】（参数）卷展栏下的【Base Curve】栏下勾选【Circle】复选框。结果圆环节变成了一个圆，如图 4-39 所示。

❸取消刚才操作，选择移动工具，按住 Shift 键的同时沿 X 轴移动圆环节，此时弹出复制对话框，在数量栏中输入 2 后，单击【OK】按钮，这样就复制出两个圆环节。

❹选中第二个圆环节，单击【Modify】（修改）命令面板，在【Parameters】（参数）卷展栏下的【Base Curve】栏下勾选【Knot】复选框。并将 P、Q 值分别设为 1，6。

图 4-38 透视图中的圆环节

图 4-39 选中 Circle 后的圆环节

❺选中第三个圆环节，单击【Modify】（修改）命令面板，在【Parameters】（参数）卷展栏下的【Base Curve】栏下勾选【Circle】复选框。并在【Wrap Count】栏里输入15，在【Wrap Height】栏里输入 2。

❻调整视图，在四视图中观察各参数对圆环节的作用效果。如图 4-40 所示。

图 4-40　不同参数下的圆环节

## 📖4.2.11　回转圈的创建

### 01　创建方式

❶单击【3DS】菜单中的【Reset】命令，重新设置系统。

❷进入【Create】（创建）命令面板，按下【Geometry】（几何体）按钮，在下拉列表中选择【Extended Primitives】（扩展几何体）。

❸单击【Ringwave】（回转圈）按钮，在顶视图中按住鼠标左键并拖动，拉出回转圈的外轮廓，松开鼠标，向圆心处移动鼠标，至合适位置处单击鼠标左键，完成回转圈截面轮廓的创建，结果如图 4-41 所示。

❹在右边的【Parameters】（参数）卷展栏下找到【Ringwave Size】区域，在 Height框内输入 200，完成回转圈的创建，结果如图 4-42 所示。

### 02　重要参数举例介绍

回转圈的参数比较多，重点介绍两个控制轮廓的参数区：【Outer Edge Breakup】参数区和【Inner Edge Breakup】参数区。

❶重置系统。按照上述方法，在 Top 视图创建一个回转圈。

❷选中回转圈，选择移动工具，按住 Shift 键的同时沿 X 轴移动回转圈，此时弹出复制对话框，在数量栏中输入 2 后，单击【OK】按钮，这样就复制出两个回转圈。

❸选中第二个回转圈，单击【Modify】（修改）命令面板，在【Parameters】（参数）卷展栏下选中【Outer Edge Breakup】参数区的 On 复选框，取消【Inner Edge Breakup】参数区的 On 复选框。并在其下的【Major Cycles】框内输入 10，在【Width Flux】框内

输入 80。

图 4-41　透视图中的回转圈截面　　　　图 4-42　透视图中圆柱体不同参数时的形状

❹选中第三个回转圈，单击【Modify】（修改）命令面板，在【Parameters】（参数）卷展栏下取消【Outer Edge Breakup】参数区的 On 复选框，选中【Inner Edge Breakup】参数区的 On 复选框。并在其下的【Major Cycles】框内输入 10，在【Width Flux】框内输入 80。

❺在四视图中看到回转圈在不同参数时的形状变化，如图 4-43 所示。

图 4-43　回转圈在不同参数时的形状图

## 4.2.12　软管的创建

**01** 创建方式

❶单击【3DS】菜单中的【Reset】命令，重新设置系统。

❷进入【Create】（创建）命令面板，按下【Geometry】（几何体）按钮，在下拉列表中选择【Extended Primitives】（扩展几何体）。

❸单击【Hose】（软管）按钮，在顶视图中按住鼠标左键并拖动，拉出软管的底面，单击鼠标后移动，在适当高度单击左键，即可完成软管的创建。透视图中效果如图 4-44 所示。

**02** 重要参数举例

软管的参数比较多,这里着重介绍两个参数区,即一般参数区和形状控制区。

❶ 重置系统。按照上述方法,在 Top 视图创建一个软管。

❷选中软管,选择移动工具,按住 Shift 键的同时沿 X 轴移动软管,此时弹出复制对话框,在数量栏中输入 2 后,单击 OK 按钮,这样就复制出两个软管。

❸选中第二个软管,单击【Modify】(修改)命令面板,在【Hose Parameters】(软管参数)卷展栏下的【Common Hose Parameters】区里勾选【Flex Section】复选框,并将【Starts】和【Ends】的分别设为 50,90。

❹选中第三个软管,单击【Modify】(修改)命令面板,在【Hose Parameters】(软管参数)卷展栏下的【Common Hose Parameters】区里勾选【Flex Section】复选框,并将【Starts】和【Ends】分别设为 10,50。此时,透视图中的效果如图 4-45 所示。

图 4-44 透视图中的软管　　　　图 4-45 透视图中不同参数对软管的作用

❺取消第❷❸步操作,回到复制出的两个软管状态。选中第二个软管,单击【Modify】(修改)命令面板,在【Hose Parameters】(软管参数)卷展栏下【Hose Shape】区内勾选【Rectangular】复选框,并设置【Fillet】和【Fillet Segs】参数分别为 10,5。

❻选中第二个软管,单击【Modify】(修改)命令面板,在【Hose Parameters】(软管参数)卷展栏下的【Hose Shape】区内勾选【D-section】复选框,并设置【Fillet】和【Fillet Segs】参数分别为 10,5。

❼在四视图中观察各参数对软管的作用效果,如图 4-46 所示。

图 4-46 不同形状的软管

### 4.2.13　三棱柱的创建

**01**　创建方式

❶ 单击【3DS】菜单中的【Reset】命令，重新设置系统。

❷ 进入【Create】（创建）命令面板，按下【Geometry】（几何体）按钮，在下拉列表中选择【Extended Primitives】（扩展几何体）。

❸ 单击【Prism】（三棱柱）按钮，在顶视图中按住鼠标左键并拖动，拉出三角形的一条边，松开鼠标并移动，至合适位置单击左键，确定三角形截面。然后向上或向下移动鼠标至合适位置，再次单击左键，确定三棱柱的高度。即可完成三棱柱的创建。透视图中效果如图 4-47 所示。

❹ 如果要创建等腰三棱柱，需要在创建前选中右侧面板上【Creat Method】（生成方式）参数区下的【Isosceles】（等腰）。

❺ 如果要创建等边三棱柱，需要在创建前选中右侧面板上【Creat Method】（生成方式）参数区下的【Isosceles】（等腰），并且创建时按住 Ctrl 键。等腰三棱柱和等边三棱柱在透视图中的效果如图 4-48 所示。

图 4-47　透视图中的三棱柱　　　　　图 4-48　等腰三棱柱和等边三棱柱

**02**　重要参数举例介绍

三棱柱的参数很简单，这里不再介绍。但有一点需要注意，即三棱柱的截面边长调节时要受到其他两条边长度的约束。而不能任意调节。

## 4.3　门的创建

### 4.3.1　枢轴门的创建

**01**　创建方式

❶ 单击【3DS】菜单中的【Reset】命令，重新设置系统。

❷ 打开【Create】（创建）面板，单击【Geometry】（几何体）子面板，在下拉列表

中选择【Doors】(门),如图4-49所示。

❸单击【Pivot】(枢轴门)按钮,然后在Top视图中单击鼠标左键并拖动。至合适位置单击左键,确定门的宽度。移动鼠标,至合适位置单击左键,确定门的厚度。最后移动鼠标,至合适高度单击左键,确定门的高度。从而完成枢轴门的创建,结果如图4-50所示。

图4-49　创建门的面板

图4-50　透视图中的枢轴门

**02** 重要参数举例介绍

❶重置系统,按照上述方法,在Top视图创建一个枢轴门。

❷选中枢轴门,选择移动工具,按住Shift键的同时沿X轴移动枢轴门,此时弹出复制对话框,在数量栏中输入4后,单击OK按钮,这样就复制出4个枢轴门。

❸选中第二个枢轴门,进入【Modify】面板,在【Parameters】卷展栏下的【Open】数值框内输入50。此时,枢轴门打开50°。

❹选中第三个枢轴门,进入【Modify】面板,在【Parameters】卷展栏下选中【Double】(双门)复选框,同时在【Open】数值框内输入50。可以看到此时枢轴门有两个门板。

❺选中第四个枢轴门,进入【Modify】面板,在【Parameters】卷展栏下选中【Flip Swing】(反向转动)复选框,同时在【Open】数值框内输入50。可以看到此时枢轴门向外开,同时打开50°。

❻选中第五个枢轴门,进入【Modify】面板,在【Parameters】卷展栏下同时选中【Double】和【Flip Swing】复选框,同时在【Open】数值框内输入50。

❼至此,可以从透视图中观察不同参数下枢轴门的形状,如图4-51所示。

## 4.3.2 滑动门的创建

滑动门的创建、参数均与枢轴门相似,此处不作介绍,仅给出效果图,如图4-52所示。

## 4.3.3 折叠门的创建

折叠门的创建、参数也与枢轴门相似,此处不作介绍,仅给出效果图,如图4-53

所示。

图 4-51 不同参数下枢轴门的形状

图 4-52 不同参数下滑动门的形状

图 4-53 不同参数下折叠门的形状

# 4.4 窗的创建

## 4.4.1 遮篷式窗的创建

**01** . 创建方式

❶单击【3DS】菜单中的【Reset】命令，重新设置系统。

❷打开【Create】（创建）面板，单击【Geometry】（几何体）子面板，在下拉列表中选择【Windows】（窗），如图 4-54 所示。

❸单击【Awning】（遮篷式窗）按钮，然后在 Top 视图中单击鼠标左键并拖动。至合适位置单击左键，确定窗的宽度。移动鼠标，至合适位置单击左键，确定窗的厚度。最后移动鼠标，至合适高度单击左键，确定窗的高度。从而完成遮篷式窗的创建。

图 4-54 创建窗的面板

❹在右侧参数卷展栏下的【Open】数值框内输入 50，结果如图 4-55 所示。

**02** 重要参数举例介绍

这里主要介绍制作多页窗的参数，这就是【Rails and Panels】下的【Panel Count】。

❶ 重置系统。按照上述方法，在 Top 视图创建一个打开一定角度的遮篷式窗。

❷ 选中遮篷式窗，选择移动工具，按住 Shift 键的同时沿 X 轴移动遮篷式窗，此时弹出复制对话框，在数量栏中输入 2 后，单击【OK】按钮，这样就复制出两个遮篷式窗。

❸ 选中第二个遮篷式窗，进入【Modify】面板，找到【Parameters】卷展栏下的【Rails and Panels】参数区，在它下面的【Panel Count】数值框内输入 2。

❹ 选中第三个遮篷式窗，进入【Modify】面板，找到【Parameters】卷展栏下的【Rails and Panels】参数区，在它下面的【Panel Count】数值框内输入 4。

❺ 现在，可以从透视图中观察不同参数下遮篷式窗的形状，如图 4-56 所示。

图 4-55　透视图中遮篷式窗　　　　　图 4-56　不同参数下遮篷式窗的形状

## 📖4.4.2　固定式窗的创建

**01**　单击【3DS】菜单中的【Reset】命令，重新设置系统。

❶ 打开【Create】（创建）面板，单击【Geometry】（几何体）子面板，在下拉列表中选择【Windows】（窗）。

❷ 单击【Fixed】（固定式窗）按钮，然后在 Top 视图中单击鼠标左键并拖动。至合适位置单击左键，确定窗的宽度。移动鼠标，至合适位置单击左键，确定窗的厚度。最后移动鼠标，至合适高度单击左键，确定窗的高度。从而完成固定式窗的创建，如图 4-57 所示。

图 4-57　透视图中的固定式窗　　　　图 4-58　固定式窗在不同参数时的形状

**02** 重要参数举例介绍

固定式窗的参数较多，这里主要介绍【Rails and Panels】参数区：【Width】（格栏宽度）、【Panel Horiz】（横向格栏数目）、【Panel Vert】（纵向格栏数目）、【Chamfered Pro3DS】（格栏倒角）。

❶ 重置系统。按照上述方法，在 Top 视图创建一个打开一定角度的固定式窗。

❷选中固定式窗，选择移动工具，按住 Shift 键的同时沿 X 轴移动，此时弹出复制对话框，在数量栏中输入 1 后，单击【OK】按钮，这样就复制出一个固定式窗。

❸选中第一个固定式窗，进入【Modify】面板，找到【Parameters】卷展栏下的【Rails and Panels】参数区，在它下面的【Width】数值框内输入 5，【Panel Horiz】数值框内输入 4，【Panel Vert】数值框内输入 4。此时框格发生数目变化。

❹选中第二个固定式窗，对其应用第❸步的修改，最后勾选【Chamfered Pro3DS】复选框。窗格的倒角发生变化。

❺在透视图中看到固定式窗在不同参数时的形状变化，如图 4-58 所示。

### 📖4.4.3 伸出式窗的创建

创建方式和参数基本与前面讲到遮篷式窗相同，仅给出效果图，如图 4-59 所示。

### 📖4.4.4 滑动式窗的创建

创建方式和参数基本与前面讲到的遮篷式窗相同，仅给出效果图，如图 4-60 所示。

图 4-59 透视图中的伸出窗

图 4-60 透视图中的滑动窗

### 📖4.4.5 轴心式窗的创建

创建方式和参数基本与前面讲到的遮篷式窗相同，仅给出效果图，如图 4-61 所示。

### 📖4.4.6 枢轴式窗的创建

创建方式和参数基本与前面讲到的遮篷式窗相同，仅给出效果图。如图 4-62 所示。

图 4-61　透视图中的轴心式窗

图 4-62　透视图中的枢轴式窗

# 4.5　楼梯的创建

## 4.5.1　L形楼梯的创建

**01** 创建方式

❶单击【3DS】菜单中的【Reset】命令，重新设置系统。

❷打开【Create】（创建）面板，单击【Geometry】（几何体）子面板，在下拉列表中选择【Stair】（楼梯），如图 4-63 所示。

❸单击【LtypeStair】（L 形楼梯）按钮，然后在 Top 视图中单击鼠标左键并拖动。拉出一个矩形来，释放鼠标并移动，到了合适位置时单击左键，确定 L 形投影面。移动鼠标，到了合适高度时再次单击左键，确定楼梯的高度。完成 L 形楼梯的创建，如图 4-64 所示。

图 4-63　创建楼梯的面板

图 4-64　透视图中的 L 形楼梯

**02** 重要参数举例介绍

这里主要介绍参数卷展栏下的楼梯样式和楼体的一些辅助设施。

❶ 重置系统。按照上述方法，在 Top 视图创建一个 L 型楼梯。

❷选中 L 形楼梯，选择移动工具，按住 Shift 键的同时沿 X 轴移动 L 形楼梯，此

时弹出复制对话框,在数量栏中输入 2 后,单击 OK 按钮,这样就复制出两个 L 形楼梯。

❸选中第二个 L 形楼梯,进入【Modify】面板,找到【Parameters】卷展栏下的【Type】(样式)参数区,勾选它下面的【Closed】(闭合)按钮。此时,楼梯之间的空间闭合。

❹选中第三个 L 形楼梯,进入【Modify】面板,找到【Parameters】卷展栏下的【Type】(样式)参数区,勾选它下面的【Box】(盒子)按钮。此时,楼梯地下成为实体。

❺可以在透视图中观察三者的对比情况,如图 4-65 所示。

图 4-65　不同样式的 L 形楼梯

图 4-66　加了护栏和扶手的 L 形楼梯

❻删掉前两个楼梯,保留并复制第三个楼梯,选中刚复制的楼梯,找到【Parameters】卷展栏下的【Generate Geometry】参数区,勾选【Stringe】复选框,同时勾选【Handleraile】(扶手)后面的【Left】和【Right】复选框。这样就给楼梯加上了底部护栏和扶手。

❼在透视图中可以看见楼梯的形状变化,如图 4-66 所示。

### 📖4.5.2　直形楼梯的创建

直形楼梯的创建和参数基本与 L 形楼梯相同,这里仅给出效果图,如图 4-67 所示。

图 4-67　透视图中的直形楼梯

图 4-68　透视图中的 U 形楼梯

### 📖4.5.3　U 形楼梯的创建

U 形楼梯的创建和参数基本与 L 形楼梯相同,这里仅给出效果图,如图 4-68 所示。

### 📖4.5.4 旋转形楼梯的创建

旋转形楼梯创建和参数基本与 L 形楼梯相同，这里仅给出效果图，如图 4-69 所示。

图 4-69 透视图中的旋转形楼梯

## 4.6 实战训练

在本章中系统介绍了基本几何体、扩展几何体以及一些建筑构件的制作方法。它们往往是建模工作的基础。下面将通过制作沙发模型的练习，学习如何利用系统内置的基本模型以及前面学到的二维建模知识来创建常用的模型。

### 📖4.6.1 沙发底座的制作

❶ 单击【3DS】菜单中的【Reset】命令，重置系统。

❷进入【Create】（创建）命令面板，按下【Geometry】（几何体）按钮，在下拉列表中选择【Extended Primitives】（扩展几何体）。

❸单击【ChamferBox】（倒角盒子）按钮，创建一个倒角立方体。选中立方体，进入【Modify】命令面板，在参数栏下将长、宽、高、倒角、倒角段数分别设置为50、130、30、6 和 5。

❹单击右下角的【Zoom Extents All】视图调整工具，可以看到我们制作成沙发底座。透视图中效果如图 4-70 所示。

图 4-70 沙发底座图

## 4.6.2　沙发垫的制作

❶ 激活顶视图，在【Create】（创建）命令面板，按下【Geometry】（几何体）按钮，在下拉列表中选择【Extended Primitives】（扩展几何体）。

❷ 单击【ChamferBox】（倒角盒子）按钮，以沙发底座的一角为起点，拉出一个倒角立方体，进入【Modify】命令面板，在参数栏下将长、宽、高、倒角、倒角段数分别设置为 48、42、8、10 和 6。此时的效果如图 4-71 所示。

❸ 这个时候在透视图中看不到创建好的坐垫，因为它被坐垫给挡住了。在前视图空白处单击鼠标右键，激活视图，选中坐垫，将其沿 Y 轴向上移动至底座面上。结果如图 4-72 所示。

❹ 在前视图中选中坐垫，按住 Shift 键的同时，沿 X 轴移动坐垫，在弹出的对话框中选择【Instance】复选框，并在数量栏中输入 2，然后单击【OK】按钮，即复制了两个座垫，结果如图 4-73 所示。

图 4-71　四视图中加入坐垫后的

图 4-72　移动后的前视图

图 4-73　复制后的前视图

## 4.6.3　沙发扶手的制作

❶ 激活前视图，单击【Create】控制按钮下【Shapes】命令面板中的【Rectangle】

按钮，创建一个矩形框。

❷进入【Modify】命令面板，在参数栏下将长、宽、倒角半径分别设置为 55、15、6。此时前视图中的效果如图 4-74 所示。

❸在修改列表中选择【Edit Spline】按钮，选取【Selection】卷展栏中【Vertex】（顶点）┊┊按钮，此时，所绘制的图形中的所有点都显示了出来。选择最下面的那两个点，按键盘上的【Delete】键将其删除。并调整底部的另外两点，使底部平直。调整后的形状如图 4-75 所示。

❹单击【Vertex】（顶点）┊┊按钮，退出节点层次编辑。

❺在修改列表中选择【Extrude】（挤压）按钮，并设置挤压数量为 50。此时透视图中效果如图 4-76 所示。

❻激活顶视图，选中制作好的扶手，将其移动到合适位置，并在底座的另一侧复制同样的一个扶手，如图 4-77 所示。

图 4-74　前视图中绘制的带倒角的矩形框

图 4-75　前视图中修改后的矩形框

图 4-76　挤压矩形框后的透视图

图 4-77　复制同样的一个扶手

## 4.6.4　沙发靠背的制作

❶ 激活左视图，单击【Create】控制按钮下【Shapes】命令面板中的【Rectangle】按钮，创建一个矩形框。

❷进入【Modify】命令面板，在参数栏下将长、宽、倒角半径分别设置为 75、10、5。此时前视图中的效果如图 4-78 所示。

❸在修改列表中选择【Edit Spline】按钮，选取【Selection】卷展栏中【Vertex】
（顶点）:·:按钮，此时，我们所绘制的图形中的所有点都显示了出来。选择最下面的那
个点，按键盘上的【Delete】键将其删除。并调整底部的另外两点，使底部平直。调整
后的形状如图 4-79 所示。

❹单击【Geometry】卷展栏下的【Insert】按钮，在矩形上插入节点并调整，制作
出靠背的截面效果，如图 4-80 所示。

❺再次单击【Vertex】（顶点）:·:按钮，退出节点层次编辑。

❻在修改列表中选择【Extrude】（挤压）按钮，并设置挤压数量为 160（读者可视
具体情况而定）。选择移动工具，将制作好的靠背移到图 4-81 位置。

图 4-78　左视图中沙发靠背的圆形

图 4-79　左视图中删除底部节点的圆形

图 4-80　左视图中调整好的靠背截面

图 4-81　前视图中移动好的靠背

图 4-82　制作好的沙发模型

❼靠背制作完成。在四视图中观察制作好的沙发，如图 4-82 所示。

❽还可以为沙发制作装饰物并赋予贴图，参考效果如图 4-83 所示。

图 4-83　装饰后的沙发效果

 4.7　课后习题

1. 填空题

（1）3ds Max Design 2010 系统提供了_____个标准几何体模型。

（2）3ds Max Design 2010 系统提供了_____个扩展几何体模型。

（3）3ds Max Design 2010 系统提供了_____种门模型。

（4）3ds Max Design 2010 系统提供了_____种窗户模型。

（5）3ds Max Design 2010 系统提供了_____种楼梯模型。

2. 问答题

（1）什么是几何体的段数？

（2）怎样才能使创建出的圆柱截面更圆滑？

（3）利用油桶可以用来模拟哪些物体？试举一两个例子说明。

3. 操作题

（1）在透视图中创建各标准几何体，修改几何体的参数，观察标准几何体的形状变化。

（2）在透视图中创建各扩展几何体，修改几何体的参数，观察扩展几何体的形状变化。

（3）在透视图中创建各种门，修改门的参数，观察门的形状变化。

（4）在透视图中创建各种窗体，修改窗体的参数，观察窗体的形状变化。

（5）在透视图中创建各种楼梯，修改楼梯的参数，观察楼梯的形状变化。

（6）利用堆积建模的方法，创建一个房子造型。

# 第5章 复合建模

## 教学目标

三维模型的创建方法有多种，本章将主要讲述复合建模的基本方法。包括放样建模、布尔运算建模以及 Morph 变形建模 3 种。本章内容都是创建三维造型常用的方法，也是制作三维动画必要的过程，初学者应认真掌握。

## 教学重点与难点

➢ 变截面放样操作
➢ 对放样物体的修改
➢ 布尔运算操作
➢ Morph 变形动画

## 5.1 Loft 放样生成三维物体

在 3ds Max 中，一个造型物体至少由两个平面造型组成：其中一个造型用来当 Path（路径），主要用于定义物体的高度。路径本身可以为开放的线段，也可以是封闭的图形，但必须是唯一的一条曲线且不能有交点。另一个造型则用来作为物体的截面，称为 Shape（平面造型）或是 Cross Section（剖面）。可以在路径上放置多个不同形态的 Shape。下面着重讲述放样建模的方法、一些重要参数及放样变形的主要工具。

### 5.1.1 放样的一个例子

先建立一个简单放样物体——不规则形状的圆管，以便对放样有一个感官的认识。

❶ 单击【3DS】菜单中的【Reset】命令，重新设置系统。

❷ 单击命令面板上的【Create】 （创建）命令，选取【Shapes】 （平面图形）命令面板。单击【Line】（线条）按钮，在前视图中绘制一条弯曲的曲线。作为放样的路径，如图 5-1 所示。

❸ 选取【Spline】 （平面图形）命令面板。单击【Donut】（同心圆）按钮，在左视图中绘制一个同心圆。作为放样的截面。如图 5-2 所示。

❹ 单击选中 S 形曲线。单击【Create】（创建）命令面板中的【Geometry】（几何造型）命令。在下拉框中选【Compound Objects】（组合对象造型），在弹出的菜单中选择【Loft】（放样）选项。

❺ 展开【Creat Method】（创建方法）卷展栏，单击【Get Shape】（获取形状）按

钮，并确定其下的【Instance】（关联）为当前选项。

图 5-1　前视图建立的 S 形放样路径　　　　图 5-2　左视图中建立的同心圆作为放样截面

❻移动鼠标到同心圆上。当鼠标形状变化为时单击鼠标左键。同心圆的关联复制品被移动到路径的起始点上，产生了一个造型物体，如图 5-3 所示。

图 5-3　放样后的透视图　　　　　　　图 5-4　放样的三种截面类型

❼这个新产生的造型物体是由 S 形曲线与同心圆的复制品组合而成的。这与命令面板中的【Move】（移动）、【Copy】（复制）、【Instance】（关联）3 个选项有密切关系。至此放样建模基本完毕。

由以上的例子可以看出，放样操作的步骤一般有 3 步（前两步可互换），分别为：

- ❖　建立放样的截面
- ❖　建立放样的路径
- ❖　放样生成物体

## 📖5.1.2　创建放样的截面

放样操作中截面的作用显而易见。它将按照一定的路径延伸，从而生成三维物体。所以正确有效地创建截面，将直接影响到放样的成败。

放样中的截面类型，可以分为 3 种：非闭合图形、闭合图形和复合图形，如图 5-4 所示。使用不同的截面类型，就会得到不同的放样体，如图 5-5 所示。

非闭合图形充当截面生成的放样对象只在一个方向可见，适用于只要求单面可见的放样模型制作中，比如窗帘、幔布等。这样的模型的点面数量相对较少。

闭合图形充当截面生成的放样对象是一个三维实体，在各方向均可见。这也是经常用到的截面。对于多个截面型在一条路径上的情况，限制会多一些。不同的截面所包含的点数应一致，这不是很严格的限制，因为 3ds Max 能在点数不同的二维图形间添加表皮，从而产生比较好的过渡。但是如果要精确控制模型表面的产生，最好按照统一的顺序使不同截面保持一致的点数和步数。

复合图形：如果截面有复合图形组成，则要求不同截面间的嵌套顺序应该一致，如图 5-6 所示。

图 5-5　不同类型的放样截面得到的放样对象

图 5-6　复合截面的要求

### 5.1.3　创建放样的路径

放样操作中，路径是截面延伸延伸的方向。可以根据需要，创建出多种多样复杂的路径，从而达到创建复杂模型的目的。所以正确有效地创建路径，也会影响到放样的效果。

放样对路径的要求比较简单，只要不是复合图形，都可以作为放样的路径。放样中的路径类型，可以分为：直线、曲线、闭合图形或者非闭合图形，如图 5-7 所示。

图 5-7　不同的路径类型

图 5-8　不同路径的放样结果

使用不同的路径类型，就会得到不同的放样体。将上图中的图形作为路径，以一个椭圆形截面为形，放样结果如图 5-8 所示。

## 📖5.1.4　放样生成物体

　　创建好了截面和路径，接下来的任务就是放样生成物体了。放样生成物体的方法分两种。一种是从截面开始放样，另一种是从路径开始放样。

　　5.1.1 节中讲到的方法就是从路径开始放样。从截面开始放样的方法跟前者基本相同，差别之处在于从截面开始放样的前提是先选择了截面，然后在视图中选择路径。

　　❶单击【3DS】菜单中的【Reset】命令，重新设置系统。

　　❷单击命令面板上的【Create】 ⚙（创建）命令，选取【Shapes】 ▣（平面图形）命令面板。在前视图中绘制一个弧作为放样的路径，再在左视图绘制一个多边形作为放样的形，如图 5-9 所示。

　　❸单击选中多边形。单击【Create】（创建）命令面板中的【Geometry】（几何造型）命令。在下拉框中选【Compound Objects】（组合对象造型），在弹出的菜单中选择【Loft】（放样）选项。

　　❹展开【Creat Method】（创建方法）卷展栏，单击【Get Path】（获取路径）按钮，并确定其下的【Move】（去掉）为当前选项。

　　　　图 5-9　透视图中放样路径与截面　　　　图 5-10　透视图中从截面开使得放样体

　　❺移动鼠标到弧线上。当鼠标形状变化为 ▨ 时单击左键。弧线的关联复制品被移动到多边形的起始面上，产生了一个造型物体，如图 5-10 所示。

　　从此例与前边 5.1.1 节中的例子对比可知，两种放样方法基本相同。从路径开始的方法着眼于路径上截面的排列。从截面开始的方法着眼于截面的延伸。

## 📖5.1.5　编辑放样对象的表面特性

　　执行完放样操作，就可以进入修改命令面板，对放样对象进行编辑了。从图 5-11 所示的面板中可以看出，共有 5 个卷展栏。单击每个卷展栏左边的"+"号，就可看到具体参数。

　　下面主要介绍 3 个卷展栏下主要参数的意义及功能：

　　**01** 生成方式卷展栏

　　✧　Get Path（获取截面）：在先选择截面的情况下获取路径。

　　✧　Get Shape（获取型）：在先选择路径的情况下获取截面。

❖ Move（移去）：点选的路径或者截面不产生复制品，即点选后的二维图形在场景中已不独立存在了，其他路径或者截面无法再使用。

❖ Copy（复制）：点选的路径或者截面产生原来二维图形的复制品。

❖ Instance（关联复制）：点选的路径或者截面产生原来二维图形的一个关联复制品。当对原来二维图形修改时，关联复制品也跟着变化。

**02** 表面参数卷展栏

❖ Smooth Length（光滑长度方向）：在路径方向上光滑放样表面。

❖ Smooth Width（光滑宽度方向）：在截面方向上光滑放样表面。

❖ Mapping：激活时系统根据放样对象的形状自动赋予贴图坐标。

❖ Length Repeat（长度上重复）：决定贴图在放样对象路径方向上的重复次数。

❖ Width Repeat（宽度上重复）：决定贴图在放样对象截面方向上的重复次数。

**03** 表皮参数卷展栏

❖ 【Capping】：区域用于指定是否给 Loft 对象的 Cap Start（开始端）和 Cap End（结束端）添加端面，端面可以是 Morph 和 Grid 类型。

❖ 【Shape Steps】（截面步幅）：设置每个顶点的横截面样条曲线的片段数，如图 5-12 所示。

图 5-11　放样对象修改面板卷展栏　　　　图 5-12　不同图形步数的对比

❖ 【Path Steps】（路径步幅）：设置每个分界面间的片段数，片段数越高，表面越光滑，如图 5-13 所示。

❖ 【Optimize Shapes】（优化截面形状）和【Optimize Paths】（优化路径）：删除不必要的边和顶点，降低放样对象的复杂程度。

❖ 【Adaptive Path Steps】（适配路径步幅）：自动确定路径使用的步幅数。

❖ 【Contour】（轮廓）：确定横截面形状如何与路径排列。如果选定改选项，则横截面总是调整为与路径相垂直的方向；如果不选定该选项，则路径改变方向时横截面仍然保持原来的方向，如图 5-14 所示。

❖ 【Banking】（倾斜）：选定该选项，当路径发生弯曲时横截面会随之倾斜。

❖ 【Constant Cross Section】（横截面恒定）：选定该选项，横截面自动缩放使得它沿着路径的宽度一致。关闭该选项，横截面保持原始尺寸。

❖ 【Linear Interpolation】（线性插入）：在不同的横截面之间创建直线边。不选定该选项就用平滑的曲线连接各个横截面。

图 5-13 不同路径步数的对比　　　　图 5-14 是否勾选轮廓按钮的对比

## 📖5.1.6 变截面放样变形

放样不仅可以采用单截面，还可以采用多截面放样。本节将通过采用 GetShape 的方式来进行 Loft（放样）造型举例介绍：

❶ 单击【3DS】菜单中的【Reset】命令，重新设置系统。

❷单击命令面板上的【Create】 ⚙（创建）命令，选取【Shapes】▭（平面图形）命令面板，在视图中绘制一条直线作为放样的路径，绘制一个星形和一个正方形作为放样的截面，结果如图 5-15 所示。

❸在任意视图单击直线，使它显示为白色。

❹单击【Create】（创建）命令面板中的【Geometry】（几何造型）命令。

❺在下拉框中选【Compound Objects】（组合对象造型），在弹出的菜单中选择【Loft】（放样）选项。

❻弹出 Loft（放样）造型子命令面板后，单击【Get Shape】（获取形状）按钮，并确定其下的【Instance】（关联）为当前选项。

❼在任意视图中单击矩形。结果矩形的关联复制品被移动到路径的起始点上，产生了一个造型物体，如图 5-16 所示。这个新产生的造型物体是由直线与矩形的复制品组合而成的。这与命令面板中的【Move】（移动）、【Copy】（复制）、【Instance】（关联）3 个选项有密切关系。

图 5-15 建立的路径与截面　　　　图 5-16 以矩形为截面放样的造型

说明：如果选择【Move】，将不复制新的造型，只移动图形，这很可能造成原图形的破坏。如果选择【Copy】，将复制出新的造型，但放样的原图形与此新物体无关。如果选择【Instance】，新的造型组成图形与原图形相关联，这样可以通过对原图形的修改编辑而达到修改物体造型的目的，这是最佳选择方式。

❽进入【Modify】（修改）命令面板，显示出造型物体的建立参数。在路径上加入一个新的平面造型时，必须先指明造型放置在路径的什么位置，可以通过具体距离或路径的百分比值来确定。

❾在任意视图单击刚才的造型长方体。在【Path Parameters】栏下的【On】上单击鼠标左键以打开它。并将【Snap】（捕捉）设为 10，将【Path】参数值设定为 50。

❿在没有着色的另 3 个视图中，路径中间出现一个小的"×"符号，代表新的图形加入的位置。

⓫单击【Get Shape】（获取图形）按钮。在任意视图单击星形。现在星形已经加入到了长方体中，可以选择工具对 Perspective（透视图）进行适当角度的调整，以更好地观察效果，如图 5-17 所示。

图 5-17　透视图中的多截面放样体

# 5.2　变形放样对象

在介绍放样修改命令面板上的卷展栏时，没有详细介绍变形放样卷展栏，是因为这一节重要，所以单独讲解。

## 5.2.1　使用 Scale 变形工具

Scale（缩放）变形可沿着三维造型物体的局部坐标轴 X 轴或 Y 轴对横截面形状进行缩放。变形是通过编辑图形中的一条样条曲线来实现的，其水平方向表示路径的位置，垂直方向表示缩放的大小。

❶以 5.1.6 节中的放样对象为例，选中放样对象。

❷进入【Modify】（修改）命令面板，打开【Deformation】（变形）卷展栏。单击【Scale】按钮，结果弹出缩放变形对话框，如图 5-18 所示。

图 5-18　缩放变形对话框

❸单击锁定按钮 ，使其呈现黄颜色。让曲线 X、Y 轴按比例变形。

❹单击插入点按钮 ，在曲线上插入一个点。

❺选取移动按钮 ，在刚插入的点上单击鼠标右键，在弹出的对话框中将刚插入的点类型设为 Bezier-Smooth。

❻利用移动工具，按住鼠标左键向下拖动插入点，将曲线调整为如图 5-19 所示。这时，可以看到，透视图中的放样物体也在轴向发生了变化，如图 5-20 所示。

图 5-19　调整后的缩放变形曲线

❼将曲线回复到原样。再次单击改变锁定按钮 ，取消按比例变形。改为按照 Y 轴缩放。

❽打击插入点按钮 ，在曲线上插入一个点。并将其类型设为 Bezier-Smooth。

❾利用移动工具调整曲线如图 5-21 所示。此时，观察透视图中的放样体，发现物体仅在 Y 轴发生缩放，参考图 5-20。

可见，Scale 变形实际上是通过控制放样路径的形状来完成的，从而使放样对象在放样路径的方向上产生一定的缩放效果。该命令常用于创建在单一方向上具有缩放效果的对象。

102

图 5-20　调整曲线后对象的形状变化

图 5-21　仅在 Y 轴缩放的曲线

## 5.2.2　使用 Twist 变形工具

Twist（扭曲）作用：是以路径为轴，对横截面进行扭转变形。

❶ 单击【3DS】菜单中的【Reset】命令，重新设置系统。

❷ 单击命令面板上的【Create】 （创建）命令，选取【Shapes】 （平面图形）命令面板。在视图中绘制一条直线作为放样的路径，绘制一个星形作为放样的截面，结果如图 5-22 所示。

❸ 在任意视图单击直线，使它显示为白色。单击【Create】（创建）命令面板中的【Geometry】（几何造型）命令。在下拉框中选【Compound Objects】（组合对象造型），在弹出的菜单中选择【Loft】（放样）选项。

❹ 弹出 Loft（放样）造型子命令面板后，单击【Get Shape】（获取形状）按钮。

❺ 在任一视图中单击星形，可以得到如图 5-23 所示的放样体。

图 5-22　放样截面与路径

图 5-23　放样后的对象

❻进入【Modify】（修改）命令面板，打开【Deformation】（变形）卷展栏。单击【Twist】按钮，结果弹出扭曲变形对话框，和缩放变向框有些相似。

❼单击插入点按钮，在曲线上插入一个点。选取移动按钮，在刚插入的点上单击鼠标右键，在弹出的对话框中将刚插入的点类型设为 Bezier-Smooth。

❽利用移动工具，按住鼠标左键向下拖动插入点，将曲线调整为图 5-24 所示形状。这时，可以看到，透视图中的放样物体明显发生了扭曲变形，如图 5-25 所示。

图 5-24  扭曲变形曲线调节框

图 5-25  扭曲后的放样体

## 5.2.3  使用 Teeter 变形工具

Teeter（轴向倾斜）：变形是横截面绕 X 或 Y 坐标轴旋转，利用它可以改变三维造型物体在路径始末端的倾斜度。

❶利用上例中放样产生的星形柱体，如图 5-23 所示。

❷进入【Modify】（修改）命令面板，打开【Deformation】（变形）卷展栏。单击【Teeter】按钮，结果弹出轴向倾斜对话框，和扭曲变形对话框有些相似。

❸单击锁定按钮，使其呈现黄颜色。让曲线 X、Y 轴按比例变形。

❹单击插入点按钮，在曲线上插入一个点。选取移动按钮，在刚插入的点上单击鼠标右键，在弹出的对话框中将刚插入的点类型设为 Corner。

❺利用移动工具，按住鼠标左键向下拖动插入点，将曲线调整为图 5-26 所示形状。这时，可以看到，透视图中的放样物体明显发生了倾斜变形，如图 5-27 所示。

图 5-26　轴向倾斜曲线调节框

图 5-27　轴向倾斜后的放样体

### 5.2.4　使用 Bevel 变形工具

Bevel（倒角）变形功能制作带倒角的文本，可大大增强立体字的金属质感。

❶ 单击【3DS】菜单中的【Reset】命令，重新设置系统。

❷单击命令面板上的【Create】　（创建）命令，选取【Shapes】　（平面图形）命令面板。在前视图中创建文本"文博工作室"字样作为放样截面。同时在左视图中创建一条直线作为放样路径，结果如图 5-28 所示。

❸在任意视图单击文字，使它显示为白色。单击【Create】（创建）命令面板中的【Geometry】（几何造型）命令。在下拉框中选【Compound Objects】（组合对象造型），在弹出的菜单中选择【Loft】（放样）选项。

❹弹出 Loft（放样）造型子命令面板后，单击【Get Path】（获取路径）按钮。

❺在任一视图中单击直线，可以得到如图 5-29 所示的放样体。

图 5-28　放样截面与路径

图 5-29　放样后的对象

❻进入【Modify】（修改）命令面板，打开【Deformation】（变形）卷展栏。单击【Bevel】按钮，结果弹出倒角变形对话框，和扭曲变形对话框有些相似。

❼插入两个点，并调节曲线如图 5-30 所示。此时，透视图中的文字造型也发生了变化，如图 5-31 所示。

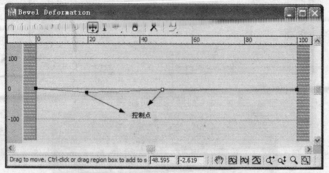

图 5-30　倒角变形对话框

注意：在进行到角变形修改时，不要将控制点在 Y 轴方向偏离太远，一般在-5 左右，这是一个经验值，要想得到好的效果，需以此值为基础调节。

图 5-31　倒角变形后的文字造型

## 5.2.5　使用 Fit 变形工具

Fit（适配变形）：在 3ds Max 的变形工具中，最强大的就是 Fit（适配）变形。它的原理根据三视图确定，先给出一个路径和路径上的剖面图形，再在两侧通过另外两个图形决定物体的形状。虽然较为复杂，然而一旦掌握，你会发现 Fit 工具是名副其实的好帮手，多难的三维造型也能一蹴而就。

❶ 单击【3DS】菜单中的【Reset】命令，重新设置系统。

❷单击命令面板上的【Create】（创建）命令，选取【Shapes】（平面图形）命令面板。在前视图中如图 5-32 所示的 4 个图形。

❸在任意视图单击四边形放样截面，使它显示为白色。单击【Create】（创建）命令面板中的【Geometry】（几何造型）命令。在下拉框中选【Compound Objects】（组合对象造型），在弹出的菜单中选择【Loft】（放样）选项。

❹弹出 Loft（放样）造型子命令面板后，单击【Get Path】（获取路径）按钮。

❺在任一视图中单击直线，可以得到如图 5-33 所示的放样体。

图 5-32 放样截面、路径与拟合截面

图 5-33 透视图中的放样体

❻进入【Modify】（修改）命令面板，打开【Deformation】（变形）卷展栏。单击【Fit】按钮，结果弹出拟合变形对话框。

❼在对话框中选择 Get Shape(获取图形)按钮，单击前视图中的第一个拟合截面。然后单击 Zoom Extents（全部可见）按钮，第一个拟合截面就完整地出现在对话框中，如图 5-34 所示。

❽此时三维造型物体变得很不规则，这是因为形体的方向不正确。单击 Rotate 90CCW(逆时针旋转 90°)按钮，单击 Generate Path（产生路径），此时的话筒样子如图 5-35 所示。

图 5-34 拟合对话框

图 5-35 第一次拟合后的放样体

图 5-36 第二次拟合后的话筒模型

❾在拟合对话框中单击 Make Symmetrical（保持对称）按钮，将其关闭。

❿单击 Display Y Axis（显示 Y 轴）按钮。再单击择 Get Shape（获取图形）按钮，选择前视图中的第二个拟合截面。第二个拟合截面就完整地出现在对话框中。

⓫单击 Rotate 90CW（顺时针旋转 90°）按钮，单击 Generate Path（产生路径），此时的话筒样子如图 5-36 所示。

# 5.3　布尔运算

当两个对象具有重叠部分时，可以使用 Boolean（布尔运算）将它们组合成一个新的对象。Boolean（布尔运算）就是将两个以上的对象进行并集、差集、交集和剪切运算，以产生新的对象。

## 5.3.1　布尔运算的概念

### 01 拾取方式

4 种拾取方式。

- ❖ 【Copy】（复制）：将原始对象的一个复制品作为运算对象 B，进行运算，不破坏原始对象。
- ❖ 【Move】（移动）：将原始对象直接作为运算对象 B，进行运算后原始对象消失。
- ❖ 【Instance】（关联）：将原始对象的一个关联复制品作为运算对象 B，进行布尔运算后，修改其中的一个将影响另外一个。
- ❖ 【Reference】（参考）：将原始对象的一个关联复制品作为运算对象 B，进行运算后，对原始对象的操作会直接反映在运算对象 B 上，但对运算对象 B 所做的操作不会影响原始对象。

### 02 【Operation】（运算类型）

- ❖ 【Union】（并集）：将进行运算的两个对象合并为一个对象。
- ❖ 【Intersection】（交集）：将两个运算对象重叠的部分保留下来，其他部分删除。
- ❖ 【Subtraction】（差集）：从一个对象中减去两对象相交的部分，从而形成新的对象。不同的相减顺序可以产生不同的结果。
- ❖ 【Cut】（剪切）：剪切布尔运算方式共有 4 种：Refine（细化）、Split（分离）、Remove Inside（删除内部）、Remove Outside（删除外部）。

> 说明：Cut（剪切）与以上几种运算方式有所不同，这种运算形式是针对实体对象的面来操作的。其运算结果也不同于其他几种布尔运算，所获得的新造型不是实体，而是面片物体。

- ❖ 【Refine】（细化）运算：在两个物体相交的地方添加顶点和边来细化对象 A。
- ❖ 【Split】（分离）运算：将对象 A 转化为两个对象，一个是与对象 B 重叠的部分，一个是不重叠的部分。

◆ 【Remove Inside】（删除内部）：去掉两个对象重叠的部分，而【Remove Outside】（删除外部）则去掉不重叠的部分，从运算形式来看与 Subtraction 和 Intersection 类似，但是 Cut 运算还要去掉两个对象表面相交接的部分，因此 Cut 运算的到的对象是一个具有空洞的对象。

◆ 【Remove Outside】（删除外部）：Remove outside 运算方式将运算对象的相交部分创建为一个空心对象，将其他部分删除。

## 📖5.3.2　制作运算物体

要进行布尔运算，必须先创建用于布尔运算的物体。参加布尔运算的物体应具有一定的条件：

**01** 最好有多一些的段数

布尔运算功能强大，但它又是一个不太稳定的工具。经布尔运算后的对象点面分布非常混乱，出错的几率会愈来愈大，这是由于经布尔运算之后的对象会新增加很多面片，而这些面是由若干个点相互连接构成的，这样一个新增加的点就会与相邻的点连接，这种连接具有一定的随机性。随着布尔运算次数的增加，对象结构会变得越来越混乱。所以，这就要求参加布尔运算的对象最好有多一些的段数，通过增加对象数的方法可以大大减少布尔运算出错的机会。不同段数的对象布尔运算的效果对比如图 5-37 所示。

图 5-37　不同段数的对象布尔运算的效果对比

**02** 两个布尔运算的对象应充分相交

所谓的充分相交，是相对于对象边对齐情况而言的，由于两对象有改变情况，改变的计算归属就成了问题，这容易使布尔运算失败，所以，最好使两对象不共面。

## 📖5.3.3　布尔并运算

❶单击【3DS】菜单中的【Reset】命令，重新设置系统。

❷进入【Create】（创建）命令面板，按下【Geometry】（几何体）按钮，展开【Object Type】（对象类型）卷展栏。在任意视图中创建一个圆柱体和一个长方体。

❸利用移动工具，调整两者的位置如图 5-38 所示。

图 5-38　准备运算的两物体　　　　　　　　图 5-39　执行布尔并运算后的物体

❹在任意视图单击选中长方体，使它显示为白色。

❺单击【Create】（创建）命令面板中的【Geometry】（几何体）命令。在下拉框中选【Compound Objects】（组合对象造型），在弹出的菜单中选择【Bolean】（放样）选项。

❻在 Operation 选项中选择【Union】（合并）。然后单击【Pick Operand】（拾取操作物体）按钮，并点取圆柱体。

❼圆柱和长方体并在了一起，如图 5-39 所示。

## 5.3.4　布尔交运算

❶利用上部中的物体。单击工具面板上的取消操作，还原已进行布尔运算的物体到初始状态。

❷在任意视图单击选中长方体，使它显示为白色。

❸单击【Create】（创建）命令面板中的【Geometry】（几何造型）命令。在下拉框中选【Compound Objects】（组合对象造型），在弹出的菜单中选择【Bolean】（放样）选项。

❹在 Operation 选项中选择【Intersection】（交集）。然后单击【Pick Operand】（拾取操作物体）按钮，并点取圆柱体。

❺圆柱和长方体相交的部分，也就是一段小圆柱出现在视图中，如图 5-40 所示。

图 5-40　执行布尔交运算后的物体

## 5.3.5　布尔减运算

❶利用上部中的物体。单击工具面板上的取消操作，还原已进行布尔运算的物体到初始状态。

❷在任意视图单击选中长方体，使它显示为白色。

❸单击【Create】（创建）命令面板中的【Geometry】（几何体）命令。在下拉框中选【Compound Objects】（组合对象造型），在弹出的菜单中选择【Bolean】（放样）选项。

❹在 Operation 选项中选择【Subtraction】（A-B）（减）。然后单击【Pick Operand】（拾取操作物体）按钮，并点取圆柱体。

❺长方体中去掉了和圆柱相交的部分，出现了一个空洞。在透视图中的效果如图5-41 所示。

❻单击工具面板上的取消操作按钮，退回到第❹操作。在 Operation 选项中选择【Subtraction】（B-A）（减）。然后单击【Pick Operand】（拾取操作物体）按钮，并点取圆柱体。

❼圆柱体中去掉了长方体的一部分，如图 5-42 所示。

图 5-41　执行布尔减(A-B)运算后的物体　　　图 5-42　执行布尔减(B-A)运算后的物体

## 5.3.6　剪切运算

❶ 单击【3DS】菜单中的【Reset】命令，重新设置系统。

❷进入【Create】（创建）命令面板，按下【Geometry】（几何体）按钮，展开【Object Type】（对象类型）卷展栏。在任意视图中创建一个球体和一个圆柱体。

❸利用移动工具，调整两者的位置如图 5-43 所示。

❹选择将要保留的球体对象，然后在 Compound Object 命令面板上单击【Boolean】按钮。

❺在 Operation 选项中选择【Cut】（剪切），这时 Cut 选项后的灰色选项同时被激活。

❻选择【Remove Inside】（删除内部）选项，然后单击【Pick Operand】按钮，并点取圆柱体。这时柱体与立方体相交部分被挖掉，所获得的是球体的一部分面片物体，如图 5-44 所示。

图 5-43　剪切运算前的两物体

图 5-44　剪切运算（删除内部）后的物体　　图 5-45　剪切运算（删除外部）后的物体

❼当选择 Cut 中【Remove Outside】（删除外部）选项后，运算后获得的将是柱体与球体相交的部分。结果演示如图 5-45 所示。

## 5.4　Morph 变形物体与变形动画

Morph 是一种很好的动画制作工具，可以将在形状上有微小变化的一系列物体组合起来生成变形的动画。这一系列的物体是有要求的，所有进行变形的物体必须都是同一个几何体类型，而且必须有相同的节点数、控制节点数或者控制点数。将各个物体的形态分别设置成不同的关键帧，这样就形成了形态不断变化的动画效果。

### 5.4.1　制作变形物体

❶ 进入【Create】的【Geometry】子面板，在下拉列表中选择【Extended Primitives】（扩展造型），单击【ChamferBox】（圆角圆柱体）按钮，在 Top 视图中创建一圆角长方体，并设置长宽高的段数分别为 1、5、1。如图 5-46 所示。

❷按住【Shift】键，在圆柱体对象上按住鼠标左键并拖动，则弹出【Clone Options】（复制选项）对话框，确保【Object】（对象）栏下的选项为【Copy】，再设置【Number of Copies】（复制体数目）为 2，单击【OK】按钮。

❸调整它们的位置，结果如图 5-47 所示。

❹单击选定中间的长方体对象，进入【Modify】面板，选定【Edit Mesh】（编辑网

112

格）修改器选项。

图 5-46 透视图中的倒角长方体 　　　　图 5-47 复制出后的透视图

❺单击【Selection】卷展栏下的【Polygon】（多边形）■按钮，单击工具栏上的【Selection and Move】按钮，在顶视图中将中间长方体的顶部三块表面选中，并拖动鼠标，将其拉伸。结果如图 5-48 所示。

❻单击选定最后的长方体对象，进入【Modify】面板，选定【Edit Mesh】（编辑网格）修改器选项。

❼在第❺步操作的基础之上，将中间长方体顶部中间的一块表面选中，并拖动鼠标，将其拉伸，结果如图 5-49 所示。

❽至此，变形物体制作完毕。

图 5-48 将第二个长方体拉伸后效果 　　　图 5-49 将第三个长方体拉伸后效果

## 5.4.2 制作变形动画

❶单击选定原始立方体对象，进入【Create】的【Geometry】子面板，在下拉列表中选择【Compound Object】（复合对象）项，在弹出的面板上单击【Morph】（变形）按钮。出现如图 5-50 所示编辑面板。

❷单击【Pick Targets】卷展栏下的【Pick Target】（选定目标）按钮，拖动时间滑块到 50 帧，单击中间的立方体对象，此时所选变形体名称出现在列表框中，选择加入的长方体名字，然后单击【Current Targets】卷展栏下的【Create Morph Key】（创建

变形关键帧)。

❸拖动时间滑块到 100 帧,选择第三个变形立方体,此时所选变形体名称出现在列表框中,选择加入的长方体名字,然后单击【Current Targets】卷展栏下的【Create Morph Key】(创建变形关键帧),如图 5-51 所示。

图 5-50　Morph 编辑面板　　　　　　　　图 5-51　变形对象列表

❹要删除其中某变形体只需选中其名称,再单击【Delete Morph Key】(删除变形关键帧)按钮即可。此处不用删除。

❺单击动画播放按钮【Play】▶,则可以见到立方体变形的动画。

## 5.5　实战训练

上面学习了有关放样和布尔运算方面的知识,现在通过实战来巩固学习的知识。

❶ 单击【3DS】菜单中的【Reset】命令,重新设置系统。

❷单击命令面板上的【Create】⚙(创建)命令,选取【Shapes】▣(平面图形)命令面板。在视图中绘制一条直线作为放样的路径,绘制一个星形和一个圆形作为放样的截面,结果如图 5-52 所示。

图 5-52　放样的截面与路径

图 5-53　选取圆形截面后的放样体

❸在任意视图单击直线,使它显示为白色。

❹单击【Create】(创建)命令面板中的【Geometry】(几何体)命令。在下拉框中选【Compound Objects】(组合对象造型),在弹出的菜单中选择【Loft】(放样)选项。

❺弹出 Loft(放样)造型子命令面板后,单击【Get Shape】(获取形状)按钮,并确定其下的【Instance】(关联)为当前选项。

❻在任意视图中单击圆形。结果圆形的关联复制品被移动到路径的起始点上,产生了一个造型物体,如图 5-53 所示。这个新产生的造型物体是由直线与圆形的复制品组合而成的。

❼进入【Modify】(修改)命令面板,显示出造型物体的建立参数。

❽在任意视图单击刚才的放样体。在【Path Parameters】栏下的【On】上单击鼠

标左键以打开它。并将【Snap】（捕捉）设为 10，将【Path】参数值设定为 50。

❾在没有着色的另 3 个视图中，路径中间出现一个小的"×"符号，代表新的图形加入的位置。

❿单击【Get Shape】（获取图形）按钮。在任意视图单击星形。现在星形已经加入到了放样体中，可以选择工具对 Perspective（透视图）进行适当角度的调整，以更好地观察效果，如图 5-54 所示。

图 5-54　变截面放样后的放样体

⓫选中放样体，进入【Modify】（修改）命令面板，打开【Deformation】（变形）卷展栏。单击【Scale】按钮，结果弹出所放变形对话框。

⓬单击锁定按钮🔒，使其呈现黄颜色。让曲线 X、Y 轴按比例变形。

⓭单击插入点按钮🔳，在曲线上插入一个点。

⓮选取移动按钮✛，在刚插入的点上单击鼠标右键，在弹出的对话框中将刚插入的点类型设为 Bezier-Smooth。

⓯利用移动工具，按住鼠标左键向下拖动插入点，将曲线调整为图 5-55 所示。这时，可以看到，透视图中的放样物体也发生了变化。如图 5-56 所示。

⓰桌布的形状已基本差不多了，只是桌面的棱角处还过于尖锐。下面将通过倒角变形来改善。

⓱选中放样体，打开【Deformation】（变形）卷展栏。单击【Bevel】按钮，弹出倒角变形对话框。

图 5-55　所放变形曲线图

⓲在曲线中插入一个点，并调节曲线如图 5-57 所示。此时，透视图中的桌子边缘产生了圆滑的倒角。如图 5-58 所示。

⓲桌布的制作全部完成。可以为桌布添加贴图并制作装饰物，图 5-59 所示给出了参考效果。

图 5-56　缩放变形后的放样体

图 5-57　倒角变形曲线图

图 5-58　倒角变形后的放样体

图 5-59　装饰后的桌布

## 5.6 课后习题

1. 填空题

（1）放样建模的方法有＿＿＿＿和＿＿＿＿两种。

（2）放样物体的变形工具有＿＿＿＿、＿＿＿＿、＿＿＿＿、＿＿＿＿和＿＿＿＿。

（3）布尔运算的 4 种形式为＿＿＿＿、＿＿＿＿、＿＿＿＿和＿＿＿＿。

（4）组合建模有＿＿＿＿种方法，例如＿＿＿＿、＿＿＿＿和＿＿＿＿。

2．问答题

（1）放样建模的步骤是什么？

（2）如何在放样物体的路径上放置不同的截面？

（3）布尔运算建模的步骤是什么？

（4）布尔运算 Cut 类型又可以分为两种类型，分别介绍他们的运算结果？

（5）说说组合建模的几种方法。

（6）Morph 变形建模的步骤是什么？

3．操作题

（1）用放样的方法生成一个物体，并在其中部加入一个不同的截面。

（2）放样生成一个物体，对物体应用变形工具，体验变形工具的作用。

（3）建立几个物体，进行布尔运算，体验不同类型布尔运算的效果。

（4）利用 Morph 变形建模的方法，创建一段动画。

# 第6章 多边形建模

**教学目标**

多边形建模是人们广为接受的建模方法，在计算机视图中见到最多的就是由无数三角面组合而成的三维对象。通过三角面的神奇排列，简单形体会变的越来越复杂。多边形建模的过程也能制作成动画，只要把更改多边形的尺寸、方向记录下来便能产生弯曲、扭转或变形动画。可以用多边形建模的领域很宽，实际上，几乎没有多少事物不能使用多边形建模。通过足够的细节，可以创建任何表面。更适合用多边形方法建模的对象是趋于正方形的模型。建筑模型是最常见的多边形模型，由于许多物体都有角，如墙、窗、门以及家具等，因而用多边形建模最为合适。多边形建模的不足之处是多边形对象中的细节表现需要很多的面。随着面数的增加，对计算机性能的依赖也越来越大，3ds Max 的性能也会下降。本章通过利用多边形创建椅子的全过程，来介绍如何快速应用多边形建模技术，创建复杂的模型。

**教学重点与难点**

➢ 多边形对象的转化
➢ 多边形对象元素的选择
➢ 挤压、缩放等命令的运用

## 6.1 椅子的制作

### 6.1.1 挤压椅子靠背

❶ 单击【3DS】菜单中的【Reset】命令，重新设置系统。

❷ 进入【Create】（创建）命令面板，按下【Geometry】（几何体）按钮，在【Object Type】（对象类型）卷展栏里选择【Tube】（管子）按钮。

❸ 在顶视图中创建一个管子，设置参数如图 6-1 所示。得到的管子透视图如图 6-2 所示。

❹ 单击选中管子，在管子上面单击鼠标右键，此时弹出右键菜单，如图 6-3 所示。在菜单中选择【Covert to】（转换为）|【Covert to Editable Poly】（转换为可编辑多边形）选项。此时右侧参数面板调转到可编辑多边形参数面板。如图 6-4 所示。

❺ 单击打开【Selection】（选择）卷展栏，按下【Polygon】（多边形）按钮，进入多边形选择状态，如图 6-5 所示。

❻选中【Selection】（选择）卷展栏下的【Ignore】（忽略）复选框。激活顶视图，按住键盘上的 Ctrl 键，选中最上面的四个面，使其呈现红颜色，如图 6-6 所示。

图 6-1 管子参数

图 6-2 透视图中的管子

图 6-3 鼠标右键参数　　　　图 6-4 可编辑多边形参数面板　　图 6-5 选择卷展栏

❼往下拖动右侧的参数面板，打开【Edit Polygons】（编辑多边形）卷展栏，如图 6-7 所示。单击面板上【Extrude】（挤压）按钮旁边的小方框，随后弹出如图 6-8 所示的对话框。

图 6-6 选中上面的 4 个面　　图 6-7 编辑多边形卷展栏　　图 6-8 挤压对话框

❽在【Extrusion Height】（挤压高度）文本框中输入 60 之后，单击【OK】按钮关闭对话框，完成第一次挤压操作。此时的四视图如图 6-9 所示。

❾单击面板上【Extrude】（挤压）按钮旁边的小方框，在【Extrusion Height】（挤压高度）文本框中输入 60 之后，单击【OK】按钮关闭对话框，完成第二次挤压操作。此时的四视图如图 6-10 所示。

图 6-9　第一次挤压靠背后的四视图　　　　图 6-10　第二次挤压靠背后的四视图

❿单击面板上【Extrude】（挤压）按钮旁边的小方框，在【Extrusion Height】（挤压高度）文本框中输入 20 之后，单击【OK】按钮关闭对话框，完成第三次挤压操作。此时的四视图如图 6-11 所示。

⓫取消【Ignore】（忽略）复选框。用视图调整工具调整透视图，按住 Ctrl 键选中椅子靠背最上一层背后的四个面。单击面板上【Extrude】（挤压）按钮旁边的小方框，在【Extrusion Height】（挤压高度）文本框中输入 15 之后，单击【OK】按钮关闭对话框，完成第四次挤压操作。此时的四视图如图 6-12 所示。

图 6-11　第三次挤压靠背后的四视图　　　　图 6-12　第四次挤压靠背后的四视图

## 6.1.2　调整椅子靠背

❶单击打开【Selection】（选择）卷展栏，按下【Vertex】（点）按钮，进入点层次编辑。选中【Selection】（选择）卷展栏下的【Ignore】（忽略）复选框。

❷激活透视图，按住键盘上的 Ctrl 键选中靠背中间的五个点，使其呈现红颜色。

❸需要注意的是，选择时注意结合其他视图观察是否多选了其他的点。如果多选了其他的点，可以按住 Alt 键，再选择多选的点，这样就会从选择集中去掉多选择的点。

❹单击主工具栏上的移动按钮，将这 5 个点沿 Y 轴移动，使靠背的中间部位略微收缩，结果如图 6-13 所示。

图 6-13　调整后的靠背

## 6.1.3　椅子腿的挤压与调整

❶用视图调整工具调整透视图，单击打开【Selection】（选择）卷展栏，按下【Polygon】（多边形）按钮，进入多边形选择状态。选中【Selection】（选择）卷展栏下的【Ignore】（忽略）复选框。

❷激活透视图，按住 Ctrl 键选中四个面，使其呈现红颜色，作为椅子腿挤压的起始位置，如图 6-14 所示。

❸往下拖动右侧的参数面板，打开【Edit Polygons】（编辑多边形）卷展栏。单击面板上【Extrude】（挤压）按钮旁边的小方框，在随后弹出的对话框中的【Extrusion Height】（挤压高度）文本框内输入 80 之后，单击【OK】按钮关闭对话框，完成椅子腿的第一次挤压操作。此时的四视图如图 6-15 所示。

图 6-14　椅子腿挤压起始面　　　　　图 6-15　第一次挤压椅子腿

❹用上述方法生成的椅子腿太直了，下面来做适当调整。单击选中刚挤压出的 4 个

面当中右下方的那个，单击工具栏上的移动按钮，并在按钮上面单击右键。此时弹出移动对话框，如图 6-16 所示。在 Offset：Screen（相对移动）下的 X、Y 文本框内均输入 -10。关闭对话框。

❺单击工具栏上的等比缩放按钮，并在按钮上面单击右键。此时弹出缩放对话框，如图 6-17 所示。在图示文本框内输入 80。关闭对话框。此时椅子腿如图 6-18 所示。

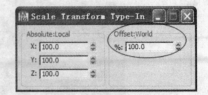

图 6-16　移动对话框　　　　　　　　　　　图 6-17　缩放对话框

❻用同样的方法，调整另外 3 个椅子腿，使所有的椅子腿都稍微向外偏，结果如图 6-19 所示。提示：调整是可以结合顶视图确定到底该沿哪个方向移动。

❼激活透视图，按住 Ctrl 键选中椅子腿底部的 4 个面，使其呈现红颜色。单击面板上【Extrude】（挤压）按钮旁边的小方框，在随后弹出的对话框中的【Extrusion Height】（挤压高度）文本框内输入 80 之后，单击【OK】按钮关闭对话框，完成椅子腿的最后一次挤压操作。

图 6-18　调整椅子腿　　　　　　　　　　图 6-19　全部调整后的椅子腿

❽退出多边形编辑。用视图调整工具调整透视图，此时椅子形状如图 6-20 所示。

图 6-20　制作好的椅子造型

## 6.1.4 细化椅子造型

❶单击选中椅子，进入修改命令面板。

❷在修改命令列表中按键盘上的 M 键快速选择【Mesh Smooth】（光滑网格）命令，往下拖动参数面板，找到图 6-21 所示卷展栏，在【Iterations】（指数）框里面输入 2。

<table>
<tr><td>图 6-21 细化数量卷展栏</td><td>图 6-22 细化后的椅子造型</td></tr>
</table>

❸观察透视图，此时的椅子造型已经很逼真了，如图 6-22 所示。

## 6.1.5 加入椅子座垫

❶ 激活顶视图，进入【Create】（创建）命令面板，按下【Geometry】（几何体）按钮，在下拉列表中选择【Extended Primitives】（扩展几何体）。

❷单击【Oiltank】（油桶）按钮，以椅子的中心位置为圆心按住鼠标左键并拖动，创建一个油桶造型。

❸选中油桶，进入修改命令面板做适当调整，之后将油桶移动到合适位置，结果如图 6-23 所示。

## 6.1.6 添加材质和贴图

给物体赋予材质和贴图将在材质和贴图章节详细介绍，这里不再赘述。仅给出提示：椅子坐垫采用漫反射贴图通道和凹凸贴图通道。椅子主体采用木质纹理贴图，最终效果如图 6-24 所示。

<table>
<tr><td>图 6-23 加入坐垫的椅子造型</td><td>图 6-24 装饰后的椅子造型</td></tr>
</table>

# 6.2 实战训练

通过上面椅子制作的全过程了解到，多边形建模可以通过简单的命令重复创建复杂的模型。下面再通过水龙头的制作来巩固多边形建模的方法。

❶ 单击【3DS】菜单中的【Reset】命令，重新设置系统。

❷ 进入【Create】（创建）命令面板，按下【Geometry】（几何体）按钮，在顶视图中创建一个长方体。长宽高分别为 100、100、40。并设高段数为 2，结果如图 6-25 所示。

图 6-25 创建长方体　　　　　图 6-26 第一次挤压、缩放以及旋转后的效果

❸ 单击选中长方体，在长方体上单击鼠标右键，通过弹出的菜单将长方体转换为可编辑多边形。

❹ 单击打开【Selection】（选择）卷展栏，按下【Polygon】（多边形）按钮，进入多边形选择状态。

❺ 单击选中最上面的多边形面片，单击面板上【Extrude】（挤压）按钮旁边的小方框，在弹出的对话框中输入 100。再单击工具栏上的等比缩放按钮，将选中的面缩放 80。然后单击工具栏上的旋转按钮，将选中的面绕 Y 轴旋转-30°，结果如图 6-26 所示。

❻ 按照上步操作的方法，再将顶面经过二次挤压、旋转。最终得到如图 6-27 所示的效果。

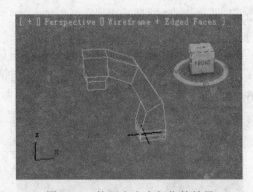

图 6-27 在挤压、旋转四次后的效果　　　　　图 6-28 挤压出出水部位的效果

❼ 制作出水口的部位。选中出水口部位的多边形面片，单击面板上【Extrude】（挤压）按钮旁边的小方框，在弹出的对话框中输入 20。再单击工具栏上的等比缩放按钮，将选中的面缩放 70。最后再将选中的面挤压 40，完成出水部位的创建，结果如图 6-28 所示。

❽退出多边形编辑。选中水龙头，进入修改命令面板。在修改命令列表中按键盘上的 M 键快速选择【Mesh Smooth】（光滑网格）命令，往下拖动参数面板，在【Iterations】（指数）框里面输入 2。细化后的水龙头模型如图 6-29 所示。

图 6-29 细化后的水龙头效果      图 6-30 添加材质后的水龙头效果

❾进入材质编辑器，给水龙头赋予不锈钢材质，渲染透视图，结果如图 6-30 所示。

## 6.3 课后习题

### 1. 填空题

（1）在选择面片时，勾选_____选项能使背部的面片不被选择？
（2）按住键盘上的_____键可以为选择集中增加元素。
（3）按住键盘上的_____键可以从选择集中删除元素。
（4）可以使用_____命令来细化多边形模型。

### 2. 问答题

（1）如何将标准几何体转换为可编辑多边形？
（2）使用挤压命令后如果需要再对刚挤压面片进行操作，还需要另行选择吗？
（3）使用 Mesh Smooth（光滑网格）命令是应注意些什么问题？

### 3. 操作题

（1）创建一个立方体，将其转换成可编辑多边形。
（2）按照本截椅子的做法，制作一个圆桌模型。
（3）利用多边形建模的方法，创建一个锤子模型。

# 第 7 章　NURBS 建模

### 教学目标

　　NURBS 是一种功能非常强大的建模工具，在高级三维软件当中都支持这种建模方式。NURBS 能够比传统的网格建模方式更好地控制物体表面的曲线度，从而能够创建出更逼真、生动的造型。NURBS 模型同一般的三维模型一样也是由点、（曲）线、（曲）面三要素构成。本章主要从后两者要素入手，逐步介绍建立 NURBS 模型所必需的各项知识。NURBS 曲线和 NURBS 曲面在传统的制图领域是不存在的，是为使用计算机进行 3ds 建模而专门建立的。在 3ds 建模的内部空间用曲线和曲面来表现轮廓和外形。

### 教学重点与难点

> NURBS 曲线的创建与修改
> NURBS 曲面的创建与修改
> NURBS 工具箱的使用
> NURBS 建模的方法

## 7.1　NURBS 曲线的创建与修改

### 7.1.1　点曲线的创建

**01** 直接创建

❶单击【File】（文件）菜单中的【Reset】（重置）命令，重新设置系统。

❷单击命令面板上的【Create】 ✳ （创建）命令，选取【Shapes】 ◻ （平面图形），在下拉列表中选择【NURBS Curves】（非均匀有理 B 样条曲线）选项。弹出的创建命令面板如图 7-1 所示。

❸单击【Point Curve】（点曲线）按钮，可以看到右侧的命令面板也随之发生了变化。

❹激活顶视图，单击鼠标确定第一个点，然后拖动鼠标指针，可以看见从第一个点引出一条连接到鼠标指针上的线，而且第一个点为绿色方块显示。

❺再次单击鼠标确定第二个点，如此下去，最后单击右键结束曲线的创建。此时光滑的点曲线如图 7-2 所示。

❻在建立一条 NURBS 曲线的过程中，可以按退格键来删除上一次建立的点。

❼如果结束点和起始点重合，系统将弹出一个对话框，问是否封闭这条曲线。如图 7-3 所示。单击【是】按钮封闭曲线并结束建立。如图 7-4 所示。单击【否】继续建立，曲线是打开的。

**02** 键盘创建

❶ 单击【File】（文件）菜单中的【Reset】（重置）命令，重新设置系统。

❷单击命令面板上的【Create】　（创建）命令，选取【Shapes】　（平面图形），在下拉列表中选择【NURBS Curves】（非均匀有理 B 样条曲线）选项。弹出曲线创建命令面板。

图 7-1　NURBS 曲线创建面板

图 7-2　开放的点曲线

图 7-3　询问对话框

图 7-4　闭合点曲线

图 7-5　键盘输入卷展栏

❸单击【Point Curve】（点曲线）按钮，打开参数面板上的【Keyboard Entry】（键盘输入）卷展栏，如图 7-5 所示。

❹在 X、Y、Z 框中分别输入 1、1、0，单击【Add Point】（加入点）按钮，就在空间坐标（1，1，0）处创建了一个点。

❺在 X、Y、Z 框中分别输入 100、80、0，单击【Add Point】（加入点）按钮，就在空间坐标（100，80，0）处创建了一个点。

❻在 X、Y、Z 框中分别输入 100、-60、0，单击【Add Point】（加入点）按钮，就在空间坐标（100，-60，0）处创建了一个点。此时顶视图中的曲线形状如图 7-6 所示。

❼单击【Close】（闭合）按钮，即可将曲线闭合并完成创建工作，结果如图 7-7 所示。

图 7-6　创建了 3 个点的曲线形状

图 7-7　键盘输入创建闭合曲线

## 📖7.1.2　控制点曲线的创建

**01**　直接创建

❶ 单击【File】（文件）菜单中的【Reset】（重置）命令，重新设置系统。

❷单击命令面板上的【Create】🔧（创建）命令，选取【Shapes】📐（平面图形），在下拉列表中选择【NURBS Curves】（非均匀有理 B 样条曲线）选项。

❸在顶视图单击鼠标右键将视图激活。单击【CV Curve】（控制点曲线）按钮。

❹单击鼠标确定第一个控制点，拖动鼠标，再次单击鼠标确定第二个控制点，如此下去，最后单击鼠标右键结束曲线的创建。此时控制点曲线形状如图 7-8 所示。

❺如果想封闭曲线，只需将结束点移动到起始点位置，在弹出的对话框中单击【是】按钮即可，结果如图 7-9 所示。

图 7-8　开放控制点曲线

图 7-9　闭合控制点曲线

**02**　键盘创建

❶ 单击【File】（文件）菜单中的【Reset】（重置）命令，重新设置系统。

❷单击命令面板上的【Create】🔧（创建）命令，选取【Shapes】📐（平面图形），在下拉列表中选择【NURBS Curves】（非均匀有理 B 样条曲线）选项。弹出曲线创建命令面板。

❸单击【Point Curve】（点曲线）按钮，打开参数面板上的【Keyboard Entry】（键

盘输入）卷展栏。

❹可以发现，和点曲线相比，控制点曲线的创建栏里面多了 Weight（权重）。其他参数和点曲线键盘创建面板一样。

## 7.1.3　用样条曲线建立 NURBS 曲线

❶ 单击【File】（文件）菜单中的【Reset】（重置）命令，重新设置系统。

❷单击命令面板上的【Create】 ✳ （创建）命令，选取【Shapes】 ◙ （平面图形），在下拉列表中选择【Spline】（样条曲线）选项。

❸任意选择一个样条曲线类型，本例选择椭圆形。在顶视图中创建一个椭圆。

❹在椭圆上单击鼠标右键，弹出的菜单中选择【Covert To】（转化为）|【Covert To NURBS】（转化为 NURBS 曲线），如图 7-10 所示。

❺完成了通过样条曲线来创建 NURBS 曲线。

图 7-10　椭圆上的右键菜单　　　　　　　　图 7-11　创建点曲线

## 7.1.4　点曲线的修改

❶单击【File】（文件）菜单中的【Reset】（重置）命令，重新设置系统。

❷ 在顶视图中建立一条【Point Curve】（点曲线），如图 7-11 所示。

❸进入【Modify】（修改）面板，单击修改器堆栈中【NURBS Curve】（NURBS 曲线）左侧的"+"号，进入子物体编辑。如图 7-12 所示。

❹单击【Point】（点）子选项，弹出如图 7-13 所示的修改面板，即可对曲线进行编辑。

❺单击【Refine】（细化）按钮，将鼠标移动到曲线中间单击，就可以在曲线中间插入一个点，结果如图 7-14 所示。

❻单击【Extend】（扩展）按钮，将鼠标移动到曲线上，发现曲线变成蓝颜色，同时曲线的一个端点被蓝色方框框了起来，如图 7-15 所示。

❼单击并按住鼠标拖动到一点，发现从被蓝色方框围起来的点处又引出一条线，这条线的另一个端点正是鼠标拖动到的点，如图 7-16 所示。

❽单击【Fuse】（熔合）按钮，将鼠标移动到右上方点上，拖动到鼠标到邻近点上，发现两个点熔合成了一个，如图 7-17 所示。

❾点曲线的修改还有隐藏、删除、移动等操作，读者可自行练习。

图 7-13　点曲线修改堆栈　　　　　图 7-13　点曲线修改面板

图 7-14　在曲线上插入点　　　　　　图 7-15　扩充时的曲线

图 7-16　扩展后的曲线形状　　　　　图 7-17　熔合后的曲线

## 7.1.5　控制点曲线的修改

❶单击【File】（文件）菜单中的【Reset】（重置）命令，重新设置系统。

❷在顶视图中建立一条【CV Curve】（控制点曲线），如图 7-18 所示。

❸进入【Modify】（修改）面板，单击修改器堆栈中【NURBS Curve】（NURBS 曲线）左侧的"+"号，进入子物体编辑。

❹单击【Curve CV】（曲线控制点）子选项，弹出如图 7-19 所示的修改面板，即可对曲线控制点进行编辑。

❺从上图中可以看出，控制点曲线的控制点修改面板比点曲线的点修改面板多出来两项，即【Weight】（权值）和【Display Lattice】（显示线框）。

图 7-18　创建控制点曲线　　　　　　图 7-19　控制点修改面板

❻选中右上方的点，改变其权值为 3，在顶视图观察曲线的变化，发现曲线向所选点靠近了些，如图 7-20 所示。

图 7-20　改变权之后的曲线形状　　　图 7-21　取消显示线框后的曲线形状

❼取消勾选【Display Lattice】（显示线框），观察曲线的变化，发现控制点间的线框不见了，如图 7-21 所示。

# 7.2　NURBS 曲面的创建与修改

## 7.2.1　点曲面的创建

**01** 直接创建

❶单击【File】（文件）菜单中的【Reset】（重置）命令，重新设置系统。

❷单击【Create】（创建）命令面板，在【Geometry】（几何体）子面板的下拉列表中选择【NURBS Surfaces】（NURBS 曲面）选项。展开【Object Type】（物体类型）卷展栏。如图 7-22 所示。

图 7-22　NURBS 曲面创建面板　　　　图 7-23　创建点曲面

❸单击创建面板中的【Point Surf】（点曲面）按钮，激活顶视图。

❹在视图中单击鼠标左键并拖动，拉出一个点曲面。上面均匀分布着 4×4 个点，如图 7-23 所示。右侧面板中【Creation Parameters】（创建参数）卷展栏给出了创建的曲面参数。

**02　键盘创建**

❶单击【File】（文件）菜单中的【Reset】（重置）命令，重新设置系统。

❷单击【Create】（创建）命令面板，在【Geometry】（几何体）子面板的下拉列表中选择【NURBS Surfaces】（NURBS 曲面）选项。展开【Object Type】（物体类型）卷展栏。

❸单击创建面板中的【Point Surf】（点曲面）按钮，激活顶视图。

❹在右侧面板中展开【Keyboard Entry】（键盘输入）卷展栏，如图 7-24 所示。

图 7-24　点曲面键盘创建面板　　　　图 7-25　用键盘创建好的点曲面

❺将 X、Y、Z 的值均设为 0，【Length】（长度）和【Width】（宽度）值均设为 100，【Length Point】（长度方向上的点数）和【Width Point】（宽度方向上的点数）均设为 6，单击【Creat】（创建）按钮，观察顶视图，一个点曲面就创建好了，如图 7-25 所示。

❺其中 X、Y、Z 的值代表曲面的中心坐标。

## 📖7.2.2　CV 曲面的创建

**01**　直接创建

❶单击【File】（文件）菜单中的【Reset】（重置）命令，重新设置系统。

❷单击【Create】（创建）命令面板，在【Geometry】（几何体）子面板的下拉列表中选择【NURBS Surfaces】（NURBS 曲面）选项。展开【Object Type】（物体类型）卷展栏。

❸单击创建面板中的【CV Surf】（控制点曲面）按钮，激活顶视图。

❹在视图中单击鼠标左键并拖动，即可拉出一个控制点曲面。上面均匀分布着 4×4 个控制点，如图 7-26 所示。右侧面板中【Creation Parameters】（创建参数）卷展栏给出了创建的曲面参数。

**02**　键盘创建

用键盘创建控制点曲面的方法和用键盘创建点曲面的方法相同，读者可自己创建，此处不再赘述。给出用 7.2.1 节中的参数创建的控制点曲面图，如图 7-27 所示。

图 7-26　直接创建控制点曲面　　　　图 7-27　用键盘创建的控制点曲面

## 📖7.2.3　NURBS 曲面的修改

NURBS 曲面的修改分为 NURBS 曲面级别修改、表面级别修改和点级别修改。

**01**　NURBS曲面级别修改

❶ 单击【File】（文件）菜单中的【Reset】（重置）命令，重新设置系统。

❷单击【Create】（创建）命令面板，在【Geometry】（几何体）子面板的下拉列表中选择【NURBS Surfaces】（NURBS 曲面）选项。展开【Object Type】（物体类型）卷展栏。在顶视图建立两个点曲面。

❸选中一个点曲面，进入【Modify】（修改）面板，单击修改器堆栈中【NURBS Surface】（NURBS 曲面），如图 7-28 所示。使其变成黑色，进入 NURBS 曲面层次编辑。

❹在右侧的参数面板中可以看到物体修改卷展栏，本例着重介绍【General】（通用）

卷展览，如图 7-29 所示。

❺很多时候，需要将几个独立的曲面结合在一起，从而进行其他操作。这就要用到
【Attach】（结合）命令。

❻保持一个曲面处于选中状态，单击【Attach】（结合）按钮，然后将鼠标移动到
需要连接的曲面上，鼠标变成如图 7-30 所示的形状时单击左键，此时可以看到，两个曲
面均以高亮度显示，表明结合成功。

图 7-28　NURBS 曲面修改器堆栈　　　　　图 7-29　通用参数卷展栏

图 7-30　结合时鼠标形状

图 7-31　结合多个曲面对话框

❼【Attach Multiple】（结合多个曲面）按钮与【Attach】（结合）按钮类似，不
同的是单击后会弹出对话框，如图 7-31 所示。可以从对话框中选择需要结合的多个曲面
的名称。然后单击【Attach】（结合）键完成结合。

❽【Import】（引入）命令用于引入其他物体到 NURBS 物体里。工作方法与结合是
一样的，但引入的物体将保留自己的创建参数和变动修改。

❾【Import Multiple】（引入多个物体）命令用于引入多个物体到 NURBS 物体里。
单击时会显示一个对话框，可以在列表中选择多个物体，然后单击【Import】（引入）键
完成引入。

❿【Reorient】（重调整）命令打开时，所结合或引入的物体会移动到 NURBS 物体
的中心。

⓫其他参数用于 NURBS 模型和曲面的显示控制，这里不再详细讲解。

**02** 表面级别修改

❶以上面的例子来讲解，选中一个曲面，进入【Modify】（修改）面板，单击修改器堆栈中【Surface】（表面），使其变成黄色，即可进入表面层次编辑。此时，参数面板变成表面编辑面板。

❷经过上面的例子，以及将两个独立的表面结合在了一起。单击选中一个表面，使其变成红色，右边的许多命令就由灰色变得可用了。

❸单击【Break Row】（断开行）按钮，将鼠标移动到表面上，曲面上出现蓝色的横线，如图 7-32 所示。单击即可从蓝色线处断开。移动表面，发现已经分成了两个。如图 7-33 所示。

图 7-32　断开前

图 7-33　断开后

❹删除分离出来的较小的表面。单击【Extend】（扩展面）按钮，将鼠标放在右边表面的一个边上，当边变成蓝色时，如图 7-34 所示。拖动鼠标击可扩展表面，结果如图 7-35 所示。

图 7-34　扩展前

图 7-35　扩展后

❺单击【Join】（连接面）按钮，将鼠标放在右边表面的一个边上，当边变成蓝色时，拖动鼠标到左边表面的边上，此时弹出对话框，如图 7-36 所示。单击 OK 按钮，即可将两个面连接在一起，结果如图 7-37 所示。

❻表面级别的修改还有其他许多命令，读者可自行练习，这里不再详述。

**03** 点层次修改

选中一个曲面，进入【Modify】（修改）面板，单击修改器堆栈中【Point】（点），使其变成黄色，即可进入点层次编辑。此时，参数面板变成点编辑面板。这些命令都比较简单，这里不作特别介绍。

图 7-36　连接表面对话框

图 7-37　连接后的表面

# 7.3　NURBS 工具箱

在 7.2.3 节的中，图 7-29 标出了 NURBS 工具箱的位置。在建模的过程中，经常需要建立一些次物体，NURBS 工具箱无疑是很有帮助的。NURBS 工具箱如图 7-38 所示。从图中可以看出，它主要分三部分，作用分别为：建立点、曲线以及表面次物体。建立点次物体比较简单，这里不作介绍。重点介绍建立曲线以及表面次物体的方法。

图 7-38　NURBS 工具箱

图 7-39　变换曲线

## 7.3.1　建立曲线次物体

曲线次物体种类很多，这里仅仅介绍一部分，希望读者能举一反三。

**01**　【Create Transform Curve】（变换曲线）

❶ 单击【File】（文件）菜单中的【Reset】（重置）命令，重新设置系统。

❷激活顶视图，单击【Create】（创建）命令面板，创建一条点曲线。

❸选中点曲线，进入【Modify】（修改）命令面板，调出 NURBS 工具箱。

❹单击【Transform Curve】（变换曲线）按钮，将鼠标移动到创建好的曲线上使之变成蓝色，按住鼠标并拖动，即可创建出一条变换曲线，如图 7-39 所示。

**02** 【Create Blend Curve】（融合曲线）

❶以上面的曲线为例。

❷选中第一条点曲线，单击【Greate Blend Curve】（融合曲线）按钮。

❸将鼠标移动到第一条点曲线上使之变成蓝颜色，同时点曲线末端出现一个蓝色方框，如图 7-40 所示。

图 7-40　融合前　　　　　　　　　图 7-41　融合后

❹按住鼠标并拖动拖动到要连接的另一条曲线末端，释放鼠标，完成连接操作，结果如图 7-41 所示。

**03** 【Create Offset Curve】（偏移曲线）

❶以上面的曲线为例。

❷选中最左边的曲线，单击【Create Offset Curve】（偏移曲线）按钮。

❸将鼠标移动到最左边的曲线上使之变成蓝色，单击鼠标左键并按住拖动到想要偏移的地方，完成偏移曲线的创建，结果如图 7-42 所示。可以看出，偏移曲线的曲率发生了变化。

**04** 【Create Mirror Curve】（镜像曲线）

❶单击【File】（文件）菜单中的【Reset】（重置）命令，重新设置系统。

❷激活顶视图，单击【Create】（创建）命令面板，创建一条点曲线。

❸选中点曲线，进入【Modify】（修改）命令面板，调出 NURBS 工具箱。

❹单击【Mirror Curve】（镜像曲线）按钮，将鼠标移动到创建好的曲线上使之变成蓝色，按住鼠标并拖动到需要镜像的位置，释放鼠标，即可创建出一条镜像曲线，如图 7-43 所示。

**05** 【Chamfer Curve】（直角曲线）

❶以上面的曲线为例。

❷单击【Create Chamfer Curve】（直角曲线）按钮 。

❸将鼠标移动到最左边的曲线上方使之变成蓝色，同时最上面的端点被蓝色框包围，如图 7-44 所示。

❹单击鼠标左键并按住拖动到另一条曲线的端部，发现另一条曲线也变成蓝色，同时端点也被蓝色框包围，释放鼠标。完成直角曲线的创建，结果如图 7-45 所示。

图 7-42　偏移曲线的创建

图 7-43　镜向曲线的创建

图 7-44　连接前

图 7-45　连接后

## 7.3.2　建立曲面次物体

**01**　【Create Transform Surface】（变换曲面）

❶单击【File】（文件）菜单中的【Reset】（重置）命令，重新设置系统。

❷激活顶视图，单击【Create】（创建）命令面板，创建一个点曲面。

❸选中点曲面，进入【Modify】（修改）命令面板，调出 NURBS 工具箱。

❹单击【Create Transform Surface】（变换曲面）按钮 ，将鼠标移动到创建好的曲面上使之变成蓝颜色，按住鼠标并拖动到需要变换的位置，释放鼠标，即可创建出一条变换曲面，如图 7-46 所示。

**02**　【Create Blend Surface】（融合曲面）

❶以上面的曲面为例。

❷选中第一个点曲面，单击【Create Blend Surface】（融合曲面）按钮。

❸将鼠标移动到第一个点曲面的一条边上使之变成蓝色。

❹按住鼠标并拖动拖动到要融合的另一个曲面的一条边上，释放鼠标，完成融合操作，结果如图 7-47 所示。

**03**　【Create Extrude Surface】（挤压曲面）

❶单击【File】（文件）菜单中的【Reset】（重置）命令，重新设置系统。

❷激活顶视图，单击【Create】（创建）命令面板，创建一条点曲线，如图 7-48 所示。

❸选中点曲线，进入【Modify】（修改）命令面板，调出 NURBS 工具箱。

图 7-46　创建变换曲面　　　　　　图 7-47　创建融合曲面

❹单击【Create Extrude Surface】（挤压曲面）按钮，将鼠标移动到创建好的曲线上使之变成蓝色，按住鼠标并拖动，释放鼠标，即可创建出一条挤压曲面。默认的情况下，曲面的挤压是沿着 NURBS 模型自身的 Z 轴，如图 7-49 所示。

图 7-48　挤压前的点曲线　　　　　　图 7-49　挤压前的挤压曲面

**04**　【Create Lathe Surface】（旋转曲面）

❶单击【File】（文件）菜单中的【Reset】（重置）命令，重新设置系统。

❷激活顶视图，单击【Create】（创建）命令面板，创建一条点曲线，如图 7-50 所示。

❸选中点曲线，进入【Modify】（修改）命令面板，调出 NURBS 工具箱。

❹单击【Create Lathe Surface】（旋转曲面）按钮🔘，将鼠标移动到创建好的曲线上使之变成蓝色，单击鼠标，即可创建出一条旋转曲面。默认情况下旋转曲面是沿着 NURBS 模型自身的 Y 轴进行旋转的，如图 7-51 所示。

图 7-50　旋转前的顶视图　　　　　　　　图 7-51　旋转后的透视图

## 7.4　NURBS 建模的方法

❶直接创建 NURBS 模型。使用创建命令面板里的命令按钮直接在视图中单击鼠标就可以创建出 NURBS 曲线或者 NURBS 曲面。然后利用各种修改工具、修改命令来建立 NURBS 模型。

❷可以先创建出标准几何体，然后在几何体上单击鼠标右键，在弹出的对话框中选择 Covert to|Covert to NURBS 来完成标准几何体向 NURBS 对象的转化。然后利用各种 NURBS 修改工具对其进行编辑修改，得到最终的 NURBS 模型。

❸先创建一条 NURBS 曲线，或者是将样条曲线转换来的 NURBS 曲线，利用 Lathe（旋转）或者 Extrude（挤压）命令来创建出最终的 NURBS 模型。

下面就利用第三种方法，以制作苹果的例子来说明如何快速建立 NURBS 模型。

❶ 单击【File】（文件）菜单中的【Reset】（重置）命令，重新设置系统。

❷单击命令面板上的【Create】⚙（创建）命令，选取【Shapes】🔲（平面图形），在下拉列表中选择【NURBS Curves】（非均匀有理 B 样条曲线）选项。

❸单击【Point Curve】（点曲线）按钮，激活前视图，绘制如图 7-52 所示的点曲线。

图 7-52　苹果半截面　　　　　　　　　　图 7-53　进入点层次修改

❹选中点曲线，进入【Modify】（修改）命令面板，在修改堆栈中选择点层次修改。则截面的节点全部显示出来，如图 7-53 所示。

❺利用移动工具，调整各节点的位置，结果如图 7-54 所示。

图 7-54　调整后的苹果半截面

图 7-55　旋转后的透视图

❻退出点层次修改，在修改器列表中选择【Lathe】（旋转）命令，对曲线进行旋转修改，结果如图 7-55 所示。

❼向下拖动右侧的参数面板，在对齐方式下选择【Min】（最小），并设置【Segments】（段数）为 32。此时的透视图中苹果形状如图 7-56 所示。

图 7-56　调整对齐放时候的苹果造型

图 7-57　加入苹果梗的苹果造型

❽在顶视图中的苹果中心拉出一个圆柱体，并移动到适当位置，前视图中的位置如图 7-57 所示。

❾选中圆柱体，进入【Modify】（修改）命令面板，在修改命令列表中选择【Bend】（弯曲）命令，适当调整参数，对圆柱进行弯曲，结果如图 7-58 所示。

图 7-58　修改后的苹果梗

图 7-59　最终的苹果效果

⑩苹果造型创建完毕，有兴趣的话还可给苹果赋材质和贴图，使其更加真实。这里给出一张参考图，如图 7-59 所示。

# 7.5 实战训练

❶ 单击【File】（文件）菜单中的【Reset】（重置）命令，重新设置系统。

❷ 单击命令面板上的【Create】 （创建）命令，选取【Shapes】 （平面图形），在下拉列表中选择【NURBS Curves】（非均匀有理 B 样条曲线）选项。

❸ 单击【Point Curve】（点曲线）按钮，激活前视图，并绘制如图 7-60 所示的点曲线。

❹ 选中点曲线，进入【Modify】（修改）命令面板，在修改堆栈中选择点层次修改。则截面的节点全部显示出来，如图 7-61 所示。

❺ 利用移动工具，调整各节点的位置，结果如图 7-62 所示。

❻ 退出点层次修改，在修改器列表中选择【Lathe】（旋转）命令，对曲线进行旋转修改，结果如图 7-63 所示。

图 7-60 易拉罐半截面

图 7-61 进入点层次修改

图 7-62 调整后的易拉罐半截面

图 7-63 旋转后的透视图

❼ 选中易拉罐，单击工具栏中的 按钮进入材质编辑器。

❽ 选中一个样本球，在 Map 卷展栏下选择【Reflection】（反射）选项，并单击它旁边的【None】长按钮，在弹出的材质浏览器中复选【New】选项，然后在右边的对话框

中双击选择【Bitmap】（位图）贴图。从弹出的对话框中选择一张铝制品的图片（光盘中的贴图/CHROMIC.jpg 文件），设置 Amount（数量）值为 60。

❾复制【Reflection】（反射）贴图到【Refraction】（折射）贴图通道，并将 Amount（数量）值设为 30。

❿单击横向工具栏中的【Assign Material to Selection】（将材质赋给选择物体）按钮，然后单击【Show Map in Viewport】（在视图中显示贴图）按钮。此时透视图中的效果如图 7-64 所示。

图 7-64　贴上铝制品贴图的易拉罐　　　　　图 7-65　选中中间所有面片

⓫选中易拉罐，进入修改命令面板。对易拉罐添加【Edit Mesh】（编辑网格）修改，进入面片层级修改，选择中间部分的所用面片，如图 7-65 所示。

⓬在材质编辑器中给这部分赋予一张易拉罐贴图（光盘中的贴图/BAIWEI3.jpg 文件）。

⓭选中易拉罐，进入修改命令面板。对易拉罐添加【UVW maping】（UVW 贴图）修正贴图坐标。

⓮快速渲染透视图，效果如图 7-66 所示。

⓯还可以为易拉罐添加桌面作为装饰，此处给出参考效果，如图 7-67 所示。

图 7-66　易拉罐效果图　　　　　　　图 7-67　装饰后的易拉罐效果图

# 7.6 课后习题

## 1. 填空题

（1）NURBS 曲线分两种类型，即_____和_____。

（2）NURBS 曲线有_____，_____，_____等_____种显示方式。

（3）NURBS 曲面的修改面板卷展栏主要包括_____、_____和_____等。

（4）引力值的作用是 _____。

## 2. 问答题

（1）点曲线与控制点曲线有什么不同？

（2）如何用样条曲线来建立 NURBS 曲线？

（3）如何进入次级对象修改？

（4）点曲面与控制点曲面有什么不同？

（5）如何打开 NURBS 工具箱？

（6）NURBS 建模的方法有哪 3 种？

## 3. 操作题

（1） 分别绘制一条点曲线、CV 曲线，体会二者的区别。

（2）分别创建点曲面和控制点曲面，比较其不同。

（3）练习将多个不同的 NURBS 曲线加入到同一个曲线集当中，练习 Attach 命令的用法。

（4）绘制一个 CV 曲面，对其进行编辑修改，制作出山丘模型。

# 第 8 章　物体的修改

一般来讲，模型的过程是先建立模型的雏形，再用修改器进行修改编辑，使之最终符合要求。可见，物体的修改编辑是很重要的。模型的编辑修改器是修改造型的主要工具，3ds Max 提供了多种修改编辑器，且功能各异。掌握这些修改器的使用，是掌握 3ds Max 的重点内容。本章将介绍一些常用编辑修改器的用法，为读者最终创建出完美的造型和动画奠定基础。

> ➤ 修改器堆栈的使用
> ➤ 常用编辑修改器的使用
> ➤ 利用简单编辑器建立复杂模型

## 8.1　初识修改器面板

一些简单的模型和场景在建模阶段即可完成，但大多数情况下都需要进一步地修改、编辑才能完成。本章重点学习如何利用修改器来对物体进行加工、编辑，使造型更加满足要求。

下面先来认识修改器面板，如图 8-1 所示。可以看出，Modify 命令面板分为 4 个基本区域，分别是：

◈ 对象名称与颜色编辑区：位于 Modify 命令面板的顶部，动态地显示被选物体的名称和颜色，并且可以随时进行编辑。物体名称在文本框中直接修改即可，颜色修改需单击文本框右边的色块，在 Object Color（物体颜色）对话框中设定所需的颜色。

◈ Modifier List（修改器列表）：位于名称与颜色区的下部。其中列举了各种修改器，这些修改器只有对当前被选对象有效时才可供使用。单击右侧的小三角，即可看到修改器。

◈ Modifier Stack（修改器堆栈）：此区域储存和管理调整器。即当用户对某一对象进行修改时，所用过的各种修改器便显示在该区域内，可方便重复操作。

图 8-1　修改器面板

◈ Parameters（参数区）：位于 Modify 命令面板的最底部，该区域显示当前修改器堆栈中被选对象的参数。

其中的名称和颜色区域比较简单，和物体创建命令面板上的名称和颜色区域完全相同。参数区域根据物体的种类和所选择的修改器而有所不同。下面重点介绍修改器堆栈和修改器列表。

# 8.2 修改器堆栈的使用

3ds Max 软件提供了 Modifier Stack（修改器堆栈），用于存储物体创建及修改编辑过程中的参数与信息。3ds Max 中创建的每一个物体都有自己的堆栈。通过堆栈，可以了解物体的创建及编辑过程，并可以动态地改变物体的每一个建立及编辑参数，达到修改物体及产生动画的效果。

修改器堆栈可以把每一步的操作记录保存起来。它拥有堆栈的特点，就是先进后出。它以堆栈的结构把每一步的操作保存起来，提供一个操作名称的列表，最先进行的操作被放在堆栈的底部，而最后一步操作放在堆栈的顶端。

## 8.2.1 应用编辑修改器

只有对物体应用了修改器进行修改后，修改器堆栈里面才有相关的修改器历史操作。如果没对物体应用修改器，修改器堆栈里面仅仅是所选物体的名字。

❶ 单击【3DS】菜单中的【Reset】命令，重新设置系统。

❷ 进入【Create】（创建）命令面板，按下【Geometry】（几何体）按钮，展开【Object Type】（对象类型）卷展栏，在透视图中创建一个长方体。

❸ 选中长方体，进入【Modify】（修改）命令面板，观察此时修改器堆栈的内容，如图 8-2 所示。

❹ 单击 Modifier List（修改器列表）旁边的小三角，在弹出来的列表里任意选择一个修改器，这里选择【Noise】（噪声），对物体进行修改。

❺ 观察修改器堆栈的内容，发现除了物体的名字以外，刚才选择的修改器出现在了修改器列表里，如图 8-3 所示。

图 8-2  应用修改器前

图 8-3  应用修改器后

## 8.2.2　开关编辑修改器

在修改器堆栈中，每一个修改器前面均有一个图标，它的作用是打开或者关闭修改器。如果要查看该修改器对物体的影响效果，可以使用该图标。

❶使用上面的例子介绍。

❷选中长方体，进入【Modify】（修改）命令面板，观察此时修改器堆栈中开关按钮的形状，如图 8-4 所示。

图 8-4　修改器开关开启状态　　　　　　图 8-5　开启时透视图中物体的效果

❸观察透视图，应用【Noise】（噪声）修改器修改后的长方体形状如图 8-5 所示。读者所做的效果跟这里不一样没关系，这里的目的不是为了做效果，而是用来做对比。

❹进入【Modify】（修改）命令面板，在修改堆栈中单击开关按钮，使其处于图 8-6所示的状态。关闭时透视图中物体的效果如图 8-7 所示。

图 8-6　修改器开关关闭状态　　　　　　图 8-7　关闭时透视图中物体的效果

## 8.2.3　复制和粘贴修改器

在建模的过程中，有时候需要用到同样的修改器对物体进行修改，这个时候就可以用修改器的复制和粘贴功能了。下面举例介绍。

❶使用上面的例子介绍。

❷选中长方体，进入【Modify】（修改）命令面板，在修改器堆栈中找到要复制的修改器，这里选择【Noise】（噪声）修改器。然后在其上面单击鼠标右键，位置如图

8-8 所示。

❸此时弹出右键菜单，如图 8-9 所示。在菜单中选择【Copy】（复制）命令，这样，就把使用该修改器对物体修改的相关参数全部复制下来了。注意：这里不能用 Ctrl+C 命令来复制。因为这样会使透视图切换到摄像机视图。

❹在堆栈中找到需要插入的位置，再次单击鼠标右键，在弹出的菜单中选择【Past】（粘贴）命令。这样，修改器就被粘贴到了相应的位置。如图 8-10 所示。注意：这里不能用 Ctrl+V 命令来粘贴。因为这样只会复制一个同样的物体而不是复制修改器。

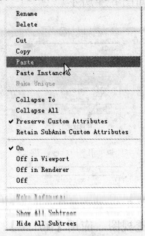

图 8-8　复制时的右键位置　　　　　　　图 8-9　右键菜单

图 8-10　粘贴后的修改器堆栈　　　　　图 8-11　粘贴后透视图的变化

❺观察透视图，发现长方体物体发生了变化，如图 8-11 所示。这是因为在原来噪声修改器的基础上又多了一个噪声修改器。

### 📖8.2.4　重命名编辑修改器

一般来讲，系统默认的修改器的名称就是修改器本身的名称。可以根据自己的需要来命名修改器。比如当复制粘贴修改器后，修改器堆栈中两个修改器的名称一样，不方便了解修改的过程。这时就可以重命名修改器。

❶使用上面的例子。

❷选中长方体，进入【Modify】（修改）命令面板，在修改器堆栈中找到要重命名的修改器，这里选择第一个【Noise】（噪声）修改器。然后在其上面单击鼠标右键。

❸此时弹出右键菜单，在菜单中选择【Rename】（重命名）命令，此时堆栈中的修改器名称变成可编辑的文本框。如图 8-12 所示。输入想好的名称即可。

❹用同样方法，修改第二个修改器名称为"噪声 02"。结果修改器堆栈如图 8-13 所示。

图 8-12　重命名修改器

图 8-13　重命名后的堆栈

## 📖8.2.5　删除编辑修改器

如果一个修改器命令没有达到预期的效果，或者把该效果命令放在了一个错误的位置，这个时候就可以删除它。

❶使用上面的例子。

❷选中长方体，进入【Modify】（修改）命令面板，在修改器堆栈中找到要删除的修改器，这里选择【噪声 02】修改器。

❸在【噪声 02】修改器上面单击鼠标，使其变成灰色选中状态，按下堆栈框下边的 按钮，即可将选择的修改器删除。删除后的结果如图 8-14 所示。注意：删除时不能按 Delete 键，因为这样会导致场景中的物体被删除。

❹删除修改器后，该修改器作用于物体的修改也将随之失效。透视图中的物体状态如图 8-15 所示。

图 8-14　删除后的修改器堆栈

图 8-15　删除后的物体状态

## 📖8.2.6　修改器的范围框

对物体的修改功能实际上是作用于物体范围框，它以桔黄色方框表示，代表物体的结构。可以对它进行移动、旋转等变换，从而影响物体的形状。

❶使用上面的例子。

❷选中长方体，进入【Modify】（修改）命令面板，在修改器堆栈中找到要修改的修改器，这里选择【噪声 01】修改器。

❸在【噪声 01】修改器前面的"+"符号上面单击，展开【噪声 01】修改器，结果如图 8-16 所示。

图 8-16　展开后的修改器

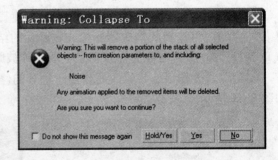

图 8-17　移动范围框物体形状的变化

❹在【Gizmo】（范围框）上面单击鼠标，使其变成灰色选中状态。

❺选取工具栏上的移动工具，在透视图中移动稻黄色框。观察长方体的变形情况，如图 8-17 所示。

❻同样可以通过变换 Center（中心）来改变物体的形状，如图 8-18 所示。

图 8-18　变换中心改变物体形状的变化

图 8-19　塌陷对话框

## 8.2.7　塌陷堆栈操作

由于编辑修改器堆栈不仅记录了物体从创建到修改的每一步操作，而且保留了 3ds Max 场景文件中的所有编辑操作。因而编辑修改器对内存的消耗非常巨大。塌陷堆栈是减少物体耗费内存的好办法。塌陷堆栈操作保留每个编辑修改器对物体作用的效果，将对象缩减成高级的几何体。但塌陷后的编辑修改器的作用效果被冻结成为显式的，不能够再进行编辑。

❶使用上面的例子。

❷选中长方体，进入【Modify】（修改）命令面板，在修改器堆栈中找到要塌陷的

修改器，这里选择【噪声 01】修改器。

❸在【噪声 01】修改器上面单击鼠标右键，在弹出的右键菜单里选择【Cllapse To】（塌陷）命令，随后弹出对话框如图 8-19 所示，提示是否塌陷。

❹选择【Yes】按钮，完成塌陷操作。观察修改器堆栈和透视图中物体的变化。发现修改器堆栈中的修改器名称变成了【Editable Mesh】（可编辑表面物体），如图 8-20所示。透视图中的桔黄色框也消失了，只有一个白色的框，如图 8-21 所示。

图 8-20　塌陷后的修改器堆栈

图 8-21　塌陷后的物体状态

### 📖8.2.8　修改器堆栈的其他命令简介

- ✧ Pin Stack（锁定堆栈）按钮📌：冻结堆栈的当前状态。能够在变换场景物体时，仍然保持原来选择物体的编辑修改器的激活状态。由于修改面板总是反映当前选择物体的状态，因而 Pin Stack 就成为一种特殊情况。这种特殊情况对于协调编辑修改器的最后结果和其他对象的位置和方向非常有帮助。

- ✧ Show end result on / off toggle（显示最终结果开/关标记）按钮⚡：确定是否显示堆栈中的其他编辑修改器的作用结果。该功能可以直接看到某一项编辑修改器产生的效果，避免其他的编辑修改器产生效果的干扰。通常在观察一项编辑修改器产生效果时，关闭该按钮；在观察所有的编辑修改器产生的总体效果时，打开该按钮。

- ✧ Make unique（使独立）按钮💧：使物体关联编辑修改器独立。Make Unique 用来去除共享同一编辑修改器的其他物体的关联。

## 8.3　常用编辑修改器的使用

### 📖8.3.1　Bend（弯曲）编辑器的使用

Bend（弯曲）编辑器可以对当前选中的对象进行弯曲化处理，可以对物体以 X、Y、Z3 个轴中的任意一个方向进行规则的弯曲化处理。同时可以使用限制选项来限制物体的弯曲区域以及使用选项来限制弯曲方向与水平面之间的夹角。Bend（弯曲）编辑器的参数面板如图 8-22 所示。

**01** 参数简介

❖ Angle（角度）：设置弯曲角度。

❖ Direction（方向）：设置弯曲的方向。

❖ Bend Axis（弯曲轴）：设置弯曲的基准轴，可以以 X、Y、Z 任一轴为基准进行弯曲变形。

❖ Upper Limit（上限）：设置弯曲变形的上限，在此限度以上的区域将不受到弯曲变形的影响。

❖ Lower Limit（下限）：设置弯曲变形的下限，在此限度以下的区域将不受到弯曲变形的影响。

**02** 实例应用

❶ 单击【3DS】菜单中的【Reset】命令，重新设置系统。

❷ 进入【Create】（创建）命令面板，按下【Geometry】（几何体）按钮，展开【Object Type】（对象类型）卷展栏，在透视图中创建一个圆柱体。如图 8-23 所示。

❸ 选中圆柱体，进入【Modify】（修改）命令面板，在【Modifiers List】（修改器列表）中按 D 键快速选择【Bend】（弯曲）编辑器。此时圆柱参数面板跳转至弯曲参数面板。为了对比效果，先复制出来 3 个独立的圆柱体。

❹ 在参数面板中分别设置第一、二、三、四个圆柱体的弯曲角度【Angle】值为 30、90、180、360，观察弯曲效果，如图 8-24 所示。

图 8-22　Bend 编辑器参数面板　　　　　图 8-23　弯曲前的圆柱

图 8-24　弯曲角度的对比　　　　　　图 8-25　弯曲方向的对比

❺取消上步操作，在参数面板中分别设置第一、二、三、四个圆柱体的【Angle】（角度）值和【Direction】（方向）值为（50，0）、（50，90）、（50，180）、（50，270），在透视图中观察弯曲效果，如图 8-25 所示。

❻取消上步操作，将四个圆柱的【Angle】（角度）值均设为 50，并勾选【Limit Effect】（限制）复选框。再分别设 4 个圆柱的【Upper Limit】（上限）为 0、30、60、90。观察透视图，如图 8-26 所示。对比不同上限时的弯曲效果。

图 8-26　不同上限的对比　　　　图 8-27　锥化编辑器参数面板

## 8.3.2　Taper（锥化）编辑器的使用

锥化编辑器通过放缩物体的两端而产生锥形轮廓，可以限制物体局部锥化的效果。Taper（锥化）编辑器的参数面板如图 8-27 所示。

**01** 参数简介

❖ Amount（数量）：设置锥化倾斜程度。
❖ Curve（曲率）：设置锥化的弯曲程度。
❖ Taper Axis（锥化轴向）：设置基本的依据轴向。
❖ Upper Limit（上限）：设置弯曲变形的上限，在此限度以上的区域将不受到弯曲变形的影响。
❖ Lower Limit（下限）：设置弯曲变形的下限，在此限度以下的区域将不受到弯曲变形的影响。

**02** 实例应用

❶单击【3DS】菜单中的【Reset】命令，重新设置系统。

❷进入【Create】（创建）命令面板，按下【Geometry】（几何体）按钮，展开【Object Type】（对象类型）卷展栏，在透视图中创建一个长方体。高的段数设为 10，如图 8-28 所示。

❸选中长方体，进入【Modify】（修改）命令面板，在【Modifers List】（修改器列表）中按 T 键快速选择【Taper】（锥化）编辑器。此时长方体参数面板跳转至锥化

153

参数面板。为了对比效果，先复制出来 3 个独立的长方体。

❹在参数面板中分别设置第一、二、三、四个长方体的【Amount】（数量）值为-0.5、-0.1、0.5、1.0，观察锥化效果，如图 8-29 所示。

❺取消上步操作，在参数面板中分别设置第一、二、三、四个长方体的【Amount】（数量）值和【Curve】（曲率）值为（-0.5，0.5）、（-0.5，1）、（-0.5，-0.5）（-0.5，-1），在透视图中观察锥化效果，如图 8-30 所示。

❻取消上步操作，将 4 个长方体的【Amount】（数量）值均设为-2，【Curve】（曲率）值均设为 0，并勾选【Limit】（限制）复选框。再分别设 4 个长方体的【Upper Limit】（上限）分别为 0、10、20、30。观察透视图，如图 8-31 所示。对比不同上限时的锥化效果。

图 8-28　锥化前的长方体

图 8-29　锥化数量的对比

图 8-30　不同锥化曲率的对比

图 8-31　不同上限的对比

### 📖8.3.3　Twist（扭曲）编辑器的使用

Twist（扭曲）编辑器的参数面板如图 8-32 所示。

**01** 参数简介

◇　Angle（角度）：设置扭曲的角度。

◇　Bias（偏移）：该数值表示扭曲沿物体扭曲轴的分布情况。该值越大，扭曲就越集中在扭曲轴的上部；该值越小，扭曲就越集中在扭曲轴的下部。

◇　Twist Axis（锥化轴向）：设置基本的依据轴向。

◇ Upper Limit（上限）：设置扭曲变形的上限值。

◇ Lower Limit（下限）：用来设置扭曲变形的下限值。

**02** 实例应用

❶ 单击【3DS】菜单中的【Reset】命令，重新设置系统。

❷ 进入【Create】（创建）命令面板，按下【Geometry】（几何体）按钮，展开【Object Type】（对象类型）卷展栏，在透视图中创建一个条形长方体。高的段数设为 10。如图 8-33 所示。

❸ 选中长方体，进入【Modify】（修改）命令面板，在【Modifers List】（修改器列表）中按 T 键快速选择【Twist】（扭曲）编辑器。此时长方体参数面板跳转至扭曲参数面板。为了对比效果，先复制出来 3 个独立的长方体。

图 8-32 扭曲对话框

❹ 在参数面板中分别设置第一、二、三、四个长方体的【Angle】（角度）值为 90、180、270、360，观察扭曲效果。如图 8-34 所示。

❺ 取消上步操作，在参数面板中分别设置第一、二、三、四个长方体的【Angle】（角度）值和【Bias】（偏移）值为（360，0）、（360，50）、（360，-50）、（-360，0），在透视图中观察扭曲效果，如图 8-35 所示。

图 8-33 扭曲前的长方体

图 8-34 不同扭曲角度的对比

❻ 取消上步操作，将 4 个长方体的【Angle】（角度）值均设为 360，【Bias】（偏移）值均设为 0，并勾选【Limit】（限制）复选框。再分别设 4 个长方体的【Upper Limit】（上限）分别为 50、100、150、200。观察透视图，如图 8-36 所示。对比不同上限时的锥化效果。

图 8-35 不同偏移量的对比

图 8-36 不同上限的对比

## 📖 8.3.4　Noise（噪声）编辑器的使用

噪声修改器的功能是给几何造型体加上一些随机的变化，使之生成有机外观的形体。例如，可以给一平整的面片进行 Noise 变形，使其具有不规则的起伏形态，可利用它来制作出立体的模型。Noise（噪声）修改器的参数面板如图 8-37 所示。

**01** 参数简介

* Seed（随机数）：代表随机数生成器的模式，其值必须为整数。
* Scale（比例）：参数表示噪声的总体比例，数值越大则噪声越粗，设置其值为 100。
* Roughness（粗糙度）：表示不规则形状的尺寸或者曲线的总体粗糙度，其值介于 0～1 之间。
* Iterations（重复数）：确定生成噪声所要的不规则函数计算次数，数值越高，生成的不规则图形噪声越精确，但所需时间越长。
* X、Y、Z：分别表示形体沿这 3 个轴方向产生的噪声的强度大小。
* Frequency（频率）：噪声变动的频率值，数值越大，对象颤动就越快。
* Phase（相位）：影响噪声动画控制的相位值，不同的数值将产生噪声参数的不同画面。

图 8-37　噪声卷展栏

图 8-38　噪声前的板状物

**02** 实例应用

❶ 单击【3DS】菜单中的【Reset】命令，重新设置系统。

❷ 进入【Create】（创建）命令面板，按下【Geometry】（几何体）按钮，展开【Object Type】（对象类型）卷展栏，在透视图中创建一个板状长方体。长和宽的段数均设为 20。如图 8-38 所示。

❸ 选中长方体，进入【Modify】（修改）命令面板，在【Modifers List】（修改器列表）中按 N 键快速选择【Noise】（噪声）编辑器。此时长方体参数面板跳转至噪声

参数面板。为了对比效果，先复制出来 3 个独立的长方体。

❹在参数面板中分别设置第一、二、三、四个长方体的 Strength 区域下的 Z 值为 100、200、300、400，观察噪声效果。如图 8-39 所示。

❺取消上步操作，将 4 个长方体的 Strength 区域下的 Z 值均设为 200，再设置第一、二、三、四个长方体的【Scale】（比例）值分别为 40、60、80、100。在透视图中观察不同比例下的噪声效果，如图 8-40 所示。

图 8-39　不同强度的对比　　　　　　图 8-40　不同比例的对比

## 8.3.5　Lattice（格构网框）编辑器的使用

Lattice（格构网框）编辑器能将所选中的对象处理成格构网框。这种功能对于网架结构的建模非常有用。Lattice（格构网框）编辑器的参数面板如图 8-41 所示。

图 8-41　格构网框卷展栏

**01** 参数简介

- Geometry（几何体）：设置格构网框的组成。
  - ◇ Apply to Entine Object（仅有支柱）：网框仅由支柱构成，支柱的连接处无节点。
  - ◇ Joints Only from（仅有节点）：网框仅由节点构成，没有支柱。
  - ◇ Both（两者都有）：网框不仅包括支柱，也包括节点。
- Struts（支柱）：以下的选项是对支柱的大小及段数进行调解。

- ❖ Radius（半径）：调节支柱的半径大小。
- ❖ Segments（段数）：调节支柱长度方向的段数，一般设置为 1。
- ❖ Sides（边数）：调节支柱截面的边数，边数越多支柱越近似于圆柱。
- ❖ Material ID（材质号）：给该网框中所有支柱赋予一种材质的编号，以便以后可以给支柱和点分别赋予不同材质。
- ● Joints（节点）：控制节点的相关参数。
- ● Geodesic Base Type（节点造型类型）：Teatra（四面体）、Octa（八面体）、Icosa（十二面体）。
- ❖ Radius（半径）：调节节点的半径大小。
- ❖ Segments（段数）：调节节点的段数，值越大节点越接近球体。
- ❖ Material ID（材质号）：给该往框中所有节点赋予一种材质的编号。
- ● Mapping Coordinates（贴图坐标）：网框贴图坐标设置。
- ❖ None（无）：不对所产生的网框指定贴图坐标。
- ❖ Reuse Existing（使用已经存在的坐标）：使用当前对象已有的贴图坐标。
- ❖ New（新建）：自动为支柱和节点赋予贴图坐标。也就是说，为支柱指定圆柱贴图， 为节点指定球体贴图。

**02** 实例应用

❶单击【3DS】菜单中的【Reset】命令，重新设置系统。

❷进入【Create】（创建）命令面板，按下【Geometry】（几何体）按钮，展开【Object Type】（对象类型）卷展栏，在透视图中创建一个立方体。长宽高的段数均设为 2，如图 8-42 所示。

图 8-42  网框化前的立方体      图 8-43  不同选项时的效果对比

❸选中立方体，进入【Modify】（修改）命令面板，在【Modifers List】（修改器列表）中按 L 键快速选择【Lattice】（格构网框）编辑器。此时正方体参数面板跳转至格构网框参数面板。为了对比效果，再复制出来两个独立的长方体。

❹单击选中第一个立方体，选定【Struts Only from】（仅有支柱）复选框；单击选中第二个立方体，选定【Joints Only from】（仅有节点）复选框；单击选中第三个立方体，选定【Both】（两者都有）复选框。观察效果，如图 8-43 所示。

❺这时三者的对比情况大致可以看出来。但是对于建模来说，这样的效果似乎差了

些。下面就来对其进行修改。

❺单击选中第一个立方体，将节点类型选为【Icosa】（十二面体），并将节点段数【Segments】设为 3，适当增大半径。使其变得像球形。

❼单击选中第二个立方体，将支柱边数【Sides】设为 5，使其变得较像圆柱体。

❽单击选中第三个立方体，将节点类型选为【Icosa】（十二面体），并将节点段数【Segments】设为 3，适当增大半径。同时将支柱边数【Sides】设为 5。观察修改后的形状。结果如图 8-44 所示。

图 8-44　修改后的格构网框　　　　　图 8-45　半球形网框

❾当然，也可以通过格构网框命令建立其他形状的网框，比如球形。这里仅给出半球形效果图，如图 8-45 所示。读者可多尝试。

## 8.3.6　Displace（贴图位移）编辑器的使用

Displace（贴图位移）修改器的功能是利用图像的灰度变化来改变对象表面的结构。Displace（贴图位移）修改器的参数面板如图 8-46 所示。

**01** 参数简介

❖　Strength（强度）：控制图像明度变化对场景对象表面影响程度。

❖　Decay（衰减）：在强度变化基础之上，用来控制表面陡峭程度。

❖　Bitmap（位图）：单击 None 长按钮，可以在弹出的菜单中直接寻找贴图。较 Map 选项直接。

❖　Blur（模糊）：使凹凸锐化边缘趋于平滑过渡。

❖　Map（贴图）：定义贴图使如何投影到场景对象的表面。

❖　Alignment（对齐）：设置各种对齐方式。

**02** 实例应用

❶单击【3DS】菜单中的【Reset】命令，重新设置系统。

❷进入【Create】（创建）命令面板，按下【Geometry】（几何体）按钮，展开【Object Type】（对象类型）卷展栏，在透视图中创建一个板状长方体。长和宽的段数均设为 20，如图 8-47 所示。

图 8-46　贴图位移卷展栏

图 8-47　修改前的板状物　　　　图 8-48　用于贴图的黑白图片

❸选中长方体，进入【Modify】（修改）命令面板，在【Modifers List】（修改器列表）中按 D 键快速选择【Displace】（贴图位移）修改器。此时长方体参数面板跳转至贴图位移参数面板。

❹在参数面板中单击【Bitmap】（位图）旁的【None】长按钮，在弹出的菜单中找一张黑白图片，如图 8-48 所示。

❺调节【Strength】（强度）值为 100，观察透视图，长方体的形状发生了变化。贴图中心比较亮的地方凸了起来。亮度越大，凸起越高，如图 8-49 所示。

图 8-49　施加贴图位移后的对象

❺调节【Decay】（衰减）值为 10，观察透视图，发现产生的山峰平缓了许多。

## 8.3.7　Ripple（涟漪）编辑器的使用

Ripple（涟漪）编辑器的功能是产生一个同心圆状的波浪，自中心一直延伸到无限远的地方。可以在几何体上产生起伏效果，用来模拟池塘或者大海上的涟漪效果。Ripple（涟漪）编辑器的参数面板如图 8-50 所示。

**01** 参数简介

❖ Amplitude 1（振幅 1）：用来定义 Gizmo 中心的高度，在创建波浪的时候，这个值通常设置成和 Amplitude 2 一样的数值，但是在建立特殊波浪的时候，可以改变它。

❖ Amplitude 2（振幅 2）：用来定义波的宽度两边边界的高度。

❖ Wave Length（波长）：用来定义波的周期长度。可以用来控制波峰之间的距离。

❖ Phase（相位）：用来设置波位于什么相位。

❖ Decay（衰减）：　用来设置波的幅度随着距离而衰减的量。

图 8-50　贴图位移卷展栏　　　　　图 8-51　未变形前的板状长方体

**02** 实例应用

❶单击【3DS】菜单中的【Reset】命令，重新设置系统。

❷进入【Create】（创建）命令面板，按下【Geometry】（几何体）按钮，展开【Object Type】（对象类型）卷展栏，在透视图中创建一个板状长方体。长和宽的段数均设为 20，如图 8-51 所示。

❸选中长方体，进入【Modify】（修改）命令面板，在【Modifers List】（修改器列表）中按 R 键快速选择【Ripple】（涟漪）修改器。此时长方体参数面板跳转至涟漪参数面板。

❹在参数面板中将【Amplitude 1】（振幅 1）和【Amplitude 2】（振幅 2）值均设为 20，并将【Wave Length】（波长）值设为 50。观察透视图中长方体形状的变化，如图 8-52 所示。

❺调节【Decay】（衰减）值为 0.01，观察透视图，发现产生的涟漪平缓了许多，如图 8-53 所示。

图 8-52　施加涟漪后的对象图

图 8-53　设置衰减后的效果

### 8.3.8　Mesh Smooth（光滑网格对象）编辑器的使用

Mesh Smooth（光滑网格对象）编辑器的功能是可以光滑网格。它通过在拐角处沿着边加入面片的方法来光滑面。同时，它可以在尖角处产生褶皱，用来模拟皮沙发等造型的效果。Mesh Smooth（光滑网格对象）编辑器的参数面板如图 8-54 所示。

**01**　参数简介

❖ Iterations（复杂度）：设置对场景对象表面光滑次数，增加一次，则对象表面的复杂度会增大 4 倍左右。

❖ Operate On（操作对象）：决定光滑对象表面是针对什么样的面片拓扑结构。其下有三角形和多边形两种。三角形代表以三角形面片为光滑基础，这样会产生更多的细节和面片；多边形代表以多边形面片为光滑基础，这样产生光滑较少，而且面片很少。

**02**　实例应用

图 8-54　光滑网格参数面板

图 8-55　修改前的倒角长方体

❶单击【3DS】菜单中的【Reset】命令，重新设置系统。

❷进入【Create】（创建）命令面板，按下【Geometry】（几何体）按钮，在下拉列表中选择扩展物体选项，展开【Object Type】（对象类型）卷展栏，在透视图中创建一个倒角长方体，如图 8-55 所示。

❸选中长方体，进入【Modify】（修改）命令面板，在【Modifers List】（修改器列表）中按 M 键快速选择【Mesh Smooth】（光滑网格对象）修改器。此时长方体参数面板跳转至 Mesh Smooth（光滑网格对象）参数面板。

❹在参数面板中将【Iterations】（复杂度）设为 3，并将【Operate On】（操作对象）类型换为三角形。观察透视图中倒角长方体形状的变化，如图 8-56 所示。发现倒角长方体表面光滑了很多。

读者也可调试其他参数，了解其功能。

图 8-56　应用光滑网格后的长方体

图 8-57　透视图中的球体

## 8.3.9　Edit Mesh（编辑网格）编辑器的使用

编辑网格修改其功能十分强大。在建模过程中会经常用到。编辑网格修改器的应用分为节点层次、边层次和片层次。这里以点层次编辑为例，介绍编辑网格修改器的使用方法。

❶单击【3DS】菜单中的【Reset】命令，重新设置系统。

❷进入【Create】（创建）命令面板，按下【Geometry】（几何体）按钮，展开【Object Type】（对象类型）卷展栏，在透视图中创建一个球体，如图 8-57 所示。

❸选中球体，进入【Modify】（修改）命令面板，在【Modifers List】（修改器列表）中按 M 键快速选择【Edit Mesh】（编辑网格）修改器。此时球体参数面板跳转至 Edit Mesh（编辑网格）参数面板。

❹在【Selection】（选择）卷展栏下选择【Vertex】（点）按钮，此时的球体上显示所有节点（蓝色），如图 8-58 所示。

❺用鼠标框选球体中间部分点，可以看到框选的部分节点呈红色显示，表示被选中。如图 8-59 所示。

❻在主工具栏上选择等比缩放工具，在透视图中对选中的点沿着 XY 平面进行缩放变形，结果如图 8-60 所示。

❼用鼠标框选最上面的四层点（如图 8-61 所示），在主工具栏上选择移动工具，在

透视图沿着 Z 轴项下移动选中的点，效果如图 8-62 所示。

图 8-58　处于点编辑状态下的球体

图 8-59　处于选中状态的点

图 8-60　缩放选中点后的效果

图 8-61　处于选中状态的点

❽对所选中的点施加修改器，这里选择最下面的 5 层点，对其施加【Taper】（锥化）修改，并将【Amount】（数量）和【Curve】（曲率）值均设为-1，在透视图中观察修改效果，结果如图 8-63 所示。

从上面的操作可以看出，点级别修改灵活多用，功能强大，读者应多练习，从而了解点级别编辑各种变换的效果。

图 8-62　移动选中点后的效果

图 8-63　锥化选中点后的最终效果

# 8.4　实战训练

本章学习了许多修改器命令，这些修改其功能非常强大，本节就介绍如何用简单的修改器创建复杂的场景。

❶ 单击【3DS】菜单中的【Reset】命令，重新设置系统。

❷ 进入【Create】（创建）命令面板，在透视图中创建一个长方体。长宽高分别设为 300、300、30，长宽的段数均设为 50，结果如图 8-64 所示。

❸ 选中长方体，进入【Modify】（修改）命令面板，在【Modifers List】（修改器列表）中按 N 键快速选择【Noise】（噪声）编辑器。

❹ 设置【Seed】（随机数）值为 10，【Scale】（缩放）值为 40，Z 方向的【Strength】（强度）值为 200。调整透视图，结果如图 8-65 所示。

❺ 选中造型体，打开材质编辑器，给造型体贴上一张山草的图片（光盘中的贴图/山草.jpg 文件），结果如图 8-66 所示。

图 8-64 修改前的长方体　　　　　　图 8-65 添加噪声修改后的山峰

❻ 单击主菜单栏上的【Rendering】（渲染）|【Evironment】（环境），给造型贴上一张夕阳的背景贴图（光盘中的贴图/ scen148.jpg 文件）。渲染透视图，结果如图 8-67 所示。

图 8-66 贴图后的山峰　　　　　　图 8-67 添加背景贴图后的山峰

## 8.5 课后习题

1. 填空题

（1）3ds max 中对物体进行编辑修改的方式主要有 4 种：＿＿＿、＿＿＿、＿＿＿和
＿＿＿。

（2）修改器堆栈的工具按钮有：＿＿＿、＿＿＿、＿＿＿、＿＿＿。

（3）网格编辑中的子物体选择包括＿＿＿、＿＿＿、＿＿＿、＿＿＿和＿＿＿。

（4）进入子物体编辑修改的两种途径：＿＿＿＿，＿＿＿＿。

## 2．问答题

（1）修改器堆栈的各工具按钮具体作用是什么？

（2）修改器堆栈的作用是什么？

（3）如何快速选择修改器？

（4）几何体的段数对修改器有何影响？

## 3．操作题

（1）创建一个长方体，对其应用各种类型的修改器，观察变化效果？

（2）练习对同一个物体采用不同的顺序应用多个修改器，观察顺序对最终的结果
的影响。

（3）练习用 Mesh Select 对物体进行子选择操作。

# 第 9 章　材质的使用

## 教学目标

　　材质（Material）是物体的表面经过渲染之后所表现出来的特征，它包含的内容有物体的颜色、质感、光线、透明度和图案等特性。本章将介绍 3ds Max Design 2010 中的重头戏——材质编辑。而它们都是通过材质编辑器来完成的。通过本章的学习，将掌握如何在材质编辑器中给场景中的物体设定材质，如何获得材质的路径，以及如何编辑材质，使作品看上去更像真实的世界。

## 教学重点与难点

> ➤ 材质编辑器的界面
> ➤ 复合材质的用法
> ➤ 冷、热材质

## 9.1　材质编辑器

　　所谓材质，就是指定物体的表面或数个面的特性，它决定这些平面在着色时以特定的方式出现，如 Color（颜色）、Shininess（光亮程度）、Self-Illumination（自发光度）及 Opacity（不透明度）等。基础材质是指赋予对象光的特性而没有贴图的材质，上色最快，内存占用少。当模型完成以后，为了表现出物体各种不同的性质，需要给物体的表面或里面赋予不同的特性，这个过程称为给物体加上材质。它可使网格对象在着色时以真实的质感出现，表现出如石头、木板、布等的性质特征来。如图 9-1 所示，右侧墙壁为加上材质后显出的砖块效果。

图 9-1　赋予材质前后的对比

### 9.1.1 使用材质编辑器

材质编辑器（Material Editor）是 3ds Max 中一个非常重要的控制面板。可以利用它来建立、编辑材质和贴图，使视图中的对象更真实可信，但必须指定到场景中的物体上才起作用。单击主工具栏的【Material Editor】（材质编辑器）按钮图标，弹出材质编辑器窗口，如图 9-2 所示。

图 9-2  材质编辑器窗口　　　　图 9-3  样本球区域的右键菜单

材质编辑器分为两部分：上半部为样本球视窗，内有 6 个样本球，旁边有垂直工具栏和水平工具栏、名称栏、当前材质的各种控制按钮；下半部为各种卷展栏，默认情况下宾氏基本参数卷展栏为打开状态,材质编辑器下半部的内容随材质的不同而自动改变。

### 9.1.2 使用样本球

**01** 样本球的显示

系统默认的样本槽显示区域是 3x2 的现实模式，参考图 9-2。即横向是 3 个材质样本，纵向是 2 个材质样本。如果想利用更多的材质球，可以向右或者向下拖动滑会以显示其他的样本球。当然，也可以改变材质球的显示个数。方法是，在材质显示区域单击鼠标右键。此时弹出浮动菜单，如图 9-3 所示。选取 6x4 的现实模式，结果如图 9-4 所示。

**02** 样本材质的冷热

材质的类型有 3 种：

- ❖ 热材质是场景中对象正在使用的材质，它的4个角有白色的三角形作为标值，参考图9-4，第一个材质即为热材质。
- ❖ 暖材质是热材质的复制品，其名称与热材质的名称相同，但没有被场景中的对象所使用，它的4个角没有白色的三角形。
- ❖ 冷材质与场景中的对象毫无关系，它的4个角没有白色的三角形。

在场景中，对象与热材质的联系非常紧密。当改变热材质的任何参数时，场景中的相应材质也立刻发生改变。而编辑暖材质和冷材质，场景对象不会发生改变。

图9-4　6x4的显示模式

## 9.1.3　使用样本球工具选项

视窗区的工具选项包括水平工具栏、垂直工具栏、名称栏、材质类型栏和一个吸取物体材质的吸管，如图9-5所示。

说明：视窗区工具选项提供了显示材质的示例球以及一些控制显示属性，层级切换等常用工具，它们的操作绝大多数对材质没有影响。

图9-5　材质编辑器工具选项

图9-6　材质编辑器工具选项

- ● 垂直工具栏：在示例窗的右侧，主要是用来控制材质显示的属性。图9-6所示为利用了某些垂直工具后的样本球区域。

❖ 【Sample Type】（样本类型）：用鼠标左键单击该图标会弹出示例球显示方式选择框，有 3 种显示方式。

❖ 【Backlight】（背光）：决定示例球是否打开背光灯。

❖ 【Background】（背景）：决定是否在示例窗中增加一个彩色方格背景，通常制作透明、折射与反射材质时开启方格背景。

❖ 【Options】（选项）：单击此按钮将弹出材质编辑器选项，可逐一选择示例窗的功能选项。

● 水平工具栏：在样本视窗的下方，是常用工具，非常重要。

❖ 【Got Material】（获取材质）：单击该按钮将弹出材质 / 贴图浏览器，允许调出材质和贴图进行编辑修改，如图 9-7 所示。

❖ 【Assign Material to Selection】（赋予材质）：将材质赋予当前场景中所选择的对象。编辑材质时最常用的命令按钮。

❖ 【Make Material Copy】（复制材质）：单击该按钮会把当前的材质备份一份。

❖ 【Put to Library】（储存材质）：单击该按钮将弹出名称输入对话框，输入名称后，将把当前材质储存到材质库中。

❖ 【Pick Material From Object】（吸管）：用作获取场景中对象材质的工具。

❖ 材质类型栏 Standard ：单击该按钮将会弹出材质类型选择框，系统提供了 14 种类型的材质。

图 9-7 Get Material（获取材质）对话框

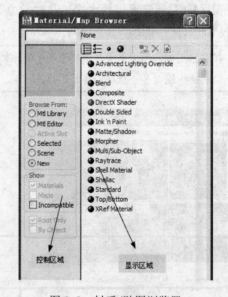

图 9-8 材质/贴图浏览器

## 9.1.4 使用材质 / 贴图浏览器

单击材质编辑器【Standard】按钮，将会出现如图 9-8 所示的对话框。这就是【Material/Map Browser】（材质/贴图浏览器）对话框。它的【Browse From】区通常是默认的【new】选项，右面的文本框列出了几种材质类型。

【Browse From】区中有了几种选择方式：

- ✧ 【Mtl Library】（材质库）：当选择此方式时，左上角的 Show 区下方会出现一个 3DS 区，表明可以从材质库中取特定材质。
- ✧ 【Mtl Editor】（材质编辑器）：选择此方式时，文本框内会出现材质编辑器中的所有材质（默认 24 种）。
- ✧ 【Selected】（选择状态）、【Scene】（场景）：主要用于场景中所要编辑对象的材质类型。

材质/贴图浏览器文本框的上方还有 4 种材质显示方式。

- ✧ 目按钮：显示方式为简略显示，其样本球是象征性的。
- ✧ 目按钮：显示方式比上面的稍微复杂一些，也是纵排。
- ✧ ◉按钮：横排显示，给出小样本球的模式。
- ✧ ◉按钮：将小球放大，可以看得比较清晰。

## 9.1.5　应用材质与重命名材质

上面介绍了工具栏以及材质贴图浏览器的一些用法，现在就来练习如何给场景中的对象赋材质，以及如何命名所创建的材质。

❶ 单击【3DS】菜单中的【Reset】命令，重新设置系统。

❷进入【Create】（创建）命令面板，按下【Geometry】（几何体）按钮，展开【Object Type】（对象类型）卷展栏，在透视图中创建一个茶壶，如图 9-9 所示。

图 9-9　透视图中的茶壶　　　　　　　　图 9-10　调好材质的样本球

❸选中茶壶，单即工具栏中的◩按钮进入材质编辑器。

❹激活第一个样本球，打开 Basic Parameter（基本参数）卷展栏。

❺用鼠标单击 Diffuse（漫反射）后面的色块，在弹出的调色控制面板中选一种蓝色后退出面板，此时样本槽中的材质球被涂成了蓝色。

❻在 Specular Lever（反光量）和 Glossiness（反光强度）选项中分别输入 200、60。结果样本球如图 9-10 所示。

❼单击横向工具栏中的 Assign Material to Selection（将材质赋给选择物体）按钮◩，然后单击 Show Map in Viewport(在视图中显示贴图) ◩按钮。

❽观察透视图中的茶壶，已经被赋予了金属状材质。如图 9-11 所示。

❾调整好的材值默认的名称可以从名称栏中看出，本例中是 ，如果想改变名称，只需改变文本框中的文字即可。

图 9-11　赋予材质后的茶壶

# 9.2　标准材质的使用

材质编辑器的下半部分为各种参数卷展栏，包括：【Shader Basic Parameters】（着色基本参数）、【Blinn Basic Parameters】（宾氏基本参数）、【Extended Parameters】（扩展参数）、【Super Sampling】（超级取样）、【Maps】（贴图）、【Dynamics Properties】（动力学属性）。

> 注意：参数区卷展栏和着色基本参数区参数区卷展栏是动态参数区，它的界面不仅随材质类型的改变而改变，也随贴图层级的变化而改变。

材质编辑器的默认界面为 Standard（标准材质）界面。标准材质是默认的贴图类型，也是最基本最重要的一种。下面将介绍标准材质下的几个卷展栏。

## 9.2.1　【Shader Basic Parameters】（着色基本参数）卷展栏

如图 9-12 所示为 3ds Max Design 2010 材质编辑器的着色基本参数区。它一共提供了 7 种着色方式。单击左侧的下拉框可以在 7 种着色方式中任选一种，如图 9-13 所示。

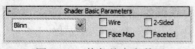

图 9-12　着色基本参数区　　　　图 9-13　7 种着色模式

7种着色模式简介：

❖　【Anisotropic】（各向异性）：适合对场景中被省略的对象进行着色。

❖　【Blinn】（宾氏）：默认的着色方式，与 Phong（方氏）相似，适合为大多数普通的对象进行渲染。

172

- ❖ 【Metal】（金属）：专门用作金属材质的着色方式，体现金属所需的强烈高光。
- ❖ 【Multi-Layer】（多层式）：为表面特征复杂的对象进行着色。
- ❖ 【Oren-Nayar-Blinn】：为表面粗糙的对象如织物等进行着色的方式。
- ❖ 【Phong】（方氏）：以光滑的方式进行着色，效果柔软细腻。
- ❖ 【Strauss】：与其他着色方式相比，【Strauss】具有简单的光影分界线，可以为金属或非金属对象进行渲染。

图 9-14 给出了 4 种常用着色方式的对比。

图 9-14　4 种着色方式的对比

4 种场景对象材质的显示模式：

- ❖ 【Wire】：为线架结构显示模式。
- ❖ 【2 Sided】：为双面材质显示。
- ❖ 【Face Map】：将材质赋予对象所有的面。
- ❖ 【Faceted】：将材质以面的形式赋予对象。

图 9-15 给出了 4 种显示模式的对比。

图 9-15　4 种显示模式的对比

## 9.2.2　【Blinn Basic Parameters】（宾氏基本参数）卷展栏

如图 9-16 所示。它包括颜色通道和强度通道两部分。

**01** 颜色通道

- ❖ 【Ambient】（阴影色）：材质阴影部分反射的颜色。在样本球中，它是指绕着圆球右下角的部位。

✧ 【Diffuse】（固有色）：反射直射光的颜色。在样本球中是左上方及中心附近看到的主要颜色。

✧ 【Specular】（高光色）：物体高光部分直接反射到人眼的颜色。在样本球中反映为球左上方白色聚光部分的颜色。

图 9-16　宾氏基本参数区

**02** 强度通道

✧ 【Self-Illumination】（自发光）：制作灯管、星光等荧光材质时选此项，可以指定颜色，也可指定贴图，方法是单击颜色选择框旁边的空白按钮。效果对比如图 9-17 所示。

图 9-17　自发光效果对比图

✧ 【Opacity】（不透明度）：控制灯管物体透明程度的工具，当值为 100 时为不透明荧光材质，值为 0 时则完全透明，效果对比如图 9-18 所示。

✧ 【Specular Highlights】（高光曲线区）：包括【Specular Level】（高光级别）、【Glossiness】（光泽度）和【Soften】（柔和度）3 个参数区及右侧的曲线显示框，其作用是用来调节材质质感的。效果对比如图 9-19、图 9-20 所示。

图 9-18　不透明度效果对比图

图 9-19　高光级别效果对比图

图 9-20　光泽度效果对比图

说明：高光级别、光泽度与柔和度 3 个值共同决定物体的质感，曲线是对这 3 个参数的描述，通过它可以更好地把握对高光的调整。

### 9.2.3　【Extended Parameters】（扩展参数区）卷展栏

它是基本参数区的延伸，如图 9-21 所示。

**01** 【Advanced Transparency】（透明度控制区）调节透明材质的透明度

◇　【Falloff】为两种透明材质的不同衰减效果，【In】是由外向内衰减，【Out】是由内向外衰减。衰减程度由衰减参数控制。图 9-22 给出了不同衰减效果的对比。

◇　【Type】为不透明度控制区，有 3 种透明过滤方式，即【Filter】（过滤法）、【Subtractive】（删减法）、【Additive】（递增法）。【Filter】（过滤法）是常用的选择，该方式用于制作玻璃等特殊材质的效果，图 9-23 为不同类型效果对比。

图 9-21　扩展参数区

图 9-22　不同衰减效果

图 9-23　不同类型的效果对比

❖ 【Index of Refraction】（折射率）用来控制折射贴图和光线的折射率。

**02** 【Wire】（线架材质控制区）

它必须与基本参数区中的线架选项结合使用，可以做出不同的线架效果。

❖ 【Size】（尺寸）用来设置线架的大小。
❖ 【In】用来选择单位。

【Reflection Dimming】（反射暗淡控制区）

主要针对使用反射贴图材质的对象。

❖ 当物体使用反射贴图以后，全方位的反射计算导致其失去真实感。此时，单击【Apply】（作用）选项旁的勾选框，打开反射暗淡，反射暗淡即可起作用。

## 9.2.4　【Super Sampling】（超级取样）卷展栏

图 9-24 所示是超级样本的界面。针对使用很强 Bump（凹凸）贴图的对象，超级样本功能可以明显改善场景对象渲染的质量，并对材质表面进行抗锯齿计算，使反射的高光特别光滑，同时渲染时间也大大增加。超级样本界面内的下拉式列表中提供了超级样本的 4 种不同类型的选择。

图 9-24　超级样本参数栏

## 9.2.5　【Maps】（贴图）卷展栏

是材质制作的关键环节，3ds Max Design 2010 在标准材质的贴图区提供了 12 种贴图方式，如图 9-25 所示。每一种方式都有它独特之处，能否塑造真实材质在很大程度上取决于贴图方式与形形色色的贴图类型结合运用的成功与否。

图 9-25　贴图卷展栏

12种贴图方式简介：

✧　Ambient Color （阴影区贴图）：默认状态中呈灰色显示，通常不单独使用，效果与Diffuse （漫射区贴图）锁定。

✧　Diffuse Color （漫射区贴图）：使用该方式，物体的固有色将被置换为所选择的贴图，应用漫反射原理，将贴图平铺在对象上，用以表现材质的纹理效果，是最常用的一种贴图。

✧　Specular Color （高光区贴图）：高光色贴图与固有色贴图基本相近，不过贴图只展现在高光区。

✧　Specular Level （反光量贴图）：与高光色贴图相同，但强弱效果取绝于参数区中的高光强度。

✧　Glossiness （反光强度贴图）：贴图出现在物体的高光处，控制对象高光处贴图的光泽度。

✧　Self-Illmination （自发光贴图）：当自发光贴图赋予对象表面后，贴图浅色部分产生发光效果，其余部分依旧。

✧　Opacity （不透明贴图）：依据贴图的明暗度在物体表面产生透明效果。贴图颜色深的地方透明，颜色起浅的地方越不透明。

✧　Filter Color （过滤色贴图）：过滤色贴图会影响透明贴图，材质的颜色取决于贴图的颜色。

✧　Bump （凹凸贴图）：非常重要的贴图形式，贴图颜色浅的部分产生凸起效果，颜色深的部分产生凹陷效果，是塑造真实材质的重要手段。

✧　Reflction （反射贴图）：反射贴图是一种非常重要的贴图方式，用以表现金属的强烈反光质感。

✧　Refraction （折射贴图）：折射贴图运用于制作水、玻璃等材质的折射效果，可通过参数控制面板中的 Refract Map/Ray Trace IOR （折射贴图／光线跟踪折射率）调节其折射率。

✧　Displacement(置换贴图)：3ds Studio Max 2.5 以后新增的置换贴图。

## 📖9.2.6 【Dynamics Properties】（动力学属性）卷展栏

如图 9-26 所示。专门针对动力学属性而开发的功能，可以对材质的反弹系数、静止摩擦力、滑动摩擦力进行设置，与动力学系统配合模拟自然规律运动。

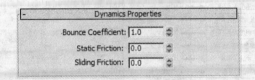

图 9-26 动力学属性卷展栏

# 9.3 复合材质的使用

默认情况下，材质编辑器的 6 个样本窗均为标准材质。看一下材质编辑器的样子，中部右边有一个按钮标示着【Standard】，说明这是标准材质。如果要改变材质的类型，单击 Standard 按钮，出现一个【Browser】（材质／贴图浏览器）对话框。

## 📖9.3.1 复合材质的概念及类型

由若干材质通过一定方法组合而成的材质统称为复合材质，复合材质包含两个或两个以上的子材质，子材质可以是标准材质也可以是复合材质。复合材质类型为：【Blend】（混合材质）、【Composite】（合成材质）、【Double Sided】（双面材质）、【Matte/Shadow】（投影材质）、【Morpher】（形态结构贴图）、【Muti/Sub-Object】（多重子物体材质）、【Raytrace】（光线追踪材质）、【Shellac】（虫漆材质）、【Standard】（标准材质）和【Top/Bottom】（顶／底材质）、【Advanced Lighting Override】（高级灯光）、【IK'n Paint】（动画材质）、【Shell Material】。

下面就来介绍几个重要的复合材质的参数，并举例介绍其应用。

## 📖9.3.2 创建混合材质

混合材质（Blend）就是把两个标准材质或其他子材质混合在一起使用，产生特殊的融合效果。混合材质可以有无数层，即一个混合材质可以作为另一个混合材质的子材质。另外，混合材质的制作还可以将混合的过程记录为动画，做成动画材质。混合材质参数区如图 9-27 所示。

**01** 参数简介

✧ 【Material 1】（材质＃1）：单击按钮将弹出第一种材质的材质编辑器，可设定该材质的贴图、参数等。

◇　【Material 2】（材质#2）：单击按钮会弹出第二种材质的材质编辑器，调整第二种材质的各种选项。

◇　【Mask】（遮罩）：单击按钮将弹出材质/贴图浏览器，选择一张贴图作为遮罩，对上面两种材质进行混合调整。

◇　【Interactive】（交互）：在材质#1和材质#2中选择一种材质展现在物体表面，主要在以实体着色方式进行交互渲染时运用。

◇　【Mix Amount】（混合数值）：当数值为0时只显示第一种材质，为100时只显示第二种材质。当Mask选项被激活时，【Mix Amount】为灰色不可操作状态。

◇　【Mixing Curve】（混合曲线）：此选项以曲线方式来调整两个材质混合的程度。下面的曲线将随时显示调整的状况。

◇　【Use Curve】（使用曲线）：以曲线方式设置材质混合的开关。

◇　【Transition Zone】（交换区域）：通过更改【Upper】（上部）和【Lower】（下部）的数值达到控制混合曲线的目的。

**02** 实例讲解

❶ 单击【3DS】菜单中的【Reset】命令，重新设置系统。

❷进入【Create】（创建）命令面板，按下【Geometry】（几何体）按钮，展开【Object Type】（对象类型）卷展栏，在视图中创建一个茶壶，并打开材质编辑器。

❸激活第一个样本材质球。单击【Standard】后的类型按钮，在弹出的对话框中双击【Blend】选项。

❹在出现的对话框中选择【Discard old Material】（掩盖旧材质）单选按钮，如图9-28所示，之后单击OK，材质编辑器的下半部分变成混合材质的各项内容。为混合材质起名为"混合材质"。

图9-27　混合材质参数区

图9-28　混合材质替换对话框

❺单击 Material 1 选项区域中显示材质名称的按钮，材质编辑器的下半部分切换为标准材质的属性内容。

❻在【Shader Basic Parameters】卷展栏下选择【Metal】着色方式，然后调整【Blinn Basic Parameters】卷展栏下的【Ambient】、【Diffuse】和【Self-Illumination】（自发光）的参数值（参数值自己任设）。

❼直到将第一个子材质调整为金属材质，如图9-29所示。

❽如果想回到混合材质状态下，可以选择【Go to parent】按钮，也可以单击名字

域中的下拉列表框中下三角按钮，选择弹出的名称列表中的"混合材质"。如果想继续编辑第二个材质，就直接单击【Go Forward to Sibling】 ➡ 按钮，编辑器的参数就变成了第二个子材质的参数。

❾在【Shader Basic Parameters】卷展栏下选择【Phong】着色方式，然后调整【Blinn Basic Parameters】卷展栏下的【Ambient】、【Diffuse】和【Self-Illumination】（自发光）的参数值（参数值自己任设）。

图 9-29　金属材质　　　图 9-30　玻璃材质　　　图 9-31　混合后材质

❿直到将第二个材质调整为玻璃材质，如图 9-30 所示。

⓫需要注意的是，在调第二个材质时需将【Blend Basic Parameters】（混合基本参数)栏下的第一个材质后面的对号去掉，并且将【Amount】值设为 100。

⓬单击【Go to Parent】按钮，回到混合材质状态，同时勾选两个材质后面的复选框，并将【Amount】值设为 50。此时，混合材质样本球如图 9-31 所示。

⓭单击【Assign Material to Selection】按钮把混合材质赋给茶壶。单击【Quick Render】按钮，进行快速渲染。效果如图 9-32 所示。

图 9-32　【Amount】值为 50 时的效果图

⓮为了观察混合效果，将【Amount】值设为 30、70，再次渲染，效果如图 9-33 所示。

【Amount】值为 30 时的效果图　　　【Amount】值为 70 时的效果图

图 9-33　【Amount】的混合效果

### 9.3.3 创建双面材质

【Double-Sided】材质功能很强大，可以将对象的双面分用不同的材质来着色。这种材质通常用来为表面较薄的场景物体的两个表面指定不同的材质，从而可以将物体的两个表面区分开。【Double-Sided】材质的参数设置面板如图9-34所示。

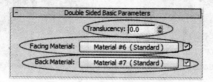

图9-34 双面材质的参数区

**01** 参数简介

✧ 【Translucency】（透明度）：用来混合【Facing】和【Back】材质，当其值为零时，则这两种材质一种在正面一种在背面，值在0～50之间时两边混合，大于50则混合材料的背面材料多一点，当其等于100时材质反转设置，即原来的背面材质变为正面。

✧ 【Facing Material】（面材质）：设定正面所用的材质。

✧ 【Back Material】（背面材质）：设定背面所用的材质。

**02** 实例讲解

❶单击【3DS】菜单中的【Reset】命令，重新设置系统。

❷单击命令面板上的【Create】 ✷ （创建）命令，选取【Shapes】 ⌗ （平面图形）命令面板。在视图中绘制一条直线作为放样的路径，绘制一个圆形作为放样截面。结果如图9-35所示。

❸在任意视图单击直线，使它显示为白色。单击【Create】（创建）命令面板中的【Geometry】（几何造型）命令。在下拉框中选【Compound Objects】（组合对象造型），在弹出的菜单中选择【Loft】（放样）选项。

❹弹出Loft（放样）造型子命令面板后，单击【Get Shape】（获取形状）按钮，并确定其下的【Instance】（关联）为当前选项。

❺单击圆形。结果矩形的关联复制品被移动到路径的起始点上，产生了一个造型物体，进入【Modify】（修改）命令面板，对放样体进行缩放变形和倒角变形。

❻最后，在【Skin Parameters】（表皮参数）卷展栏下取消【Cap Start】（开始端）复选框。得到如图9-36所示的茶杯。

❼进入材质编辑器，勾选2-Side,并将之赋予对象。单击材质编辑器上的【Standard】（标准）按钮。在弹出的材质浏览器中选择【Double Sided】（双面材质）。现在基本参数卷展栏已被切换为双面材质参数栏。

❽单击卷展栏中【Facing Material】（表面材质）按钮。这时卷展栏变为外表面参数的卷展栏。单击Diffuse旁的色块，弹出颜色调整框。将表面材质的颜色设为R：242，G：192，B：86。

❾调整其他参数如图 9-37 所示。此时的样本球效果如图 9-38 所示。

图 9-35　放样截面与路径　　　　　　　　图 9-36　放样及变形后的茶杯

❿单击工具栏上的【Go to Parent】（返回父层次）按钮，将【Translucency】（透明度）设为 100，单击【Back Material】（背面材质），进入背表面材质编辑框。

⓫参数调整参考图 9-39。最终的样本球效果如图 9-40 所示。

图 9-37　外表面材质调整框　　图 9-38　外表面材质球效果　　图 9-39　背面材质调整框

⓬单击工具栏上的【Go to Parent】（返回父层次）按钮，将【Translucency】（透明度）设为 0，并将材质赋予物体。

⓭为了看得清楚一些，给茶杯后面建一个长方体的盒子，使其铺满整个透视图的背景。并将颜色设为蓝绿色。

⓮在透视图渲染场景，被赋予双面材质物体效果如图 9-41 所示。

图 9-40　背面材质调整效果　　图 9-41　赋予双层材质的茶杯　　图 9-42　多重材质对话框

### 9.3.4 创建多重材质

【Multi/Sub-object】（多重子物体材质）的神奇之处在于能分别赋予对象的子级不同的材质。这种材质可以使用户对场景中的物体在面的层次上为同一个物体制定多种材质，使物体看起来丰富多彩。多重子物体材质的参数区卷展栏如图 9-42 所示。

**01** 参数简介

❖ 【SetNumber】（设置数目）：在这里设置对象子材质的数目。系统默认的数目为 10 个。

❖ 【Number Of Materials】（材质数目）：上面设置的子材质数目显示在这里。

❖ 子材质数目设定后，单击下方参数区卷展栏中间的按钮进入子材质的编辑层，对子材质进行编辑。单击按钮右边的颜色框，能够改变子材质的颜色，而最右边的小框决定是否使当前子材质发生作用。

> 注意：为了给每个面设置材质，必须先给每个面指定单独的 ID 号。一般使用 Edit Mesh 编辑修改器来制定。

**02** 实例讲解

❶ 打开【Create】命令面板，在下拉菜单里选择【Standard Primitives】，然后单击【Cylinder】按钮，在视图上创建一个圆柱模型并设置高的段数为 5。

❷ 打开【Modify】命令面板，在下拉菜单里选择【Edit Mesh】选项，然后在下面的参数面板里的 Selection 选项里选择【Polygon】选项。

❸ 采用框选方式，勾选圆柱最上面一圈的所有面，如图 9-43 所示。在下面参数面板中的【Material】参数区里设定 ID 号为 1。用同样的方式，依次把下面的三圈面分别设为 2，3，4，5。

❹ 打开材质编辑器，选中一个样本材质球，然后单击下面文本框右边的【Standard】按钮，在打开的对话框里选择【Multi/Sub-Object】选项，然后单击 OK。

❺ 返回材质编辑器，在【Sub-Object】材质参数设置面板上【Set Number】项。在弹出的对话框里把材质个数设为 5 个。

❻ 单击第一个子材质按钮，进入第一个子材质编辑框，这里仅设定其颜色为绿色。

图 9-43 选中最上面一圈所有面的前视图　　图 9-44 多重材质贴图效果

❼单击【Go to Parent】（返回父层次）按钮，单击第二个材质按钮，进入第二个子材质编辑框，这里仅设定其颜色为红色。

❽采取同样的方式，分别编辑其他子材质颜色为蓝、黑、白。

❾把这个材质球的材质赋予视图中的对象。透视图中的效果如图 9-44 所示。

## 📖9.3.5  创建顶 / 底材质

【Top/bottom】（顶 / 底材质）是将对象顶部和底部分别赋予不同材质。图 9-45 所示为顶 / 底材质的参数区卷展栏。

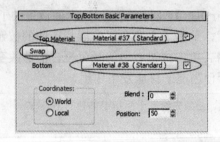

图 9-45  顶/底材质卷展栏

**01  参数简介**

◆  【Top Material】（顶材质）：单击其右侧的按钮将直接进入标准材质卷展栏，可以对顶材质进行设置。

◆  【Bottom Material】（底材质）：单击其右侧的按钮将直接进入标准材质卷展栏，可以对底材质进行设置。

◆  【Swap】（置换）：单击此按钮可以把两种材质进行颠倒。即将顶材质置换为底材质，将底材质置换为顶材质。

◆  【Coordinates】（坐标轴）：选择坐标轴。当设定为 Word（世界坐标轴）后，对象发生变化（如旋转）时，物体的材质将保持不变。当设定为 Local（自身坐标轴）时，旋转变化等将带动物体的材质一起旋转。

◆  【Blend】（融合）：决定上下材质的融合程度。数值为 0 时，不进行融合；为100 时将完全融合。

◆  【Position】（状态）：决定上下材质的显示状态。数值为 0 时，显示第一种材质；为100 时，显示第二种材质。

**02  实例讲解**

❶  单击【3DS】菜单中的【Reset】命令，重新设置系统。

❷进入【Create】（创建）命令面板，按下【Geometry】（几何体）按钮，在下拉列表中选择【Extended Primitives】（扩展几何体）。

❸单击【Spindle】（纺锤体）按钮。在透视图中创建一个纺锤体模型。如图 9-46 所示。

❹打开材质编辑器，选择第一个材质球。单击 Standard 按钮，选择 Top/Bottom 复合材

质。

❺材质编辑器参数区变化成顶/底复合材质参数区，单击 Top Material 进入顶材质编辑，将材质的 Diffuse 颜色设为黄金的颜色（R：242，G：192，B：86），并适当调整高光量。

❻单击 进入底材质编辑，将材质的 Diffuse 颜色设为金属银的颜色（R：233，G：233，B：216），并适当调整高光量。

图 9-46 透视图中的纺垂体

图 9-47 Blend 为 0 和 50 时的样本球

❼单击 进入父材质编辑，调整 Blend 分别为 0 和 50，样本球如图 9-47 所示。

❽单击 将材质赋予对象。效果如图 9-48 所示。

图 9-48 顶/底材质的效果图

## 9.3.6 创建不可见/阴影材质

Matte/Shadow（不可见/阴影）材质可以让三维模型在渲染时变得不可见，让场景的背景显示出来，但赋予不可见/阴影材质的物体可以接受阴影。打开投影材质的方法同上述材质类型相同，它的参数区卷展栏如图 9-49 所示。

图 9-49 投影参数卷展栏

**01** 参数简介

❖ 　【Matte】（不可见）：决定是否将不可见的物体渲染到不透明的【Alpha】通道中。

　　❖ 　【Atmosphere】（大气）：设置大气环境。

　　❖ 　【Apply Atmosphere】（加入大气环境）：将决定不可见物体是否受场景中的大气设置的影响；

　　❖ 　【At Background 】（在背景深度）：是二维效果，场景中的雾不会影响不可见物体，但可以渲染它的投影；

　　❖ 　【At Object Ground Depth】（在物体深度）：是三维效果，雾将覆盖不可见物体表面。

　　❖ 　【Shadow】（阴影）：设置阴影的属性。

　　❖ 　【Receive Shadow】（接受阴影）：决定是否显示所设置的投影效果。默认情况下【Affect】（影响 Alpha 通道）为灰色不可用状态，将上方【Opaque Alpha】项关闭便开启此选项，其作用是将不可见物体接受的阴影渲染到【Alpha】通道中产生一种半透明的阴影通道图像；

　　❖ 　【Shadow Brightness】（阴影的亮度）：可调整阴影的亮度，阴影亮度随数值增大而变得越来越高；

　　❖ 　【Color】（颜色）：设置阴影的颜色。可通过单击旁边的颜色框选择颜色。

　　❖ 　【Reflection】（反射）：决定是否设置反射贴图，系统默认为关闭。需要打开时，单击【Map】旁的空白按钮指定所需贴图即可。

**02** 实例讲解

❶利用创建好的金银锥，并在视图中创建一个足够大的长方体，用作投影的平面。

❷单击【Create】面板，进入【Lights】 选项，单击 Omni（泛光灯），创建一个泛光灯。

❸选中泛光灯，进入 Modify 面板，在参数区勾选 Shadows（阴影）On 选项。

❹进入材质编辑器，选中第一个材质球，单击 Standard，选中 Matte/Shadow。材质编辑器的参数区随之改变。

❺在参数区中勾选 Recevie Shadows，在 Color 一项中选择投影的颜色。将 Refrection（反射）设为 100，在 Map 项，选择 Gradint（渐进）。选中 Box 对象，将阴影材质赋予它。

❻调整之后渲染，结果如图 9-50 所示。

图 9-50　投影材质渲染效果

### 📖9.3.7 创建组合材质

组合材质（Composite Material）的界面类似于前面的多重/子物体子材质，而其功能则很像混合材质。单击材质编辑器的材质类型按钮，在弹出的贴图/材质浏览器中选【Composite】（合成材质），单击 OK 按钮退出，材质编辑器的参数区卷展栏变为如图 9-51 所示的【Composite Bisic Parameters】（合成材质基础参数区）卷展栏。

- ✧ 【Base Material】（基本材质）：单击基本材质按钮，为合成材质指定一个基础材质，该材质可以是标准材质，也可以是复合材质。
- ✧ 【Mat.1～Mat.9】（材质 1～材质 9）：合成材质最多可合成 9 种子材质。单击每个子材质旁的空白按钮，弹出材质贴图浏览器，可为子材质选择材质类型。
- ✧ 选择完毕后，材质编辑器的参数区卷展栏将从合成材质基础参数区卷展栏自动变为所选子材质的参数区卷展栏，编辑完成后可单击水平工具行的 🖼 命令返回。
- ✧ 如果没有为子材质指定 Alpha 通道的话，则必须降低上层材质的输出值才能起到合成的目的。最右边的数值就是材质的输出值。否则只显示最上面一层的材质。

图 9-51　组合材质对话框

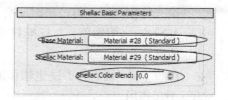

图 9-52　虫漆材质参数区卷展栏

### 📖9.3.8 创建虫漆材质

Shellac（虫漆材质）是将两种材质进行重合，并且通过虫漆颜色对两者的混合效果做出调整。虫漆材质参数区卷展栏如图 9-52 所示。

- ✧ Base Material(基础材质) 单击旁边的按钮进入标准材质编辑栏。
- ✧ Shellac Material （虫漆材质）单击旁边的按钮进入虫漆材质编辑栏。
- ✧ Shellac Color Blend （虫漆颜色混合）通过百分比控制上述两种材质的混合度。

## 9.3.9　创建光影跟踪材质

Raytrace（光线追踪材质）功能非常强大，参数区卷展栏的命令也比较多，它的特点是不仅包含了标准材质的所有特点，并且能真实反映光线的反射折射。光线追踪材质尽管效果很好但需要较长的渲染时间。光线追踪材质的参数区卷展栏如图 9-53 所示。

图 9-53　光影跟踪材质参数区卷展栏

❖ Shading（明暗）光线追踪材质提供了 4 种渲染方式。

❖ 2-Sided（双面）打开此项，光线追踪计算将在内外表面上均进行渲染。

❖ Face Map（面贴图）该项决定是否将材质赋予对象的所有表面。

❖ Wire（线框）将对象设为线架结构。

❖ Super Sample （超级样本）使用强烈凹凸贴图并且需要高分辨率的渲染计算时打开此项，或发现高光处有一些锯齿或毛边时设置此项，将使反射的高光特别光滑，但渲染时间会成倍增长。

❖ Ambient（阴影色）与标准材质不同，此处的阴影色将决定光线追踪材质吸收环境光的多少。

❖ Diffuse（固有色）决定物体的固有色的颜色，当反射为 100％时固有色将不起作用。

❖ Reflect（反射）决定物体高光反射的颜色。

❖ Luminosity（发光度）依据自身颜色来规定发光的颜色。同标准材质中的自发光相似。

❖ Transparency（透明）光线追踪材质通过颜色过滤表现出的颜色。黑色为完全不透明，白色为完全透明。

❖ Index Of Refration （折射率）决定材质折射率的强度。准确调节该数值能真实反映物体对光线折射的不同折射率。数值为 1 时，表示空气的折射率；数值为 1．5 时，是玻璃的折射率；数值小于 1 时，对象沿着它的边界进行折射。

❖ Specular Highlight（反射高光）决定对象反射区反射的颜色。Specular Color （高光反射颜色）决定高光反射灯光的颜色；Shininess（反射）决定反射光区域的范围；Shiness Strength （反光强度）决定反光的强度，数值在 0 ～1000 之间；S often（柔化）将反光区进行柔化处理。

- ◇ Environment（环境贴图）不开启此项设置时，将使用场景中的环境贴图。当场景中没有设置环境贴图时，此项设置将为场景中的物体指定一个虚拟的环境贴图。
- ◇ Bump（凹凸贴图）打开对象的凹凸贴图。

## 9.4　实战训练

在本章中系统介绍了标准材质以及复合材质的制作方法。下面将通过制作一个玻璃茶几的练习，巩固学习如何利用前面学到知识来给模型赋予适当的材质。

### 9.4.1　茶几模型的制作

❶ 单击【3DS】菜单中的【Reset】命令，重置系统。

❷进入【Create】（创建）命令面板，按下【Geometry】（几何体）按钮，在下拉列表中选择【Extended Primitives】（扩展几何体）。

❸单击【ChamferBox】（倒角盒子）按钮，创建一个倒角长方体。选中长方体，进入【Modify】命令面板，在参数栏下将长、宽、高、倒角分别设置为80、200、4 和10，如图 9-54 所示。

❹激活并放大前视图，进入【Create】（创建）命令面板，按下【Shape】（形状）按钮，选择画线工具。在前视图绘制茶几表面的包边框截面，并进行编辑，最终结果如图 9-55 所示。

图 9-54　茶几顶面

图 9-55　茶几顶面边框截面

❺激活并放大顶视图，进入【Create】（创建）命令面板，按下【Shape】（形状）按钮，选择矩形工具。在前视图绘制茶几表面的包边框轮廓，并进行编辑，最终结果如图 9-56 所示。

❻选中轮廓线，单击【Create】（创建）命令面板中的【Geometry】（几何造型）命令。在下拉框中选【Compound Objects】（组合对象造型），在弹出的菜单中选择【Loft】（放样）选项。

❼以四边形框为路径，以截面为型进行放样，得到放样体边并修改，最终如图9-57所示。

❽进入【Create】（创建）命令面板，按下【Geometry】（几何体）按钮，在下拉列表中选择【Extended Primitives】（扩展几何体）。

❾激活顶视图，单击【Oiltank】（油桶）按钮，在适当位置创建一个带凸面的柱体，并复制3个，分别移动到茶几表面的4个角，如图9-58所示。

❿选中顶表面与边框，复制一个底表面。完成茶几模型的创建，如图9-59所示。

图9-56 茶几顶面边框轮廓　　　　　图9-57 放样得到茶几顶面边框

图9-58 茶几顶表面及四脚

## 9.4.2 茶几材质的制作

❶单击工具栏中的按钮进入材质编辑器。激活第一个样本材质球。

❷单击【Diffuse】旁边的颜色块，在弹出的颜色框中调制淡蓝色。参数设置可参考图9-60所示。

❸在任意视图中选中两个茶几面，单击 将材质赋予对象。

❹激活第二个样本材质球。单击【Diffuse】旁边的颜色块，在弹出的颜色框中调制淡绿色。其他参数设置可参考图 9-61 所示。

❺在场景中选中两个边框，单击 将材质赋予对象。

❻激活第三个样本材质球，设置着色方式为 Metal 类型。参考图 9-62 所示调制不锈钢基本参数。

❼展开 Maps 卷展栏，单击 Reflection（反射）贴图通道上的 None 按钮，随后添加光盘中的贴图/CHROMIC.jpg 文件。

图 9-59　茶几模型

图 9-60　玻璃材质调整参数

图 9-61　淡绿色塑料材质参数

图 9-62　不锈钢材质参数

❽选中 4 个茶几腿，单击 将材质赋予对象。

❾渲染透视图，茶几效果如图 9-63 所示。

❿还可以创建一个平面作为地面，并赋予一张木纹贴图，这里仅给出参考效果，如图 9-64 所示。

图 9-63　渲染后的茶几

图 9-64　添加地面后的茶几

# 9.5 课后习题

## 1. 填空题

（1）系统默认的样本槽显示区域是的_____显示模式。

（2）材质的类型有 3 种，分别是_____、_____、_____。

（3）【Shader Basic Parameters】卷展栏中一共提供了_____种着色方式。。

（4）_____统称为复合材质。

## 2. 问答题

（1）怎样重命名材质？

（2）怎样将材质赋予给场景中的物体？

（3）4 种场景对象材质的显示模式是什么？

（4）复合材质有哪些类型？

## 3. 操作题

（1）创建一个长方体，调制玻璃材质并赋予长方体。

（2）创建一个球体，练习混合材质的调制并赋予球体。

（3）创建一个茶壶，练习多重子材质的调制并赋予茶壶。

# 第 10 章　贴图的使用

贴图是继材质之后又一个增强物体质感和真实感的强大技术。可以说，即使很蹩脚的模型，如果能很好地进行贴图处理，它的面目会得到很大改观。所以读者应引起足够的重视。本章将全面介绍贴图类型、贴图通道以及贴图方式。其中，贴图通道的使用是本章的重点。正确运用贴图通道，是贴图成功与否的关键所在。

教学重点与难点

➢ 熟悉各种贴图类型
➢ 掌握贴图通道的含义
➢ 采用正确的贴图方式

## 10.1　贴图类型

### 📖 10.1.1　二维贴图

❖ Bitmap（位图）：是最常用的一种贴图类型，支持多种格式，包括 bmp、gpj、jpg、tif、tga 等图像以及 avi、flc、fli、cel 等动画文件。运用范围广而且方便自由，可以将需要的图像进行扫描或者在绘图软件中制作，存为图像格式后就可以通过 Bitmap（位图）引进 3ds Max 作为贴图使用了。

❖ Checker（棋盘格）：赋予对象两色方格交错的棋盘格图案。

❖ Gradient（渐变）：设置任意 3 种颜色或贴图进行渐变处理，包括直线渐变和放射渐变两种类型。

**01** .Checker（棋盘格）贴图方式举例

❶ 单击【3DS】菜单中的【Reset】命令，重新设置系统。

❷ 进入【Create】（创建）命令面板，按下【Geometry】（几何体）按钮，展开【Object Type】（对象类型）卷展栏，在透视图中创建一个长方体平板，作为贴图的对象。如图 10-1 所示。

❸ 选中长方体，单击工具栏中的█按钮进入材质编辑器。

❹ 在 Map 卷展栏下选择【Diffuse】选项，并单击它旁边的【None】按钮，在弹出的材质浏览器中复选【New】选项，然后在右边的对话框中选择【Checker】（方格）贴

图。这时进入【Checker】贴图面板，如图 10-2 所示。

图 10-1　透视图中的贴图对象　　　　　图 10-2　Checker 贴图面板

❺系统默认的形态是黑白相间的格子，这从样本球的变化可以看出。可以单击颜色块在弹出的颜色框里改变两者的颜色，制作各种各样的格子贴图。这里将这两种颜色设为红色和蓝色。

❻展开【Coordinates】（坐标）卷展栏，将【Tiling】下的 U、V 值分别设为 4。

❼单击横向工具栏中的【Assign Material to Selection】（将材质赋给选择物体）按钮，然后单击【Show Map in Viewport】（在视图中显示贴图）按钮。透视图中的效果如图 10-3 所示。板状长方体已经被贴上了格子状贴图。

图 10-3　应用格子贴图后的长方体　　　　图 10-4　位图贴图卷展栏

❽格子贴图不但可以采用颜色块，而且还可以用两张图片来填充。单击工具栏中的按钮进入材质编辑器。展开【Checker Parameters】（格子参数）卷展栏，单击它旁边的【None】按钮，此时格子参数卷展栏变为位图贴图卷展栏，如图 10-4 所示。

❾单击 Bitmap 旁边的【None】按钮，在弹出的对话框中选择一张图片。

❿单击【Go to Parent】（返回父层次）按钮，返回格子贴图参数区，单击另一个颜色块旁边的【None】按钮，用同样的方法设置另一个格子的贴图。

⓫单击横向工具栏中的【Assign Material to Selection】（将材质赋给选择物体）按钮，渲染透视图，效果如图 10-5 所示。板状长方体已经被贴上了两张图片组成的格子状贴图。

图 10-5　用两张图片填充的格子贴图

图 10-6　透视图中的贴图对象

**02** Gradient（渐变）贴图方式举例

❶ 单击【3DS】菜单中的【Reset】命令，重新设置系统。

❷进入【Create】（创建）命令面板，按下【Geometry】（几何体）按钮，展开【Object Type】（对象类型）卷展栏，在透视图中创建一个盒子，作为贴图的对象。如图 10-6 所示。

❸选中盒子，单击工具栏中的按钮进入材质编辑器。

❹在 Map 卷展栏下选择【Diffuse】选项，并单击它旁边的【None】长按钮，在弹出的材质浏览器中复选【New】选项，然后在右边的对话框中选择【Gradient】（渐变）贴图。这时进入【Gradient】贴图面板，如图 10-7 所示。

图 10-7　Gradient 贴图面板

图 10-8　渐变贴图的效果

❺系统默认的形态是黑到白过渡，这从样本球的变化可以看出。可以单击颜色块在弹出的颜色框里改变两者的颜色，制作各种各样的渐变贴图。这里将这三种颜色分别设

为绿色、黄色和红色。

❻单击横向工具栏中的【Assign Material to Selection】（将材质赋给选择物体）按钮 ，然后单击【Show Map in Viewport】（在视图中显示贴图） 按钮。透视图中的效果如图 10-8 所示。板状长方体已经被贴上了从绿色到红色过渡的贴图，其中的黄色为过渡色。

❼与格子贴图相似，渐变贴图也可以贴上图片，其方法基本与格子贴图一样，这里不再赘述，仅给出贴图后的效果。如图 10-9 所示。

图 10-9　渐变贴图的效果

## 📖10.1.2　三维贴图

- ❖ Noise（干扰）：将两种贴图进行的随机混和，发生类似无序棉花状效果，是非常好用的一种贴图类型，常用来模拟坑洼的地表。
- ❖ Wood（木纹）：模仿三维的木纹纹理。
- ❖ Cellular（细胞）：随机产生细胞、鹅卵石状的贴图效果，经常结合 Bump（凹凸贴图）贴图方式使用。
- ❖ Water（水）：常用的强大的水波纹贴图，配合 Diffuse（固有色）与 Bump（凹凸）两种贴图方式，能模仿立体水波纹。
- ❖ Dent（凹痕贴图）：常用于 Bump（凹凸贴图），表现一种风化腐蚀的效果。
- ❖ Falloff（衰减）：产生由明到暗的衰弱效果。
- ❖ Mable（大理石）
- ❖ Partcle Age（粒子寿命）和 Particle Mblur（粒子模糊）：这两个贴图类型要同粒子结合使用，粒子寿命可以设置 3 种不同的颜色或将贴图指定到粒子束上，粒子模糊根据粒子运动的速度来进行模糊处理。
- ❖ Perlin Marble（珍珠岩）：能制作如珍珠岩状的大理石效果贴图。
- ❖ Planet（行星）：模仿类似行星表面的纹理效果。
- ❖ Smoke（烟雾）：模仿无序的絮状、烟雾状图案。
- ❖ Speckle（斑纹）：模仿两色杂斑纹理。
- ❖ Splat（油彩）：模仿油彩飞溅的效果。
- ❖ Stucco（泥灰）：配合 Bump（凹凸贴图）方式，模仿类似泥灰剥落的一种无序斑点效果。

**01** Noise（干扰）贴图举例

❶ 单击【3DS】菜单中的【Reset】命令，重新设置系统。

❷进入【Create】（创建）命令面板，按下【Geometry】（几何体）按钮，展开【Object Type】（对象类型）卷展栏，在透视图中创建一个茶壶，作为贴图的对象。如图 10-10 所示。

❸选中茶壶，单击工具栏中的 按钮进入材质编辑器。

❹在 Map 卷展栏下选择【Diffuse】选项，并单击它旁边的【None】长按钮，在弹出的材质浏览器中复选【New】选项，然后在右边的对话框中选择【Noise】（干扰）贴图。这时进入【Noise】贴图面板，如图 10-11 所示。

图 10-10　用于噪声贴图的对象

❺系统默认的形态是黑白颜色的噪声扰动效果，这从样本球的变化可以看出。可以单击颜色块在弹出的颜色框里改变两者的颜色，制作各种各样的噪声贴图。这里将这两种颜色设为绿色和蓝色。

图 10-11　Noise 贴图面板

图 10-12　噪声贴图的效果

❻单击横向工具栏中的【Assign Material to Selection】（将材质赋给选择物体）按钮 ，然后单击【Show Map in Viewport】（在视图中显示贴图） 按钮。透视图中的效果如图 10-12 所示。茶壶已经被贴上了蓝、绿扰动的贴图。

❼同样，噪声贴图也可以是两张图片不规则的扰动，贴图方法基本同上面的例子类似，这里不再赘述。仅给出贴图效果。如图 10-13 所示。

**02** Wood（木纹）贴图方式举例

❶单击【3DS】菜单中的【Reset】命令，重新设置系统。

❷进入【Create】（创建）命令面板，按下【Geometry】（几何体）按钮，展开【Object Type】（对象类型）卷展栏，在透视图中创建一个圆柱体，作为贴图的对象，如图10-14所示。

❸选中圆柱体，单击工具栏中的▨按钮进入材质编辑器。

❹在 Map 卷展栏下选择【Diffuse】选项，并单击它旁边的【None】长按钮，在弹出的材质浏览器中复选【New】选项，然后在右边的对话框中选择【Wood】（木纹）贴图。这时进入【Wood】（木纹）贴图面板。

图 10-13　噪声贴图渲染效果　　　　图 10-14　木纹贴图的对象

❺系统默认的形态是黄色和棕色的木质纹理效果，这从样本球的变化可以看出。可以单击颜色块在弹出的颜色框里改变两者的颜色，制作各种各样的纹理贴图。本例不改变其颜色。如图10-15所示设置参数。

图 10-15　木纹贴图面板　　　　　　图 10-16　木纹贴图的效果

❻单击横向工具栏中的【Assign Material to Selection】（将材质赋给选择物体）按钮▨，然后单击【Show Map in Viewport】（在视图中显示贴图）▨按钮。透视图中的效果如图10-16所示。茶壶已经被贴上了木质纹理的贴图。

❼同样，木纹贴图也可以是两张图片以纹理的形式赋给物体，贴图方法基本同上面的例子类似，这里不再赘述。仅给出贴图效果，如图10-17所示。

**03** Marble（大理石）贴图方式举例

❶单击【3DS】菜单中的【Reset】命令，重新设置系统。

❷进入【Create】（创建）命令面板，按下【Geometry】（几何体）按钮，展开【Object Type】（对象类型）卷展栏，在透视图中创建一个板状长方体，作为贴图的对象，如图 10-18 所示。

图 10-17　木纹贴图效果　　　　　图 10-18　大理石贴图对象

❸选中长方体，单击工具栏中的▨按钮进入材质编辑器。

❹在 Map 卷展栏下选择【Diffuse】选项，并单击它旁边的【None】长按钮，在弹出的材质浏览器中复选【New】选项，然后在右边的对话框中选择【Marble】（大理石）贴图。这时进入【Marble】（大理石）贴图面板。

❺系统默认的形态是淡黄色和黑棕色的大理石纹理效果，这从样本球的变化可以看出。可以单击颜色块在弹出的颜色框里改变两者的颜色，制作各种各样的大理石纹理贴图。本例不改变其颜色，如图 10-19 所示设置参数。

❻单击横向工具栏中的【Assign Material to Selection】（将材质赋给选择物体）按钮▨，然后单击【Show Map in Viewport】（在视图中显示贴图）▨按钮。透视图中的效果如图 10-20 所示。木板已经被贴上了大理石纹理的贴图。

图 10-19　大理石贴图面板　　　　　图 10-20　大理石贴图效果

❼大理石贴图也可以是两张图片以纹理的形式赋给物体，贴图方法基本同上面的例子类似，这里不再赘述。仅给出贴图效果，如图 10-21 所示。

图 10-21　大理石贴图的效果

## 📖 10.1.3 合成贴图

❖ Mask（罩框）：将图像作为罩框蒙在对象表面，好象在外面盖上一层图案的薄膜，以黑白度来决定透明度。

❖ Mix（混合）：兼备 Composite（合成贴图）的贴图叠加功能，又具备 Mask（罩框贴图）为贴图指定罩框的能力。两个贴图之间的透明度由混合数量来决定，还能通过控制曲线达到目的。

❖ Composite（合成贴图）：将多个贴图叠加在一起，通过贴图的 Alpha 通道或输出值来决定透明度，最后产生叠加效果。

❖ RGB Multiply（RGB 倍增）：配合 Bump（凹凸贴图）使用。

**01** Composite（合成）贴图方式举例

❶ 单击【3DS】菜单中的【Reset】命令，重新设置系统。

❷进入【Create】（创建）命令面板，按下【Geometry】（几何体）按钮，展开【Object Type】（对象类型）卷展栏，在前视图中创建一个板状长方体，作为贴图的对象。

❸选中长方体，单击工具栏中的 🔲 按钮进入材质编辑器。

❹在 Map 卷展栏下选择【Diffuse】选项，并单击它旁边的【None】长按钮，在弹出的材质浏览器中复选【New】选项，然后在右边的对话框中选择【Composite】（合成）贴图。这时进入【Composite】（合成）贴图面板。

❺如图 10-22 所示设置参数。单击左侧单击【Normal】右侧的 None 按钮，再次回到材质/贴图浏览器窗口，在列表中双击 Bitmap 贴图，弹出一个对话框，提示选择一个位图文件，这里选择一张飞机飞翔的图片，如图 10-23 所示。

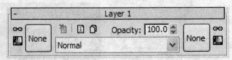

图 10-22　合成贴图面板

❻单击【Go to Parent】（返回父层次）按钮 🔳，返回复合贴图参数区，单击另一个颜色块旁边的【None】长按钮，用同样的方法设置另一个贴图。这里选择一张夕阳的图片，如图 10-24 所示。

❼在【Composite Parameters】卷展栏内，【Map1】和【Map2】右侧的长按钮上显示了两个贴图文件的名称。

❽单击按钮 🔳 和 🔳。可以看见在 Top 视图中只出现了 Map2 的贴图。若要使两个贴图结合的效果，需要进行调整。

❾单击【Map2】右侧的按钮，然后在出现的【Bitmap Parameters】卷展栏的【Alpha Source】（Alpha 通道来源）中选择【RGB】。此时可以看到两个贴图结合到一起的效果。如图 10-25 所示。

❿打开下面的【Output】（输出控制）卷展栏，可以对图像输出进行一些设置，使效果更好。在此不再详述，请读者自行改动其中的参数，体会各个参数的功能。

图 10-23　飞机图片　　　　　　　　　　　图 10-24　夕阳图片

**02** Mask（罩框）贴图方式举例

❶单击【3DS】菜单中的【Reset】命令，重新设置系统。

❷进入【Create】（创建）命令面板，按下【Geometry】（几何体）按钮，展开【Object Type】（对象类型）卷展栏，在前视图中创建一个板状长方体，作为贴图的对象。

❸选中长方体，单击工具栏中的▧按钮进入材质编辑器。

图 10-25　两贴图合成效果　　　　　　　　图 10-26　罩框贴图面板

❹在 Map 卷展栏下选择【Diffuse】选项，并单击它旁边的【None】长按钮，在弹出的材质浏览器中复选【New】选项，然后在右边的对话框中选择【Mask】（罩框）贴图。这时进入【Mask】（罩框）贴图面板，如图 10-26 所示。

❺单击【Map】右侧的条形按钮，再次回到材质/贴图浏览器窗口，在列表中双击 Bitmap 贴图，弹出一个对话框，提示选择一个位图文件，这里选择一张砖墙的图片，如图 10-27 所示。

❻单击【Go to Parent】（返回父层次）按钮▧，返回罩框贴图参数区，单击另一个颜色块旁边的【None】长按钮，用同样的方法设置罩框贴图。这里选择一张布料的图片，如图 10-28 所示。

❼在【Mask Parameters】卷展栏内，【Map】和【Mask】右侧的按钮上显示了两个贴图文件的名称。

❽单击按钮▧，渲染透视图，效果如图 10-29 所示。

图 10-27　砖墙图片　　　　　　图 10-28　布料图片　　　　　　图 10-29　罩框贴图效果

## 10.1.4　其他贴图

❖ Raytrace（光线跟踪）：非常重要的贴图模式，光线跟踪材质包含标准材质所没有的特性，如半透明性和荧光性。与反射贴图方式或折射贴图方式结合使用效果良好，但渲染大幅度增加渲染时间。

❖ Reflect/Refract（反射／折射）：专用于反射贴图方式或折射贴图方式。效果不如 Raytrace（光线跟踪）贴图，但渲染速度快，通常反射／折射贴图渲染的图像效果也是个错的。

❖ Thin Wall Refraction（薄壁折射）：配合 Refraction 折射贴图方式使用，模仿透镜变形的折射效果，能制作透镜、玻璃、放大镜等。

❖ Thin Wall Refraction（薄壁折射）：配合 Refraction 折射贴图方式使用，模仿透镜变形的折射效果，能制作透镜、玻璃、放大镜等。

# 10.2　贴图通道

## 10.2.1　Diffuse 贴图通道

Diffuse（漫反射）贴图是最常见的一种贴图通道，它将一个图片直接贴到材质的直接光色部分上。当此贴图激活时，贴图的结果将完全取代基本漫反射的颜色。默认情况下，将同时影响 Ambient（阴影区）贴图。

❶ 单击【3DS】菜单中的【Reset】命令，重新设置系统。

❷进入【Create】（创建）命令面板，按下【Geometry】（几何体）按钮，展开【Object Type】（对象类型）卷展栏，在透视图中创建一个球体，并创建一个长方体，结果如图 10-30 所示。

❸选中球体，单击工具栏中的按钮进入材质编辑器。

❹在 Map 卷展栏下选择【Diffuse】选项，并单击它旁边的【None】按钮，在弹出的材质浏览器中为球体随便选择一张图片，作为漫反射区的贴图。

❺单击横向工具栏中的【Assign Material to Selection】（将材质赋给选择物体）

按钮，然后单击【Show Map in Viewport】（在视图中显示贴图）▣按钮。

图 10-30　漫反射贴图对象　　　　　图 10-31　漫反射贴图的效果

❻用同样的方法，给方盒赋予一张草地的图片。

❼关闭材质编辑器，在创建命令面板中单击【Light】，然后单击【Target Spot】按钮，创建一个目标聚光灯，在添加一盏泛光灯，调整它们到适当位置，用作照明球体和长方体。

❽渲染透视图，观察漫反射区贴图的效果。如图 10-31 所示。

### 📖10.2.2　Specular Color（高光颜色）贴图通道

Specular Color（高光颜色）贴图可以控制在材质的高光区域里能看到些什么，它根据贴图决定高光经过表面时的变化或细致的反射。Amount 值决定了它与 Specular Color 颜色成分的混合比例。通常 Specular 贴图被用来达到这样一种效果：光源上及其附近的图像照在物体上，被反射出来的样子。Specular 贴图的效果有时和 Glossiness 贴图及 Specular Level 贴图类似，但它们的工作方式不同，Specular 贴图不改变高光的明亮度，只改变高光的颜色。

❶ 单击【3DS】菜单中的【Reset】命令，重新设置系统。

❷进入【Create】（创建）命令面板，按下【Geometry】（几何体）按钮，展开【Object Type】（对象类型）卷展栏，在透视图中创建一个长方体，作为贴图的对象。结果如图 10-32 所示。

❸选中长方体，单击工具栏中的▤按钮进入材质编辑器。

❹在 Map 卷展栏下选择【Specular Color】（高光颜色）选项，并单击它旁边的【None】按钮，在弹出的材质浏览器中为长方体选择一张门的图片，作为高光区的贴图。

❺单击【Go to Parent】（返回父层次）按钮▧，从样本球窗口中可以看到，这时的高光变化并不理想。

❻将 Map 卷展栏中的【Specular Color】（高光颜色）向上拖曳复制到【Diffuse】（漫反射）旁的 None 选项上。在弹出的对话框中选择 Instance 选项。

❼将【Specular Color】（高光颜色）向下拖曳复制到【Reflection】（反射）旁的 None 选项上。在弹出的对话框中选择 Instance 选项。

❽单击横向工具栏中的【Assign Material to Selection】（将材质赋给选择物体）

按钮，然后单击【Show Map in Viewport】（在视图中显示贴图）按钮。

❾样本球有了明显的高光效果。渲染透视图，观察高光贴图的效果，如图 10-33 所示。

图 10-32　高光颜色贴图对象　　　　　　　　图 10-33　高光颜色贴图的效果

## 📖10.2.3　Specular Level（高光强度）贴图通道

在材质编辑中，Glossiness 值用来调整高光区的大小，Specular Level 值用来调整光亮强度。在贴图设置上，从表面上看 Glossiness 贴图和 Specular Level 贴图的差别只有一点点。在实际应用中，使用哪一个要看当时的需要。

❶单击【3DS】菜单中的【Reset】命令，重新设置系统。

❷进入【Create】（创建）命令面板，按下【Geometry】（几何体）按钮，展开【Object Type】（对象类型）卷展栏，在透视图中创建一个茶壶，作为贴图的对象，结果如图 10-34 所示。

❸选中茶壶，单击工具栏中的按钮进入材质编辑器。

❹在 Map 卷展栏下选择【Specular Level】（高光强度）选项，并单击它旁边的【None】长按钮，在弹出的材质浏览器中为茶壶选择一张花的图片，作为高光强度的贴图。

❺单击【Go to Parent】（返回父层次）按钮。

图 10-34　高光强度贴图对象　　　　　　　　图 10-35　高光强度贴图的效果

❻单击横向工具栏中的【Assign Material to Selection】（将材质赋给选择物体）按钮。渲染透视图，结果发现 Specular Level 贴图是白色处有很强的反光，黑色处没

有反光，如图 10-35 所示。

❼物体上罩了一层 Diffuse 的颜色，还可通过在漫反射色（Diffuse Color）上贴同样的图的办法来解决。将高光强度贴图复制到漫反射贴图上去。再次渲染透视图，观察贴图效果，如图 10-36 所示。

图 10-36　综合漫反射与高光强度贴图的效果　　　　图 10-37　光泽度贴图效果

## 📖10.2.4　Glossiness（光泽度）贴图通道

材质的光泽度（Glossiness），主要体现在物体的高光区域上。Glossiness 贴图和上面介绍的 Specular Level（高光强度）贴图将定义高光域形状和百分比的状态的图案。现在来体会一下光泽度贴图的效果。

❶ 以上例中的茶壶为贴图对象。

❷选中茶壶，单击工具栏中的🖼按钮进入材质编辑器。

❸在 Map 卷展栏下选择【Glossiness】（光泽度）选项，并单击它旁边的【None】按钮，在弹出的材质浏览器中为茶壶选择同一张花的图片，作为光泽度的贴图。

❹单击【Go to Parent】（返回父层次）按钮🖼。

❺单击横向工具栏中的【Assign Material to Selection】（将材质赋给选择物体）按钮🖼。渲染透视图，在渲染对话框中观察，只看到淡淡的贴图影子。如图 10-37 所示。

❻在 Basic Parameters 卷展栏的 Specular Highlights 面板中，将 Specular Level值设为 200，将 Glossiness 值设为 0，将 Soften 值设为 0.5。

❼渲染透视图，发现贴图中各处的光泽度发生了变化，黑色处有很强的反光，白色处没有反光，两者之间的颜色光泽度也介于两者之间，如图 10-38 所示。

❽物体上罩了一层 Diffuse 的颜色，还可通过在漫反射色（Diffuse Color）上贴同样的图的办法来解决。将光泽度贴图复制到漫反射贴图上去。再次渲染透视图，观察贴图效果，如图 10-39 所示。

图 10-38　修改参数后的光泽度贴图效果　　　　图 10-39　漫反射与光泽度综合贴图的效果

## 10.2.5 Self-Illumination（自发光）贴图通道

Self-Illumination（自发光）贴图可影响对象自发光效果的强度，它根据图像文件的灰度值决定自发光的强度。白色部分产生的效果最强烈，而黑色部分则不产生任何效果。

❶以茶壶为贴图对象。

❷选中茶壶，单击工具栏中的 按钮进入材质编辑器。

❸在 Map 卷展栏下选择【Self-Illumination】（自发光）选项，并单击它旁边的【None】按钮，在弹出的材质浏览器中为茶壶选择一张金属网格的图片，作为光泽度的贴图。

❹单击【Go to Parent】（返回父层次）按钮 。

❺单击横向工具栏中的【Assign Material to Selection】（将材质赋给选择物体）按钮 。渲染透视图，观察自发光贴图的效果。如图 10-40 所示。可以发现，白色部分产生自发光效果，而黑色部分不产生任何效果。

❻将自发光贴图复制到漫反射贴图上去。再次渲染透视图，可以更明显地看到自发光贴图的效果，如图 10-41 所示。

图 10-40　自发光贴图效果　　　　图 10-41　漫反射与自发光综合贴图的效果

## 10.2.6 Opacity（不透明度）贴图通道

Opacity（透明度）贴图根据图像中颜色的强度值来决定物体表面的不透明度。

> 说明：图像中的黑色表示完全透明，白色表示完全不透明，介于两者之间的颜色显示半透明。

❶ 仍以茶壶为贴图对象。

❷选中茶壶，单击工具栏中的 按钮进入材质编辑器。

❸在 Map 卷展栏下选择【Opacity】（透明度）选项，并单击它旁边的【None】按钮，在弹出的材质浏览器中为茶壶选择同上例中的金属网格的图片，作为透明贴图的图片。

❹单击【Go to Parent】（返回父层次）按钮 。

❺单击横向工具栏中的【Assign Material to Selection】（将材质赋给选择物体）按钮 。渲染透视图，观察透明度贴图的效果。如图 10-42 所示。可以发现，白色部分完全不透明，而黑色部分完全透明。

❻将透明度贴图复制到漫反射贴图上去。再次渲染透视图，可以更明显地看到透明度贴图的效果，如图 10-43 所示。

图 10-42　透明度贴图效果　　　　图 10-43　漫反射与透明度综合贴图的效果

❼回到材质的顶层，在 Shader 卷展栏中，勾选 2-Sided 复选框，渲染透视图，可以通过茶壶的透明部分观察茶壶的另一面，如图 10-44 所示。

### 📖10.2.7　Bump（凸凹）贴图通道

Bump（凸凹）贴图和 Opacity 贴图、Glossiness 贴图、Specular Level 贴图一样，都是通过改变图像文件的明亮程度来影响贴图的。在 Bump 贴图中，图像文件的明亮程度会影响物体表面的光滑平整程度，白色的部分会突出，而黑色的部分则会凹进，具有浮雕效果。Bump 贴图并不影响几何体，升起的边缘只是一种模拟高光和阴影特征的渲染效果。要真正变形物体的表面可以通过 Displacement（偏移）贴图来实现。

❶　仍以茶壶为贴图对象。

❷选中茶壶，单击工具栏中的▦按钮进入材质编辑器。

❸在 Map 卷展栏下选择【Bump】（凸凹）选项，并单击它旁边的【None】按钮，在弹出的材质浏览器中为茶壶选择同上例中的金属网格的图片，作为凹凸贴图的图片。

❹单击【Go to Parent】（返回父层次）按钮▦。

❺单击横向工具栏中的【Assign Material to Selection】（将材质赋给选择物体）按钮▦。渲染透视图，观察凸凹贴图的效果。如图 10-45 所示。可以发现，白色部分凸了出来，而黑色部分凹了进去。

❻将 Bump 贴图的 Amount 值由默认的 30 改为 200。Bump 贴图的 Amount 值不是由百分比的方式来定义的，它有一个取值范围，是 0~999。值不同，凹凸的程度也不同。渲染透视图，观察改动后的效果，如图 10-46 所示。

图 10-44　双面材质效果　　　　　图 10-45　凸凹贴图效果

❼将凸凹贴图复制到漫反射贴图上去。再次渲染透视图，可以更明显地看到凸凹贴图的效果，如图 10-47 所示。

图 10-46　修改后的凸凹贴图效果　　　图 10-47　漫反射与凸凹综合贴图的效果

## 📖10.2.8　Reflection（基本反射）贴图通道

基本反射贴图虽然也是将图像贴在物体上，但它是周围环境的一种作用，因此它们不使用或不要求贴图坐标，而是固定于世界坐标上，这样贴图并不会随着物体移动，而是随着场景的改变而改变。

❶以茶壶为贴图对象。

❷选中茶壶，单击工具栏中的▦按钮进入材质编辑器。

❸在 Map 卷展栏下选择【Reflection】（反射）选项，并单击它旁边的【None】按钮，在弹出的材质浏览器中双击选择 Reflect/Refract 选项。此时，材质编辑器转到【Reflect/Refract Parameters】（反射/折射参数）卷展栏，如图 10-48 所示。

❹从上栏可以看出，默认情况下是自动反射周围环境的图像。单击【Go to Parent】（返回父层次）按钮▦。单击横向工具栏中的【Assign Material to Selection】（将材质赋给选择物体）按钮▦。

❺关闭材质编辑器，单击菜单栏上的【Rendering】（渲染）菜单，在下拉菜单下选择【Environment】（环境），打开对话框。如图 10-49 所示。在【Common Parameters】（一般参数）卷展栏下单击下面的长按钮来指定一幅背景图，然后关闭对话框。

图 10-48　反射/折射参数卷展栏　　　　　　图 10-49　环境对话框

❻渲染透视图，观察赋了反射贴图的茶壶，如图 10-50 所示。

### 📖10.2.9　Refraction（折射）贴图通道

当透过玻璃瓶或放大镜观察时，场景中的物体看起来是弯曲的。这个效果是由于光线通过透明物体表面时被折射造成的。Refraction（折射）贴图时将环境图形贴到物体表面上，产生一定弯曲变形，使它看起来好像可以被透过。用它可以模拟通过透明的厚物体时光线的弯曲效果。Refraction 贴图实际上是不透明贴图的变形。当 Refraction 贴图被激活时，Opacity 贴图和 Opacity 参数将被忽略。

❶仍以茶壶为贴图对象。

❷选中茶壶，单击工具栏中的■按钮进入材质编辑器。

❸在 Map 卷展栏下选择【Reflection】（反射）选项，并单击它旁边的【None】按钮，在弹出的材质浏览器中双击选择 Reflect/Refract 选项。此时，材质编辑器转到【Reflect/Refract Parameters】（反射/折射参数）卷展栏。

❹从上栏可以看出，默认情况下是自动折射周围环境的图像。单击【Go to Parent】（返回父层次）按钮■。单击横向工具栏中的【Assign Material to Selection】（将材质赋给选择物体）按钮■。

❺关闭材质编辑器，单击菜单栏上的【Rendering】（渲染）菜单，在下拉菜单下选择【Environment】（环境），打开对话框。在【Common Parameters】（一般参数）卷展栏下单击下面的长按钮来指定同上例相同的背景图，然后关闭对话框。

❻渲染透视图，观察赋了折射贴图的茶壶，如图 10-51 所示。

图 10-50　反射贴图效果　　　　　　　　图 10-51　折射贴图效果

## 10.3　UVW map 修改功能简介

### 📖10.3.1　初识 UVW map 修改器

❶单击【3DS】菜单中的【Reset】命令，重新设置系统。

❷进入【Create】（创建）命令面板，按下【Geometry】（几+何体）按钮，展开【Object Type】（对象类型）卷展栏，在透视图中创建一个长方体，作为贴图的对象，如图 10-52 所示。

❸选中长方体，单击工具栏中的 ▣ 按钮进入材质编辑器。

❹选中一个样本球，在 Map 卷展栏下选择【Diffuse】选项，并单击它旁边的【None】按钮，在弹出的材质浏览器中复选【New】选项，然后在右边的对话框中双击选择【Bitmap】（位图）贴图。从弹出的对话框中选择一张砖墙图片。

图 10-52　透视图中的贴图对象　　　　　图 10-53　贴上砖墙图片的盒体

❺单击横向工具栏中的【Assign Material to Selection】（将材质赋给选择物体）按钮 ▣，然后单击【Show Map in Viewport】（在视图中显示贴图）▣ 按钮。此时透视图中的效果如图 10-53 所示。

❻从透视图中看，砖块的大小不大合适。进入【Modify】（修改）命令面板，如图10-54 所示。在下拉列表中选择【UVWmap】（贴图坐标）命令。

❼在 Mapping 中选择 Box 贴图方式，再单击 Fit（适配）按钮。微调 U tile 和 V tile 的值，从透视图中观察调制的效果，直到满意为止。此时透视图中的效果如图 10-55 所示。

上例是对一个场景对象进行材质赋予并调整贴图坐标的全过程。下面就详细讲述 UVWmap 修改器的功能。

图 10-54　UVWmap 修改面板图　　　　　图 10-55　修改后的效果

### 📖10.3.2　贴图方式

3ds Max Design 2010 主要提供了平面（Planar）、圆柱（Cylindrical）、圆球（Spherical）、收缩（Shrink Wrap）、盒式（Box）、Face 贴图和 XYZ to UVW 贴图等 7 种贴图方式。进入 UVW Map 调整器就可以选择适合对象的贴图方式。

**01** 平面映射方式

贴图从一个平面被投下，这种贴图方式在物体只需要一个面有贴图时使用。

❶ 单击【3DS】菜单中的【Reset】命令，重新设置系统。

❷进入【Create】（创建）命令面板，按下【Geometry】（几何体）按钮，展开【Object Type】（对象类型）卷展栏，在透视图中创建一个长方体板状物，作为贴图的对象。

❸选中长方体，单击工具栏中的 图 按钮进入材质编辑器。

❹选中一个样本球，在 Map 卷展栏下选择【Diffuse】选项，并单击它旁边的【None】按钮，在弹出的材质浏览器中复选【New】选项，然后在右边的对话框中双击选择【Bitmap】（位图）贴图。从弹出的对话框中随便选择一张图片。

❺单击横向工具栏中的【Assign Material to Selection】（将材质赋给选择物体）按钮 图 。

❻进入【Modify】（修改）命令面板，在下拉列表中选择【UVWmap】（贴图坐标）命令。在 Mapping 中选择【Planar】（平面）贴图方式，再单击 Fit（适配）按钮。

❼观察透视图中的效果。如图 10-56 所示。发现长方体的顶部出现贴图图片，其他侧面发生了变化，被贴上了条纹，此时为平面映射方式。

**02** Cylindrical柱面

图 10-56　平板贴图类型

贴图是投射在一个柱面上，环绕在圆柱的侧面。这种坐标在物体造型近似柱体时非常有用。

❶单击【3DS】菜单中的【Reset】命令，重新设置系统。

❷进入【Create】（创建）命令面板，按下【Geometry】（几何体）按钮，展开【Object Type】（对象类型）卷展栏，在透视图中创建一个圆柱体，作为贴图的对象。

❸选中圆柱体，单击工具栏中的 图 按钮进入材质编辑器。

❹选中一个样本球，在 Map 卷展栏下选择【Diffuse】选项，并单击它旁边的【None】

按钮,在弹出的材质浏览器中复选【New】选项,然后在右边的对话框中双击选择【Bitmap】(位图)贴图。从弹出的对话框中随便选择一张图片。

❺单击横向工具栏中的【Assign Material to Selection】(将材质赋给选择物体)按钮🖼,然后单击【Show Map in Viewport】(在视图中显示贴图)🔳按钮。此时透视图中的效果如图 10-57 所示。

❻进入【Modify】(修改)命令面板,在下拉列表中选择【UVWmap】(贴图坐标)命令。在 Mapping 中选择【Cylindrical】(柱面)贴图方式,再单击 Fit(适配)按钮。

❼观察透视图中的效果。如图 10-58 所示。发现贴图是环绕在圆柱的侧面,此时为圆柱映射方式。

图 10-57　未采用柱面贴图类型　　　　图 10-58　柱面贴图类型

**03** Spherical球面

贴图坐标以球面方式环绕在物体表面,产生接缝。这种方式用于造型类似球体的物体。

❶ 单击【3DS】菜单中的【Reset】命令,重新设置系统。

❷进入【Create】(创建)命令面板,按下【Geometry】(几何体)按钮,展开【Object Type】(对象类型)卷展栏,在透视图中创建一个球体,作为贴图的对象。

❸选中圆体,单击工具栏中的🔲按钮进入材质编辑器。

❹选中一个样本球,在 Map 卷展栏下选择【Diffuse】选项,并单击它旁边的【None】按钮,在弹出的材质浏览器中复选【New】选项,然后在右边的对话框中双击选择【Bitmap】(位图)贴图。从弹出的对话框中随便选择一张图片。

❺单击横向工具栏中的【Assign Material to Selection】(将材质赋给选择物体)按钮🖼,然后单击【Show Map in Viewport】(在视图中显示贴图)🔳按钮。

❻进入【Modify】(修改)命令面板,在下拉列表中选择【UVWmap】(贴图坐标)命令。在 Mapping 中选择【Spherical】(球面)贴图方式,再单击 Fit(适配)按钮。

❼观察透视图中的效果。正面如图 10-59 所示,反面如图 10-60 所示。发现贴图是以球面方式环绕在物体表面,产生接缝。此时为球面映射方式。

**04** Shrink Wrap收紧包裹

这种坐标方式也是球形的,但收紧了贴图的四角,使贴图的所有边聚集在球的一点。可以使贴图不出现接缝。

❶ 单击【3DS】菜单中的【Reset】命令，重新设置系统。

图 10-59　球面贴图正面　　　　　　　　　　图 10-60　球面贴图背面

❷ 进入【Create】（创建）命令面板，按下【Geometry】（几何体）按钮，展开【Object Type】（对象类型）卷展栏，在透视图中创建一个球体，作为贴图的对象。

❸ 选中圆体，单击工具栏中的🔘按钮进入材质编辑器。

❹ 选中一个样本球，在 Map 卷展栏下选择【Diffuse】选项，并单击它旁边的【None】按钮，在弹出的材质浏览器中复选【New】选项，然后在右边的对话框中双击选择【Bitmap】（位图）贴图。从弹出的对话框中随便选择一张图片。

❺ 单击横向工具栏中的【Assign Material to Selection】（将材质赋给选择物体）按钮🔘，然后单击【Show Map in Viewport】（在视图中显示贴图）🔘按钮。

❻ 进入【Modify】（修改）命令面板，在下拉列表中选择【UVWmap】（贴图坐标）命令。在 Mapping 中选择【Shrink Wrap】（收紧包裹）贴图方式，再单击 Fit（适配）按钮。

❼ 观察透视图中的效果。正面如图 10-61 所示，背面如图 10-62 所示。发现贴图收紧了贴图的四角，使贴图的所有边聚集在球的一点，不出现接缝。此时为收紧包裹映射方式。

图 10-61　收紧包裹贴图正面　　　　　　　　图 10-62　收紧包裹贴图背面

**05** 盒式贴图方式

盒式贴图是给场景对象 6 个表面同时赋予贴图的一种贴图方式，就好像有一个盒子将对象包裹起来，10.4.1 节中的例子就是盒子贴图。

**06** 面片贴图方式

面片贴图方式不是以投影的方式来赋给场景对象贴图，而是根据场景中对象的面片数来分布贴图。

❶ 单击【3DS】菜单中的【Reset】命令，重新设置系统。

❷在透视图中创建一个长宽高段数均为 2 的长方体，作为贴图的对象。

❸选中长方体，单击工具栏中的 按钮进入材质编辑器。

❹选中一个样本球，在 Map 卷展栏下选择【Diffuse】选项，并单击它旁边的【None】按钮，在弹出的材质浏览器中复选【New】选项，然后在右边的对话框中双击选择【Bitmap】（位图）贴图。从弹出的对话框中随便选择一张图片。

❺单击横向工具栏中的【Assign Material to Selection】（将材质赋给选择物体）按钮 ，然后单击【Show Map in Viewport】（在视图中显示贴图） 按钮。

❻进入【Modify】（修改）命令面板，在下拉列表中选择【UVWmap】（贴图坐标）命令。在 Mapping 中选择【Face】（面片）贴图方式，再单击 Fit（适配）按钮。

❼观察透视图中的效果。如图 10-63 所示。发现长方体的每个表面上有四个贴图，这是因为每个表面上有四个面。此时为面片贴图方式。

图 10-63　面片贴图方式

## 10.3.3　相关参数调整

- Length（长度）、Width（宽度）、Height（高度）：用来定义 Gizmo 尺寸，用工具栏中的灯闭缩放工具压缩可以达到同等效果。
- U Tile（U 向重复）：定义贴图 U 方向上重复的次数。
- V Tile（V 向重复）：定义贴图 V 方向上重复的次数。
- W Tile（W 向重复）：定义贴图 W 方向上重复的次数。
- Flip（翻转）：激活此项，贴图在对应方向上发生翻转。
- Channel（通道）：为每个场景对象指定两个通道，通道 1 是在 UVWmap 中所选择的贴图方式，通道 2 是系统为场景对象缺省赋予的贴图坐标。

## 10.3.4　对齐方式

- Fit（适配）：单击此项后，贴图坐标会自动与对象的外轮廓边界大小一致。它会改变贴图坐标原有的位置和比例。
- Center（居中）：使贴图坐标中心与对象中心对齐。

&#10022;　Bitmap Fit（位图适配）：此按钮可以强行把已经选择的贴图的比例转变成为所选择位图的高宽比例。

&#10022;　Normal Align（左线对齐）：使贴图坐标与面片法线垂直。

&#10022;　View Align（视图对齐）：将贴图坐标与所选视窗对齐。

&#10022;　Region Fit（区域拟合）：此按钮可以在不影响贴图方向的情况下，通过拖动视窗来定义贴图的区域。

&#10022;　Reset（重设定）：贴图坐标自动恢复到初始状态。

&#10022;　Acquire（获取）：获取其它场景对象贴图坐标的角度、比例及位置。

# 10.4　实战训练

❶单击【3DS】菜单中的【Reset】命令，重新设置系统。

❷在前视图中绘制如图所示的两个闭合曲线。如图 10-64 所示。

图 10-64　绘制放样曲线　　　　　图 10-65　放样生成镜框外围造型

❸单击选中长方形，单击【Create】（创建）命令面板中的【Geometry】（几何体）命令。在下拉框中选【Compound Objects】（组合对象造型），在弹出的菜单中选择【Loft】（放样）选项。

❹展开【Creat Method】（创建方法）卷展栏，单击【Get Shape】（获取形状）按钮，并确定其下的【Instance】（关联）为当前选项。移动鼠标到闭合曲线上单击鼠标左键。产生镜框周边造型物体，如图 10-65 所示。

❺创建一个长方体，作为镜框的背面。并移到适当位置，如图 10-66 所示。

❻选中一个样本球，在 Map 卷展栏下选择【Diffuse】选项，并单击它旁边的【None】按钮，给背面贴上一张图片（光盘中的贴图/yingyu.jpg 文件），结果如图 10-67 所示。

❼再创建一个长方体，作为镜框的镜面。并移到适当位置。选中一个样本球，按照图 10-68 的参数调制玻璃材质，赋给镜面，结果如图 10-69 所示。

❽选中镜框，选中一个样本球，在 Map 卷展栏下选择【Diffuse】选项，并单击它旁边的【None】按钮，在弹出的对话框中选择【Wood】（木纹）贴图，给镜框贴上木纹贴图（光盘中的贴图/TUTASH.jpg 文件）。贴好后渲染透视图，可以看到做好的镜框。如图 10-70 所示。

图 10-66　为镜框加入背面

图 10-67　为镜框背面贴上照片

图 10-68　调制蓝色玻璃材质

图 10-69　加入蓝色玻璃镜面的造型

图 10-70　渲染后的镜框效果

# 10.5　课后习题

1. 填空题

（1）贴图类型有_____种。

（2）标准贴图通道有_____种。

（3）创建透明效果的贴图通道是_____。

（4）创建自发光效果的贴图通道是_____。

（5）贴图方式有____种。

## 2．问答题

（1）自发光贴凸通道的作用是什么？

（2）凹凸贴图通道的作用是什么？

（3）贴图类型中 Mix 贴图类型的效果是什么？

（4）UVW Map 调整器的作用是什么？

## 3．操作题

（1）利用 Check 贴图制作地板图片。

（2）用贴图通道来制作一个发光物体。

（3）创建一个立方体，练习漫反射贴图通道的使用。

（4）创建一个立方体，练习凹凸贴图通道的使用。

（5）创建一个球体，练习自发光贴图通道的使用。

# 第 11 章　灯光与摄像机

**教学目标**

　　灯光在现实世界中可以照明、烘托气氛。在 3ds Max Design 2010 中，灯光同样可以照明物体、烘托气氛。更重要的是，在 3ds Max Design 2010 中，灯光和其他造型物体一样，可以被创建、修改、调整和删除灯光，并且可以利用灯光设置现实世界中难以实现的特殊效果。默认情况下，3ds Max Design 2010 的场景中自动设置灯光照明，但要很好地表现造型和材质以及其他效果，灯光的设置就非常重要了。同灯光一样，摄像机也是表现物体的强有力的工具。正确、适当地使用摄像机，对于表现造型、设置动画无疑是很有帮助的。本章即将介绍各种灯光的创建与设置，摄像机的创建与使用。通过本章的学习，您的制作水平无疑又将提升一个台阶。

**教学重点与难点**

> ➤ 各种光源的创建
> ➤ 各种光源的控制
> ➤ 灯光特效的运用
> ➤ 摄像机的使用

## 11.1　标准光源的建立

　　3ds Max Design 2010 提供了 8 种标准光源：Target Spot（目标聚光灯）、Target Direct（目标平行光）、Omni（泛光灯）、Free Spot（自由聚光灯）、Free Direct（自由平行光）、Skylight（天光）以及 mr Area Omni（区域智能泛光灯）和 mr Area Spot（区域智能聚光灯）。其中最后两种为 3ds Max Design 2010 的新增灯光。可以通过以上 8 种灯光对虚拟三维场景进行光线处理，使场景达到真实的效果。

### 11.1.1　创建目标聚光灯

　　Target Spot（目标聚光灯）的强大能力，使得它成为 3ds Max 环境中基本但十分重要的照明工具。聚光灯的光线是从一点出发，而后又朝一个方向传播，从而形成了一个真正的照明光锥，这一点和生活中的探照灯十分的相似。

　　创建一个具有目标的平行光灯和创建其他的光灯的步骤基本是一致的。在 Create（创建）面板上鼠标单击 Light 按钮，然后单击 Target Spot 按钮，在视图窗口中单击并拖动鼠标放置灯光和目标。下面举例说明。

❶ 单击【3DS】菜单中的【Reset】命令，重新设置系统。

❷进入【Create】（创建）命令面板，进入【Create】（创建）命令面板，按下【Geometry】（几何体）按钮，在【Object Type】（对象类型）卷展栏里选择【Teapot】（茶壶）。在视图中创建一个茶壶，作为照明的对象。

❸在【Create】（创建）命令面板上，按下【Lights】（灯光）按钮，在【Object Type】（对象类型）卷展栏里选择【Target Spot】（目标聚光灯）。

❹在前视图中单击并拖动鼠标放置灯光。第一次单击鼠标时是定义目标聚光灯的光源地点，拖动鼠标，这时光源光的发射示意图出现在视图窗口中，把鼠标拖动到目标物体上，松开鼠标左键，这样目标聚光灯就创建好了，如图 11-1 所示。

❺刚创建目标聚光灯后，并不像预料的一样整个场景变得更加明亮了。场景中突然变暗了，这是因为在默认的情况下，3ds Max 提供了默认的光源，以便观察到设计者所创建的对象。当设计者创建了一个灯光对象时，3ds Max 就会认为设计者将自己设计灯光，因此系统提供的默认光源关闭，场景反而变暗。

图 11-1　创建目标聚光灯

❻单击工具栏上的【Select and Move】（选择并移动）按钮，调整目标聚光灯的位置。

如果要调整聚光灯光源的空间位置，把鼠标移动到目标聚光灯的光源位置，拖动光源即可，此时聚光灯的目标并不跟随变化。

同样，如果要调整聚光灯所指的目标对象，把鼠标移动到聚光灯目标上的小黄色正方形上，拖动该目标位置就可以改变聚光灯所指的目标对象。如果要移动整个聚光灯，可以把鼠标移动到聚光灯的中间杆上，拖动即可移动。

❼拖动光源位置到如图 11-2 所示位置，并且把聚光灯目标放置在物体上，此时的光源效果和默认的光源效果一致。但是与默认的光源不同的是如果我们移动对象，比如

219

把球体对象移动到其他地方，则有可能光源照射不到对象，对象变为渲染不可见。这是因为系统默认的光源并不是由一个目标聚光灯组成的，而是由数个其他类型灯光构成的。

图 11-2　调整后的目标聚光灯

## 📖11.1.2　创建自由聚光灯

Free Spot（自由聚光灯）包含了目标聚光灯的所有性能但没有目标点。创建自由聚光灯时不像创建目标聚光灯那样先确定光源点再确定目标点，而是直接创建一个带有照射范围但没有照射点的聚光灯。如果希望自由聚光灯对准它的目标对象，只能通过旋转达到目的，因此稍显繁琐。一般说来，选择自由聚光灯而非目标聚光灯的原因可能是个人的爱好，或是动画中特殊灯光的需要。

例如，在运用动画灯光时，有时需要保持灯源相对于另一个对象的位置不变，汽车的车前灯、探照灯和矿工的头灯是典型的例子，上述情况下使用自由聚光灯将是聪明的选择。原因在于，简单地把自由聚光灯链接到对象上，当对象在场景中移动时，自由聚光灯在跟随移动中可以继续发挥作用，并且真实可信。下面举例说明：

❶单击【3DS】菜单中的【Reset】命令，重新设置系统。

❷进入【Create】（创建）命令面板，进入【Create】（创建）命令面板，按下【Geometry】（几何体）按钮，在【Object Type】（对象类型）卷展栏里选择【Teapot】（茶壶）。在视图中创建一个茶壶，作为照明的对象。同时创建一个长方体，铺满整个透视图，作为茶壶的背景。

❸在【Create】（创建）命令面板上，按下【Lights】（灯光）按钮，在【Object Type】（对象类型）卷展栏里选择【Free Spot】（自由聚光灯）。在茶壶上方创建一个自由聚光灯源。

❹利用旋转、移动工具调整其位置如图 11-3 所示。渲染后的效果如图 11-4 所示。

220

❺选中聚光灯，在修改面板中的【General Parameters】卷展栏中，【Shadows】（阴影）区中勾选 On 选项。渲染后的效果如图 11-5。

❻在场景中选择聚光灯，在修改面板中的【Spotlight Parameters】卷展栏中，修改【Hotspot/Beam】（聚光区）及【Falloff Field】（散光区）角度数值。随时渲染，可以发现随着聚光区和散光区大小的变化，茶壶的阴影大小也随之变化。

图 11-3　自由聚光灯与对象位置

图 11-4　渲染效果

图 11-5　开启阴影的效果

## 11.1.3　创建平行光灯

平行光灯和聚光灯一样也分为 Target Direct（目标平行光灯）与 Free Dircct（自由平行光灯）。平行光灯只在一个方向上传播，这是平行光灯的一个重要特征。平行光灯的另外一个不同于其他光源的是它的光源不是一个球体或者点，而是一个平面或者表面。

在 3ds Max 中，平行光灯一定程度上是传统的平行灯和聚光灯的混合。平行光灯和聚光灯一样也有聚光区和散光区，这些可用来控制在场景中计算阴影的范围以及散光区的范围。当聚光区被最小化时，平行光灯一样可以投射柔和的区域光。

❶单击【3DS】菜单中的【Reset】命令，重新设置系统。

❷进入【Create】（创建）命令面板，进入【Create】（创建）命令面板，按下【Geometry】（几何体）按钮，在【Object Type】（对象类型）卷展栏里选择【Teapot】（茶壶）。在视图中创建一个茶壶，作为照明的对象。

❸单击工具栏上的【Select and Move】按钮，按住 Shift 键的同时，在视图窗口用鼠标拖动茶壶，在弹出的对话框中输入 3 并选择【Instance】（关联）选择项后，

单击 OK 确认。这样就复制出 3 个相同的茶壶，结果如图 11-6 所示。

❹在【Create】（创建）命令面板上，按下【Lights】（灯光）按钮，在【Object Type】（对象类型）卷展栏里选择【Target Direct】（目标平行光灯）。

❺在茶壶左上方创建一个目标平行光灯。第一次单击鼠标，定义目标平行灯光的光源地点，拖动鼠标到目标物体上，松开鼠标左键，这样目标平行灯光就创建好了，如图 11-7 所示。

❻目标平行灯光的示意图是一个圆柱体形状，可能它的照明范围不够同时照到 4 个茶壶，因此只有两个茶壶被照亮了，其他在平行光圆柱体之外的茶壶并没有被照亮。

❼在场景中选择目标平行光灯，进入【Modify】（修改）控制面板，鼠标单击展开【Directional Parameters】卷展栏，在【Light Cone】面板中，选择【Overshoot】选择项。使光线从整个发光平面发射出来，从而使全部的茶壶都被照射到了，如图 11-8 所时。

❽观察图 11-8 就会发现，4 个茶壶被平行光灯照射之后每个球体上的光线亮度分布都是相同的，这充分说明了在平行光灯的照射下，光线始终保持着相同的比例，不会随距离在宽度和高度上变化。

图 11-6　透视图中创建的对象

图 11-7　创建目标平行光灯

图 11-8　打开 Overshoot 选择项之后的效果

### 📖 11.1.4　创建泛光灯

泛光灯是指按 360°球面向外照射的一个点光源。它是 3ds Max 场景中用得最多的灯光之一。泛光灯照亮所有面向它的对象，但是它不能控制光束的大小，即不能将光束只照在一点上。它通常是作为辅光使用。创建一个泛光灯是非常简单的，下面举例介绍。

❶利用上面创建好的 4 个茶壶，选中上例中创建好的目标平行光灯，按住 Delete 键将其删除。

❷在【Create】（创建）命令面板上，按下【Lights】（灯光）按钮，在【Object Type】（对象类型）卷展栏里选择【Omni】（泛光灯）。

❸在前视图中第一个茶壶左上方单击鼠标，就创建了一个泛光灯。

❹泛光灯的位置可以通过移动工具来调整。为了便于说明问题，把泛光灯大致移动到 4 个茶壶中心的连线上，并且放置在第一个茶壶附近，如图 11-9 所示。

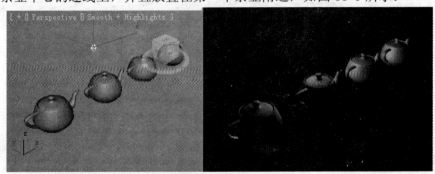

图 11-9　创建泛光灯

❺在透视图中观察茶壶被泛光灯照明情况。可以看到，泛光灯的灯光是从中心发散到四周的，因而它扩散传播，这就意味着光线将随距离在宽度和高度上变化。在离光源比较近的地方，泛光灯作为点光源的效果就越明显，在离光源比较远的地方，则光线已经接近于平行光线。

❻与上例中图 11-8 对比可知，相同的 4 个茶壶在泛光灯的照射下与在平行光照射下的效果是大不相同的。在平行光照射下，被照亮的茶壶区域是一样的。

## ◇ 11.2　光源的控制

上节中介绍了几种常见光源的创建，在实际工作中，往往需要对灯光的各种参数进行设置，从而创造出精美的作品。所以，在这一节中将介绍光源的控制。

在布光设置中聚光灯往往是主角，无论是室内还是室外配光，主调的效果都是由聚光灯决定，再使用泛光灯作为补充，因此，聚光灯在灯光配置中的重要性是不言而喻的。下面就以目标聚光灯为例来说明对光源的控制，首先创建一个目标聚光灯，选择它进入 Modify（修改）控制面板。目标聚光灯参数的控制面板如图 11-10 所示。

在目标聚光灯控制面板中有 8 个卷展栏，它们依次是【General Parameters】（通用参数卷展栏)、【Density/Color/Attenuation】(强度 / 颜色 / 衰减卷展栏)、【Spotlight Parameters】（聚光灯参数卷展栏）、【Advanced Effects】（高级特效参数卷展栏）、【Shadow Parameters】（阴影参数卷展栏）、【Shadow Map Params】（阴影贴图卷展栏）和【Atmospheres & Effects】（环境和影响）。【Mental-ray Indirect Illumination 和 Mental Ray Light Shader】这 6 个参数控制着聚光灯的不同方面的性质。

图 11-10　聚光灯参数的控制面板　图 11-11　通用参数卷展栏

## 11.2.1　通用参数卷展栏

单击通用参数卷展栏旁边的加号，即可展开通用参数卷展栏，如图 11-11 所示。

**01** 参数简介

❖ On（开关）：这是灯光的开关，当选中该复选框时，在场景中的光线对场景中的对象产生作用。当 On 开关被关闭时，灯光仍然保留在场景之中，但是灯光将不再对场景中对象产生任何影响。

❖ Target：这实际是指 Target Distance，其后面显示的是从聚光灯到对象的距离。这是一个只读的属性，要调节该距离，只有通过在视图窗口中移动聚光灯，而不能直接修改该值。

❖ Shadows On（显示阴影）：用于显示或者消除阴影。

❖ Use Global：这个选择项常被用来操作要使用相同设置的灯光，比如设置一排街灯。

❖ Shadow Map：使用贴图方法计算阴影，而不是采用光线跟踪方法。贴图方法从灯光投影一幅贴图到场景中，并计算投射的阴影。使用阴影贴图方法时在 Shadow Map Params（阴影贴图）面板中调节。

❖ Exclude（排除）：在每创建一个灯光时，3ds Max 都默认为灯光对所有的对象有效。单击这个按钮之后可以将一个对象从光的影响中排除或者包含进来。

**02** 部分参数应用举例

❶ 单击【3DS】菜单中的【Reset】命令，重新设置系统。

❷ 在视图中创建一个球体和一个圆柱体，并创建一个目标聚光灯用作照明。

❸ 选中目标聚光灯，进入修改命令面板的通用参数卷展栏，调试上面讲到的部分参数。

❹ 图 11-12 给出了是否勾选 Shadows On 复选框的效果。

图 11-12 未勾选和勾选 Shadows On 复选框的效果对比

❺ 单击 Exclude... 按钮，弹出 Exclude/Include（排除 / 包含）对话框。如图 11-13 所示。

❻ 在列表框中选择 Cylinder01，单击向右的箭头 >> 把对象移动到右边，单击 OK 按钮确认所做的设置。渲染透视图，如图 11-14 所示。结果发现排除聚光灯对圆柱体的影响之后聚光灯的光线不再照射到圆柱体上，圆柱体变成黑色的。

图 11-13 Exclude/Include（排除 / 包含）对话框　　图 11-14 排除了灯光对圆柱的照射

## 11.2.2 强度 / 颜色 / 衰减卷展栏

**01** 参数简介（参见图1-15）

❖ Multip：用来调节光源的光强，当 Multip 的值为 1 时是正常的光强，但是当

Multip 的值为 0～1 之间时会减少光的强度，当 Multip 的值大于 1 时能够增加光强。Multip 的值也可以设置为负数值，这时将使光源的效果变得相反，光源不是"发射"光线，而是"吸收"光线，在光源作用的范围之内，场景中和光源颜色相同的光将被删去，而不是照亮场景。

❖ 颜色板：颜色板在 On 开关的后面，这个颜色板决定了光的颜色和强度。单击这个颜色板，可以改变光的 RGB 值和 HSV 的值。

❖ Decay：为模拟的真实灯光而进行衰减设置。

❖ None：不使用自然衰减，灯光的衰减设置完全由 Attenuation 中的 Near 和 Far 中的属性来控制。

❖ Inverse：使灯光的强度与距离的成反比例关系变化。

❖ Inverse Square：灯光强度与灯光的距离的成反比例平方关系，这是真实世界的灯光衰减方式。比较看来，反比例衰减和反比例平方的衰减要自然的多，而采用反比例平方的衰减使灯光过于局限化，所以通常都采用反比例衰减方式。

❖ Use：表明被选择的灯光是否使用它被指定的范围，如果该复选项被选择，灯光周围的圆圈表明了灯光的 Star 和 End 范围区域。

❖ Show：表明灯光 Star 和 End 范围区域的圆圈在灯光没有被选择时是不可见的，选择了 Show 选择项，则表示灯光 Star 和 End 范围区域的圆圈在没有被选择时也可以看到。

❖ Star：对于 Near Attenuation，定义不发生衰减的内圈范围，对于 Far Attenuation，定义开始发生衰减的内圈范围。

❖ End：对于 Near Attenuation，定义不发生衰减的外圈范围，对于 Far Attenuation，定义发生衰减的外圈范围，在 Star 和 End 范围内灯光强度按线形变化。

**02** 参数应用举例

❶利用上面例子中的对象与聚光灯。

❷选中目标聚光灯，进入修改命令面板的强度／颜色／衰减卷展栏，调试上面讲到的部分参数。

❸单击卷展栏下的颜色块，在弹出的颜色对话框里将颜色调成绿色，关闭对话框。

❹渲染透视图，如图 11-16 所示。结果发现聚光灯发出的颜色为绿色。

图 11-15　强度／颜色／衰减卷展栏　　图 11-16　将聚光灯颜色调为绿色后的渲染图

❺分别设 Multip 栏的值为 2 和 3，渲染透视图，观察光照效果的变化，如图 11-17 所示。

图 11-17　Multip 栏的值为 2 和 3 的效果

## 11.2.3　聚光灯参数卷展栏

**01** 参数简介（参见图1-18）

❖ Show：在视图窗口中，聚光灯被选择时将会出现以蓝色和浅蓝色为边框的锥形区域，这个区域表示光线的最大光强区域和衰减区域。如果没有选择 Show 选择项，则当灯光没有被选择时，这个锥形区域区域不再出现，如果选择了 Show 选择项，则无论灯光是否被选择，锥形区域都出现在视图窗口中。

❖ Overshoot：当选择 Overshoot 选择项时，光线能够照亮所有的方向，但是只有在锥形框中投影的对象才有阴影，在锥形框之外的对象虽然能被光线照射到，但是在对象背后没有阴影。

❖ Hotspot：这是以角度表示的一个值，它以光源为顶点，形成一个张角为 Hotspot 的圆锥体，在该圆锥体区域包含的范围内的光线具有最大的光强。Hotspot 的值要比下面提到的 Falloff 的值要小。

❖ Falloff：这也是一个角度表示的值，它是围绕光源的假想球体的一部分。聚光灯发射出来的光线在 Hotpot 控制的区域内光强最大，Falloff 控制区域在 Hotpot 控制的区域的外围，光强在 Falloff 控制区域内有最强逐步衰减到 0，因此当 Falloff 的值远远大于 Hotpot 的值时，光线有一个比较柔和的边缘。

❖ Circ/Rectang：设置光线锥体的形状，一般使用的 Circ（圆）形状，有时也可以选择 Rectang（矩形）形状。

❖ Pect：当光线锥体选择矩形锥体投影方式时，此选择项变成可以调节的。调节这个值改变的是矩形的长宽比。

❖ Bitmap Fit：当选择 Rectangle（矩形）形状时，单击 Bitmap Fit 并且选择一张位图图片。这时矩形的长宽比率将自动匹配这个确定的位图，注意选择的这张位图并不是投影贴图。

**02** 参数应用举例

❶ 单击工具栏中的撤销按钮，退回到 11.2.1 节中的状态。还是利用上面例子中的

对象与聚光灯。

图 11-18　聚光灯参数卷展栏

❷选中目标聚光灯，进入修改命令面板的聚光灯参数卷展栏，调试上面讲到的部分参数。

❸勾选参数面板中的 Overshoot 复选框，对比透视图。发现物体比未勾选时亮了很多。如图 11-19 所示。

图 11-19　未勾选和勾选 Overshoot 复选框时的透视图

❹勾选参数面板中的 Rectangle 复选框，渲染透视图，观察效果。发现聚光灯的照射范围变成了长方形，如图 11-20 所示。

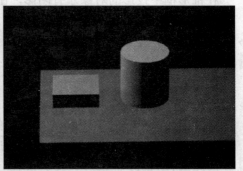

图 11-20　圆形和矩形光线锥体形状

## 📖11.2.4　高级特效参数卷展栏

**01** 参数简介（参见图 1-21）

❖ Contra：这个值可以在 0～100 之间变化，它用于调节光在最强和最弱的区域之间的对比度。一般当光是垂直的照射在物体的表面，该表面是明亮的，表面发生偏转则光变成倾斜的照射，接受到较弱的光。Contra 的值越大，则得到的光越强越刺眼，Contra 的值越小，则光线越弱越柔和。。

❖ Soften Diff：这也是一个可以从 0～100 变化的属性值，它影响的是散射光和环境光之间的光线柔和度。此值越高则散射光和环境光之间的过渡越柔和，此值如果过低可能使散射光和环境光之间的过渡显得生硬。增加这个值可以轻微的减少整个光线的亮度，不过一般影响并不是很大。

❖ Diffu：在选择 Diffu 选择项时，散射光照射区域受到灯光效果的影响，而高亮区域并不受到灯光的影响。显然设置灯光时一般都希望散射光照射区域要受到灯光效果的影响，因此在默认情况下这个选择项是被选择的。

❖ Specul：在选择 Specul 选择项时，高亮区域受到灯光效果的影响。在默认情况下这个选择项是被选择的，可以根据需要决定是否选择选择项。

❖ Ambient：在选择 Ambient 选择项时，阴影区域受到灯光效果的影响。在默认情况下这个选择项是不被选择的，我们可以根据需要决定是否选择选择项。

❖ Map：这是贴图的开关，只有打开这个开关，才能进行投影贴图。

图 11-21　高级特效参数卷展栏

**02** 部分参数应用举例

❶ 单击工具栏中的撤销按钮，退回到 11.2.1 节中的状态。还是利用上面例子中的对象与聚光灯。

❷ 选中目标聚光灯，进入修改命令面板的高级特效参数卷展栏，调试上面讲到的部分参数。

❸ 分别调整 Contrast 值为 20 和 80 时，渲染透视图，观察两者效果的对比。如图 11-22 所示。

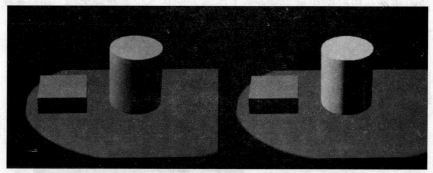

图 11-22　Contrast 值分别为 20 和 80 时的效果对比

❹ 选择 Map 复选框，鼠标单击 Map 后面的 None 按钮，选择 Bitmap 方式，在硬盘中

选择一张花朵图片（光盘中的贴图/FLOWER3.tga），这张图片就被投影在对象上，效果就像在太阳的照射下花的投影，如图 11-23 所示。

图 11-23　投影贴图后的效果

## 11.2.5　阴影参数卷展栏

**01** 参数简介（参见图 11-24）

Map：设置阴影图片，使对象的阴影部分被图片所代替。

**02** 参数应用举例

❶ 单击工具栏中的撤销按钮，退回到 11.2.1 节中的状态。还是利用上面例子中的对象与聚光灯。

❷ 选中目标聚光灯，进入修改命令面板的高级特效参数卷展栏，调试上面讲到的部分参数。

❸ 进入通用参数卷展栏，勾选 Shadows On 复选框。

❹ 进入阴影参数卷展栏，选择 Map 复选框，鼠标单击 Map 后面的 None 按钮，选择 Bitmap 方式，在硬盘中随便选择一张图片，这张图片就覆盖了对象的阴影部分。渲染视图，观察阴影贴图的效果。如图 11-25 所示。

❺ 与上一小节中讲到的投影贴图作对比可知，前者是将贴图投影在对象上，而后者是将对象的阴影部分用贴图代替，而对象上面没有图片。两者截然不同，初学者需注意。

图 11-24　阴影参数卷展栏

图 11-25　阴影贴图后的效果

## 11.2.6　阴影贴图卷展栏

**01** 参数简介（参见图1-26）

❖ Bias：设置投影的偏移，这项功能用于使阴影产生一点偏向或者偏离对象的位移。这项功能在当投影对象的设置是相对于接受阴影的对象时应该特别注意，例如桌子上的花瓶设置。设置低的 Bias 值使阴影靠近投下阴影的对象，设置高的 Bias 值使得阴影远离对象物体。

❖ Size：用阴影贴图方法计算出的投影尺寸大小，如果阴影不够明显，可以考虑增加 Size 的值提高阴影的效果。注意的是提高 Size 的值同时也会增加渲染的时间。

❖ Sample Range：该值决定着阴影范围采样的次数，采样的次数越少，则产生的阴影越柔和，采样的次数越多，将产生比较尖锐的阴影。增加采样的次数，则计算机运算次数相应的增加，因而渲染的时间也会变长。

❖ Absolute Map：这是一个用于动画制作的参数，在动画渲染过程中，由于在每一帧中都要重复计算贴图偏移，使得阴影边有时模糊，选择这个选择项能够把它变成贴图偏移的静态计算，这样在动画渲染过程中将不会出现上述情况。

**02** 参数应用举例

❶ 利用 11.2.5 节中做好的例子。

❷ 选中目标聚光灯，进入修改命令面板的高级特效参数卷展栏，调试上面讲到的部分参数。

图 11-26　高级特效卷展栏

图 11-27　Bias 值分别为 10 和 55 时的投影效果

❸进入阴影贴图卷展栏，将 Bias 的值分别为 10 和 55 时，渲染透视图，观察阴影贴图的位移变化，如图 11-27 所示。

❹将 Bias 的值设为 0，再分别将 Size 值设为 100 和 1000，观察阴影贴图区的效果对比，如图 11-28 所示。

图 11-28 Size 值分别为 100 和 1000 时的效果对比

### 📖11.2.7 环境和影响卷展栏

在默认情况下，灯光只会在场景中产生效果，并不会在渲染效果中看到灯光光源。有时需要在场景中看到灯光，这就需要用到灯光的特殊效果。灯光的特殊效果在 Atmospheres & Effects 卷展栏中设置。

图 11-29 环境和影响卷展栏

## 11.3 灯光特效

利用灯光可以制作出令人惊叹的特殊效果，下面就以泛光灯模拟太阳的例子来介绍。

❶ 创建一个长方体，再创建一个泛光灯，用来模拟太阳的效果，如图 11-30 所示。

❷选择泛光灯，进入 Modify（修改）控制面板，在控制面板下方展开 Atmospheres & Effects（环境与影响）卷展栏。

❸单击 Atmospheres & Effects 卷展栏的 Add 按钮，在出现的 Add Atmospheres or Effects 对话框中有两个选择项，选择 Lens Effects 选择项，单击 OK 确认，如图 11-31 所示。

图 11-30　透视图中的泛光灯和长方体对象　　图 11-31　Add Atmospheres or Effects 对话框

❹Lens Effects 出现在 Atmospheres & Effects 卷展栏的列表框中，在列表框中选择 Lens Effects 然后鼠标单击 Setup 按钮对 Lens Effects 进行设置。

❺出现的 Enviroment and Effects 对话框中可以调节灯光的特效，如图 11-32 所示。展开 Lens Effects Parameters 卷展栏，其下有左右两个列表栏。右边的列表栏是指灯光所具有的所有特效，选择某种特效，单击向右箭头按钮 > 把该特效移动到左边的列表框内，则该特效在渲染时就能够显示出来。本例选择 Glow（发光）。

❻进入 Effects（效果）卷展栏，单击 Update Effect（刷新效果）按钮，渲染透视图，可以看到，泛光灯有了发光特效，如图 11-33 所示。

❼往下拖动卷展栏，单击 Lens Effects Globals 卷展栏将其展开。在这儿可以设置灯光效果的影响范围等粗略的调节，如图 11-34 所示。

图 11-32　Enviroment and Effects 对话框　　图 11-33　添加发光特效后的泛光灯

❽将 Size（大小）值设为 200，Intensity（光强）值也设为 200，再次渲染透视图，观察灯光效果的变化，如图 11-35 所示。

❾单击 Save 按钮可以保存当前的灯光特效的设置，文件格式为.lzv，鼠标单击 Load 按钮可以导出以前保存的灯光特效设置。在安装 3D Studio VIZ 时自带有 4 种常用的灯光设置，它们分别是 DefaultFlare.lzv（默认灯光设置）、Rays.lzv（射线设置）、

Spotlight.lzv（聚光灯设置）、Sun.lzv（太阳光设置）。如果不是特殊精细的灯光特效设置可以直接 Load 默认的灯光设置然后进行一定的修改。

图 11-34　Lens Effects Globals 卷展栏

图 11-35　调正参数后的泛光灯效果

用泛光灯模拟太阳效果完毕。

# 11.4　摄像机的使用

## 11.4.1　摄像机的类型

3ds Max Design 2010 提供了两种摄像机：【Target】（目标摄像机）和【Free】（自由摄像机），如图 11-36～图 11-38 所示。

图 11-36　两种类型的摄像机　　图 11-37　目标摄像机参数　　图 11-38　自由摄像机参数

❖　【Lens】（焦距）：焦距的大小会影响视图中场景的大小和物体数量的多少，焦距小，取得较大的场景数据；焦距大，取得较小的场景数据但会得到更多的场景细节。焦距的单位是 mm，50mm 焦距的镜头所产生的视图类似于眼睛所看到的视图；焦距小于 50mm 的镜头称为广角镜头，因为它显示出场景的广角视图；焦距大于 50mm 的镜头称为远焦镜头，它产生像望远镜一样的视图效果。

❖ 【Field of View（FOV）】（视野）：FOV 控制摄影机可见视角的大小，决定多少景物是可见的，它与焦距的大小有相当密切的关系。在它的左侧，有一个按钮：⟷，它是一个复选按钮，按下它，会弹出所有的 3 个按钮：↕、⟷、⤢。它们分别表示水平、垂直和斜向 3 个方向。选择其中的一个按钮，调整 FOV 值，表示调整的是该方向上的视角。例如，选中⟷按钮，将 FOV 值调大，表示将水平方向上的摄像机视角增大。

❖ 【Stock Lenses】（备用镜头）：中提供了一些标准的镜头库，分别是 15mm、20mm、24mm、28mm、35mm、50mm、85mm、135mm、200mm。单击相应的按钮，Lens 和 FOV 值自动更新。

❖ 【Orthographic 】（正视投影视图）：选中该命令，将把摄像机视图转换为正视投影视图。在正视投影视图中，以正向投影的形式显示出造型体。

❖ 【Type】（类型）：该列表中有两个选项，Target Cameras 和 Free Cameras。当在视图区中选择了一个镜头后，该列表就会显示出它的类型。也可以在修改面板中选择另一个类型的镜头，强行将镜头修改为另一个类型的镜头。

❖ 【Environment Ranges】（环境范围）：该子面板下有两个命令：Near 和 Far，它们分别表示环境的起始范围和中止范围。这两个参数用于设定制作的云、雾等环境效果的起始和终了范围。

❖ 【Clipping Planes】（剪切平板）：选中该命令，可以将视图剪切到离镜头一定的距离上。只有在选中了【Clip Manually】命令以后，其面板下的设置才处于可用状态。【Near】和【Far】这两个选项分别用于设置剪切平板的起始位置和中止位置。

目标镜头由两个部分组成：目标点（Camera.Target）和镜头点（Camera）。如果视图中有多个镜头，在 Camera 的后面还有 0X 的字样，X 是 1～9 的数字，表示不同的镜头。在视图区中创建了目标镜头后，造型体列表中就有了【Camera.Target】（摄像机目标）和【Camera】（摄像点）两个部分，可以分别选择这两个部分中的任意一个部分。

【Free Camera】（自由摄像机）只有摄像机点，没有特定的目标点。在调整时对摄像机点直接操作，在制作摄像机漫游时常使用这种摄像机。

## 📖 11.4.2　创建摄像机

创建摄像机是一个简单的过程，单击【Create】|【Camera】按钮，在【Object Type】中选择需要的摄像机类型，在任意视图中放置摄像机即可。

❶ 单击【3DS】（文件）/【Reset】（重置），重新设置 3ds Max 的界面。

❷创建一个球体，一个锥体。创建 3 个泛光灯，并调整其位置，结果如图 11-39 所示。

❸单击【Creat】|【Cameras】，单击【Target】创建一个目标摄像机。用选择工具选中调整目标点和镜头点分别调整其位置，使摄像机处在一个较好的位置。

❹单击【Creat】|【Cameras】，单击【Free】创建一个自由摄像机，最后如图 11-40。

❺选中透视图，单击 C 键切换到摄像机视图，弹出选择摄像机对话框，选择目标摄像机，渲染后效果如图 11-41 所示。

❺选中透视图，单击 C 键切换到摄像机视图，弹出选择摄像机对话框，选择自由摄像机，渲染后效果如图 11-42 所示。

图 11-39　创建场景

图 11-40　创建摄像机

图 11-41　目标摄像机视图

图 11-42　自由摄像机视图

## 📖11.4.3　设置摄像机

在摄像机控制面板的卷展栏中可以设置视野和焦距。

**01** 设置视野FOV（视野）

【FOV】定义了摄像机在场景中所看到的区域。FOV 参数的值是摄像机视锥的水平角。3d max 中 FOV 的定义与现实世界摄像机的 FOV 不同。3ds Max 定义摄像机视锥的左右边线所夹的角为 FOV 的值，而现实世界定义视锥的左下角和右上角边线所夹的角为 FOV 的值。如果想和现实世界中的摄像机相同，可以在 FOV 前面单击按钮↔，则这时候会弹出 3 个选项↔、↕、⤢。对以上几个选项的改变对摄像机的实际视图没有什么效果，仅仅是改变了测量的方法而已。

**02** 设置焦距

焦距描述镜头的尺寸，是指从镜头的中心到摄像机焦点的长度，以毫米为单位。镜头参数越小，FOV 越宽，摄像机表现出离对象越远；镜头参数越大，FOV 越窄，摄像机表现出离对象越近。焦距小于 50mm 的镜头叫广角镜头，大于 50mm 的叫长焦镜头。上面的 Lens 文本框就是设置镜头的焦距的。一般焦距都是以 mm 记。而下面的 Stock Lenses 则是系统自带的几个默认的镜头的焦距。下面是一组同一摄像机在相同位置用不同焦距拍下的图像, 如图 11-43 所示。

图 11-43　左边 15mm 镜头,右边 24mm 镜头

## 11.4.4　控制摄像机

**01** 视图控制

在设置了镜头视图后, 就可以对其进行调整和修改了。通过视图区控制按钮来调整镜头视图。在激活了镜头视图区后, 视图控制区的按钮将变为如图 11-44 所示的形状。各按钮的意义为:

图 11-44　摄像机视图控制栏

- ◇ 【Dolly Camera】(伸缩镜头):该命令用于改变目标与镜头之间的距离。前后拖动摄像机, 而目标位置不变。
- ◇ 【Dolly Target】(伸缩目标):前后拖动目标点而摄像机位置不变。
- ◇ 【Dolly Camera+Target】(伸缩镜头和目标):同时拖动摄像机点和目标点。
- ◇ 【Perspective】(透视):该命令的功能是改变目标与镜头之间的距离, 同时改变 FOV 的数值, 但是它不会改变目标的位置。
- ◇ 【Roll Camera】(转动镜头):转动摄摄像机。
- ◇ 【Oribit Camera】(轨道镜头):绕目标点转动摄像机。
- ◇ 【Oribit Target】(轨道目标点):目标点绕摄像机旋转。
- ◇ 【3DSd˙Of View】:调整取景范围大小。
- ◇ 【Truck Camera】:平移摄像机, 保持摄像机点与目标点相对位置不变。

**02** 安全框控制

激活摄像机视图, 在其左上角"+"字样上单击右键, 弹出对话框, 选择【Cofigure】项如图 11-45 所示。在弹出的对话框中选择【Safe Frames】子菜单,选择【Show Safe Frames in Active View】项如图 11-46 所示。在摄像机视图中就会出现 3 个不同颜色的矩形框,

如图 11-47 所示。

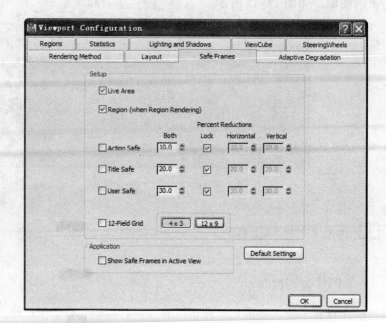

图 11-45　右键菜单　　　　图 11-46　Vewport Configuration 对话框

注意：安全框表明渲染时的最终图像是如何被剪裁的，这是一个非常重要的特性。

安全框由 3 个矩形框组成：

✧ 【Live Area】：标出将被渲染的准确区域，与视图的尺寸和纵横比无关。

✧ 【Action Safe】：表明对你的渲染操作来讲是安全的区域。

✧ 【Title Safe】：表明对标题或其他信息来讲是安全的区域。安全框是成比例的。

最外面一个浅黄色矩形框是 Live Area 区域；中间的淡蓝色矩形框是【Action Safe】区域；最里面土黄色矩形框为 Title Safe 区域。

打开 Viewport Configuration 对话框中的 Safe Frames 子菜单，设置想显示的区域，并且减少 Action Safe 和 Title Safe 的百分比，这样会比较安全。

图 11-47　安全框实例

**03** 对齐摄像机

如何把摄像机和场景内的对象对齐或者是对齐摄像机呢？有两个功能可以实现：

【Match Camera to View】（摄像机视图匹配）和【Align Camera】（对齐摄像机）。

❖ 将摄像机和视图对齐方法：选择要对齐的摄像机，激活要对齐的那个视图，并从【Views】（视图）菜单里选择【Match Camera to View】命令。需要注意的是这个视图必须是【Perspective】模式的，否则这个命令不可用。

❖ 对齐摄像机的方法：选择摄像机，单击工具栏中的 按钮不放，在下拉条里选择按钮 。这时鼠标变成了摄像机的形状，然后在要对齐的物体的面上单击鼠标，则摄像机就和这个物体上所选取面的外法线就对齐了。如图 11-48 所示，就是使摄像机和球体的一个法线对齐的操作，鼠标变成了摄像机的样子。在球面上单击一下鼠标，则摄像机就会同面的外法线对齐了，如图 11-49 所示。

图 11-48  对齐前的位置

图 11-49  对其后的位置

## 11.4.5  移动摄像机

摄像机的移动可以增强场景真实感，移动摄像机的原则是流畅。平移摄像机是最一般的摄像机移动。另外转动、拖拉和缩放摄像机都可以被设为动画。当变换摄像机对象的时候需要注意不要比例缩放，因为比例缩放后摄像机的基本参数显示的值与实际不符。

将目标移向摄像机，并不影响摄像机的视野。若想改变视野或切换镜头，可以改变摄像机的 FOV 和 LENS 参数，或在摄像机视图中使用 FOV 按钮。摄像机的移动就像是观者是摄像机，而摄像机目标是观者所注视的地方。因此，摄像机或目标的最轻微的移动都是很明显的，想模拟急刹车时，快速或突然地移动摄像机将得到很好的效果。但如果要在房间里这样做，效果就会很差。下面介绍使用路径控制器为摄像机创建路径来移动摄像机。

❶创建一个简单的场景，如图 11-50 所示。

❷在【Create】命令面板下单击【Shapes】，再单击【Line】，画出摄像机移动的大致路径。也可以用【NUBRS curves】命令生成平滑曲线作路径。

❸进入【Modify】面板下单击【Edit Spline】编辑器，确定【Sub-object】中选择的是【Vertex】。用右键单击每一个节点，选择【Bezier】，按自己的要求调整手柄，场景如图 11-51 所示。

❹创建并选中目标摄像机。单击命令面板中【Motion】选项卡下的【Parameters】。

❺打开【Assign Controller】卷展栏，选中【Position】，单击【Assign Controller】

按钮，如图 11-52 所示。

图 11-50　创建好的场景　　　　　　　　图 11-51　绘制好的路线

图 11-52　Assign Controller 卷展栏　　　　图 11-53　Assign Position Controller 对话框

❻在出现的对话框中选中【Path Constraint】，单击 OK，如图 11-53 所示。向下拉动参数区卷展栏，出现如图 11-54 所示的对话框，单击【Add Path】，再用左键单击路径曲线，此时摄像机就链接在路径曲线上了，如图 11-55 所示。

❼使用快捷键 C，将视图变为【Camera】视图。

❽单击【Play Animation】按钮可以在摄像机视图中看到动画。

图 11-54　添加路径对话框图　　　　　　　图 11-55　摄像机被链接在路径曲线上

## 11.5　实战训练

### 11.5.1　顶灯模型的制作

❶ 单击【3DS】菜单中的【Reset】命令，重置系统。

❷进入【Create】（创建）命令面板，按下【Geometry】（几何体）按钮，在下拉列表中选择【Standrand Primitives】（标准几何体）。

❸单击【Box】（盒子）按钮，创建一个长方体。作为屋子的顶部。

❹在盒子的中心建立一个半球，作为顶灯的模型，然后在半球的底部建立 3 个圆环，作为顶灯的灯座，结果如图 11-56 所示。

图 11-56　顶灯的底座

❺激活左视图，在顶灯底下创建一架目标摄像机，激活透视图，按键盘上的 C 键将视图切换成摄像机视图。利用移动旋转工具，调整摄像机到合适位置，如图 11-57 所示。

图 11-57　建立摄像机

❻激活顶视图，在顶灯的中心创建一盏泛光灯。并利用移动工具，调整到合适位置。使顶灯附近出现光照的效果，如图 11-58 所示。

图 11-58　加入泛光灯的效果　　　　　　图 11-59　顶灯材质调整参数

### 📖11.5.2　顶灯材质的制作

❶ 选中半球，打开材质编辑器，选择第一个材质球。按照图 11-59 所示的参数将材制调为自发光材质。

❷单击▣将材质赋予对象，效果如图 11-60 所示。

❸选中圆管，打开材质编辑器，选择第二个材质球。按照图 11-61 所示的参数将材制调为铜管材质。

❹单击▣将材质赋予对象。渲染摄像机视图，效果如图 11-62 所示。

图 11-60　赋予材质后的顶灯　　　　　　图 11-61　灯座材质调整参数

图 11-62　赋完材质和灯光的顶灯渲染图

# 11.6　课后习题

1. 填空题

（1）灯光的类型有_____种，包括_____、_____、_____、_____等。

（2）3ds Max 默认的光源为_____。

（3）摄像机有_____和_____两类。

（4）目标摄像机由_____和_____两个部分组成。

2. 问答题

（1）哪些灯光不能控制照射范围？

（2）三角形照明的光源是什么？它们是如何放置的？

（3）3ds Max Design 2010 中各种类型的摄像机各在什么情况下使用？

（4）安全框有几种，分别代表什么意思？

3. 操作题

（1）模拟自然光的照明效果。

（2）创建一个泛光灯，改变它的不同参数以体验其效果。

（3）在视图中创建简单对象和目标聚光灯，在目标灯参数面板中改变其参数，观察场景效果。

（4）创建一个简单的场景，放置自由和目标摄像机，切换摄像机视图。

# 第 12 章　空间变形和粒子系统

## 教学目标

3ds Max Design 2010 的强大功能之一就是它能模拟现实生活中类似爆炸的冲击效果、海水的涟漪效果等空间变形现象。加上 3ds Max Design 2010 的粒子系统，使得 3ds Max Design 2010 在模仿自然现象、物理现象及空间扭曲上更具优势。可以利用这些功能来制作烟云、火花、爆炸、暴风雪或者喷泉等效果。3ds Max Design 2010 中提供了众多的空间扭曲系统和粒子系统。其中粒子系统包括：Spray（飞沫）、Snow（雪）、Blizzard（暴风雪）、PArray（粒子阵列）、Pcloud（粒子云）、Super Spray（超级喷射）和 PF Source（粒子流源）。每一种粒子系统都有一些相似的参数，但也存在差异。

## 教学重点与难点

➤ 空间扭曲系统
➤ Spray 粒子系统
➤ Snow 粒子系统

# 12.1　空间变形

在 3ds Max Design 2010 中有一类特殊的力场物体，叫做 Space Warps（空间扭曲物体），施加了这类力场作用后的场景，可用来模拟自然界的各种动力效果，使物体的运动规律与现实更加贴近，产生诸如重力、风力、爆发力、干扰力等作用效果。

## 12.1.1　初识空间变形

❶ 单击【3DS】菜单中的【Reset】命令，重新设置系统。

❷ 进入【Create】（创建）命令面板，按下【Space Warp】（空间变形）按钮，在下拉列表中选择【Geometric/Deformable】类型，展开【Object Type】（对象类型）卷展栏，此时可以看到 7 种类型的空间变形按钮，如图 12-1 所示。

❸ 用鼠标单击任何一个空间变形按钮，这里选择【Wave】（波浪），在顶视图中拉出一个矩形框，同时在透视图中观察生成的波浪体，如图 12-2 所示。

❹ 建立空间变形之后，它本身并不会改变任何对象。只有将对象连接到该空间变形之后，空间变形才会影响对象，所以还必须建立一个对象实体。在透视图中创建一个长方体，并设长和宽的段数均为 10，如图 12-3 所示。

❺ 单击主工具栏上的【Bind to Space Wrap】（连接空间变形）按钮。然后在场景

中单击长方体，使其变成高亮显示。按住鼠标左键不动，然后拖动鼠标到波浪空间变形对象上。释放鼠标，可以看到空间变形物体在瞬间变成高亮显示，然后恢复原状。表示长方体已经被连接到空间变形物体上了。

❺观察透视图，长方体已经受到空间变形物体的影响。如图 12-4 所示。要注意，如果连接上了但长方体没发生变形，很可能是长和宽的段数没设好，段数越多变形越精细。

图 12-1　空间变形创建面板

图 12-2　透视图中的波浪变形体

图 12-3　对象和变形体

图 12-4　连接空间变形后的长方体

❼一旦建立空间变形体，右侧的参数面板里就有了相关参数。如图 12-5 所示。

❽这些参数的意义跟前面讲到的涟漪修改器中的参数相似，这里就不再赘述。

❾改变这些参数，长方体变形也会跟着发生变化。比如，修改 Wave Length（波长）值为 60，此时透视图中长方体的形状如图 12-6 所示。

图 12-5　波浪变形参数面板

图 12-6　改变波浪变形体参数后的长方体

### 📖 12.1.2 Bomb 变形

Bomb 变形可以用来模拟物体爆炸的情形，下面就来举例介绍它的应用。

❶ 单击【3DS】菜单中的【Reset】命令，重新设置系统。

❷ 进入【Create】（创建）命令面板，按下【Space Warp】（空间变形）按钮，在下拉列表中选择【Geometric/Deformable】类型，展开【Object Type】（对象类型）卷展栏，此时可以看到 7 种类型的空间变形按钮。

❸ 用鼠标单击【Bomb】（爆炸），在透视图中单击鼠标左键，即可创建好一个爆炸体，如图 12-7 所示。

图 12-7　创建爆炸体　　　　　　　　　　　图 12-8　创建爆炸对象

❹ 进入【Create】（创建）命令面板，按下【Geometry】（几何体）按钮，展开【Object Type】（对象类型）卷展栏，在透视图中创建一个球体，作为爆炸的对象。如图 12-8 所示。

❺ 单击主工具栏上的【Bind to Space Wrap】（连接空间变形）按钮。然后在场景中单击球体，使其变成高亮显示。按住鼠标左键不动，然后拖动鼠标到爆炸变形对象上。释放鼠标，可以看到爆炸变形物体在瞬间变成高亮显示，然后恢复原状。表示球体已经被连接到爆炸变形物体上了。

❻ 观察透视图，发现球体并没有爆炸。别着急，这是因为爆炸是一个过程。拖动时间滑块到第 10 帧，就可以看见爆炸的初步效果，如图 12-9 所示。

❼ 上面的爆炸效果不是很理想，这与爆炸体的参数设置有关。选中爆炸变形体，进入修改命令面板。爆炸变形体的参数面板如图 12-10 所示。

图 12-9　连接后第 10 帧的爆炸体　　　　　图 12-10　爆炸变形体面板

❽修改【Chaos】参数为 2，再观察透视图，发现爆炸效果比原来好了许多。如图 12-11 所示。读者还可调试其他参数，这里就不再介绍。

图 12-11　修改 Chaos 参数

## 📖 12.1.3　Ripple 变形

Ripple 变形和前面讲到的修改器比较相似，但两者工作原理不同，前者是直接修改物体，后者是通过修改变形体而达到对物体的修改。

❶单击【3DS】菜单中的【Reset】命令，重新设置系统。

❷进入【Create】（创建）命令面板，按下【Geometry】（几何体）按钮，展开【Object Type】（对象类型）卷展栏，在透视图中创建一个长方体板状物，并设长和宽的段数均为 50，如图 12-12 所示。

❸进入【Create】（创建）命令面板，按下【Space Warp】（空间变形）按钮，在下拉列表中选择【Geometric/Deformable】类型，展开【Object Type】（对象类型）卷展栏，此时可以看到七种类型的空间变形按钮。

图 12-12　创建变形对象-海面

图 12-13　加入涟漪变形体

❹单击【Ripple】（涟漪）按钮，在顶视图中拉出一个涟漪变形体，并调整位置，结果如图 12-13 所示。

❺单击主工具栏上的【Bind to Space Wrap】（连接空间变形）按钮。然后在场景

中单击板状物体，使其变成高亮显示。按住鼠标左键不动，然后拖动鼠标到涟漪变形对象上。释放鼠标，可以看到涟漪变形物体在瞬间变成高亮显示，然后恢复原状。表示板状物体已经被连接到涟漪变形物体上了。

❻观察透视图，发现板状物体已经发生了涟漪变形。如图 12-14 所示。

❼上面的涟漪效果不是很理想，这与涟漪变形体的参数设置有关。选中涟漪变形体，进入修改命令面板。涟漪变形体的参数面板如图 12-15 所示。

图 12-14　产生涟漪变形的板状体　　　　图 12-15　涟漪变形的参数面板

❽修改【Wave Length】（波长）为 21，并调整振幅得到微波的效果。

❾激活左视图，在右上方设置一台目标摄像机。如图 12-16 所示。击活透视图，在键盘上按 C 键切换为摄像机视图，如图 12-17 所示。

❿选中板状体，单击主工具条上的【Material Editor】（材制编辑器）按钮进入材质编辑器。选择一个空白样本球框，设置参数如图 12-18 所示。

⓫单击横向工具栏中的【Assign Material to Selection】（将材质赋给选择物体）按钮，然后单击【Show Map in Viewport】（在视图中显示贴图）按钮。

⓬打开 Maps 卷展栏，设置【Bump】贴图为 Noise，设置【Reflection】贴图为 Bitmap，为海水选择一张蓝天白云的反射贴图（光盘中的贴图/SKY.JPG）。贴图后的海水效果如图 12-19 所示。

图 12-16　创建摄像机　　　　　　　图 12-17　摄像机视图中的涟漪效果

⓭单击主菜单栏上的【Rendering】（渲染）菜单，在子菜单里选择【Environment】（环境）选项，打开环境对话框。

⓮创建一个平面作为挡板，然后为其添加一张蓝天白云图片（光盘中的贴图

/SE028.BMP）模拟天空。

❶快速渲染透视图，观察效果，如图 12-20 所示。

图 12-18　海水材质参数

图 12-19　赋予材质的海水效果

图 12-20　加入背景的海水效果

# 12.2　粒子系统

3ds Max Design 2010 中有 7 种粒子系统 Spray（飞沫）、Snow（雪）、Blizzard（暴风雪）、PArray（粒子阵列）、Pcloud（粒子云）、Super Spray（超级喷射）和 PF Source（粒子流源）。每一种粒子系统都有一些相似的参数，但也存在差异。通过本章的学习，读者应能触类旁通、举一反三。

## 📖12.2.1　初识粒子系统

❶单击【3DS】菜单中的【Reset】命令，重新设置系统。

❷进入【Create】（创建）命令面板，按下【Geometry】（几何体）按钮，在下拉列表中选择【Particle Systems】（粒子系统），展开【Object Type（对象类型）卷展栏，此时可以看到 7 种粒子系统，如图 12-21 所示。

❸用鼠标单击任何一个粒子系统，这里选择【Snow】（雪花），在顶视图中拉出一个矩形框，作为雪花发生的范围，如图 12-22 所示。

❹起始位置称为发射源。在视图中发射源以非渲染模式表示。与平面垂直的直线段

代表粒子喷射的方向。白色矩形框代表粒子喷射的范围。

**⑤**此时，在透视图中看不到任何雪花，这是因为动画帧处于第 0 帧。粒子喷射是一个过程，在第 0 帧喷射还没有发生。往后拖动时间块到第 50 帧，发现透视图中的矩形区域下有了纷飞雪花，如图 12-23 所示。

图 12-21　粒子系统创建面板

图 12-22　透视图中的雪花系统

图 12-23　第 50 帧时的雪花系统

图 12-24　雪花参数面板

**⑥**观察右侧参数面板，发现面板里面多了刚创建的雪花系统的一些参数。如图 12-24 所示。

这些参数比较有代表性，下面简单介绍：

❖ 【Viewport Count】（视窗粒子数）：该值影响视窗中显示的粒子数。

❖ 【Render Conut】（渲染粒子数）：只影响渲染的粒子数，而对视图中粒子的数目没有影响。渲染的粒子越多，动画的效果越佳，所以应在可能的情况下渲染更多的粒子。

❖ 【Flake Size】（雪花大小）：用来确定粒子的大小。

❖ 【Speed】（速度）：用来确定粒子的下落速度。速度的单位不同于日常生活中的速度。在这里单位速度是指一个粒子在 25 帧移动 10 个单位的距离。而初始值为 10，即在 2.5 帧的时间内移动了 10 个单位距离。

❖ 【Variation】（变化）：默认值为 0，即创建一个均匀的粒子流，粒子的速度、方向完全相同。当值大于 0 时，粒子流的速度和方向发生随即的变化，也就是粒子的速度不完全一样，粒子的方向也发生一定的偏移。其规律是变化值越大，速度差和粒子的方向差也越大。

- ✧ 粒子的外观：分别为 Flake（片）、Dots（圆点）和 Tick（十字叉）。
- ✧ 【Render】（渲染器）：用来确定渲染时粒子的形状。在飞沫中包含两项，四面体和片面体；在雪中包含三项，Six Point（六角形）、Triangle（三角形）和 Facing（面）。
- ✧ 【Timing】（时间选择）：粒子系统是以帧为度量单位对粒子进行时间控制的。【Start】（开始）一项是指开始送出粒子的帧数，可以是 1~100 帧内任意的一帧。【Life】（寿命）一项是指粒子在场景中存在的时间，数字越大寿命越长，值为 100 时粒子可在整个动画过程中始终存在。
- ✧ 【Constant】（晶体）：选择该项时将产生一个均匀粒子流。最大持续速度指每帧所能创建的粒子数。当改变寿命选项时，【Max Sustainable Rate】（最大持续速度）也会改变。如果不选择该项，则可以在【Birth Rate】（再生速度）中指定每帧创建的粒子最大值。当再生速度小于最大持续速度时产生均匀粒子流，当大于最大持续速度时将产生不均匀粒子流或爆炸。
- ✧ 【Emitter】（发散器）：也就是发射器的范围。通过改变发散器的【Length】（长度）和【Width】（宽度），可以改变粒子喷出的范围。长和宽越小，其粒子流越紧凑，反之越离散。
- ✧ 【Hide】（隐藏）：用来确定是否隐藏发射器。

## 📖 12.2.2　Spray 粒子系统

Spray 粒子系统可以模拟雨、喷泉、导火索上的火花或倒出的水等。现在结合例子来讲解粒子系统。

❶ 创建一个倒角长方体并通过拉伸上部顶点制作成水池形状。放样制作水龙头，再制作其他辅助物体，赋予相应贴图。添加摄像机。制作场景如图 12-25 所示（读者也可以直接打开光盘中的源文件/12 章/水龙头.max 文件）。

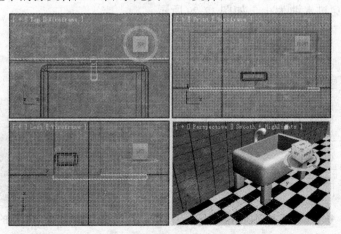

图 11-25　水龙头动画场景

❷制作发射器。单击【Create】(创建)|【Geometry】(几何体)按钮。在下拉框中选择【Particle Systems】(粒子系统),单击【Spray】(飞沫)按钮,创建一个发射器。

❸激活顶视图并画一个矩形,该矩形代表发射器的大小。单击【Modify】(修改)命令面板,拖动卷展栏,在参数栏中将发射器的长宽设定好。用【移动】、【旋转】命令将发射器与水龙头嘴位置调好。此时,粒子喷射方向向下,呈直线状。

❹确定发射器为被选择状态,单击主工具栏中的【Select and Link】按钮(选择并连接),把鼠标移到发射器上,这时鼠标变成连接的形状。按住鼠标左键移到水龙头上,松开鼠标,水龙头为被选择状态,表明已将发射器连接到水龙头了。

❺激活透视图,单击【Play Animation】(播放动画)按钮,可以观察到自来水的下落曲线,调整发射器参数,使动画更符合现实生活的真实情况,如图 12-26 所示。

❻调整摄像机视图,很容易发现,自来水穿透了水池,如图 12-27 所示。下面就来添加一个挡板为粒子系统添加平面碰撞检测。

图 12-26　动画中的一帧图　　　　　　　　　图 12-27　水穿透了池子

❼单击【Create】(创建)|【Space Wraps】(空间扭曲),单击【Deflectors】(导向板)。如图 12-28 所示。

❽在顶视图中创建一个挡板,为粒子系统添加平面碰撞检测。通过【Select and Move】(移动)工具将挡板移至水池底下。结合主工具栏的【Bind to Space Wrap】(连接空间变形)按钮,把发射器与挡板连在一起,调整摄像机角度,直到在摄像机视图中看不到自来水穿过水池为止,如图 12-29 所示。

图 12-28　Deflecter 导向板的参数区　　　　　图 12-29　加导向板后的水龙头

❾点选 Spary01(喷射器),打开【Modify】(修改)命令面板,在【Modify Stack】

（修改堆栈）下拉列表中选取喷射器。修改参数值，使其反射得到修正。

❿打开材质编辑器，为茶水赋予材质，将漫反射固有色设为淡蓝色，将透明度设为 70，调整周围的光线。

⓫打开【Play Animation】（动画记录）按钮，拉动时间划块到第 100 帧，利用【Select and Rotate】（旋转工具），将视图中的水龙头旋转 180°。模拟水开启水龙头的情景。关闭【Play Animation】。就可生成动画了。

# 12.3 实战训练

3ds Max Design 2010 在超级喷射(SuperSpray)粒子系统中内置了 7 种已经调整好的可用参数，它们分别是 Bubbles（泡泡）、Fireworks（焰火）、Hose（软管）、Shockwave（冲击波）、Trail（轨迹）、Welding Sparks（电焊火花）、Default（默认），直接载入 Bubbles（泡泡）参数，再做简单调整即可使用。

❶ 单击【3DS】菜单中的【Reset】命令，重新设置系统。

❷进入【Create】（创建）命令面板，按下【Geometry】（几何体）按钮，在下拉框中选择【Particle Systems】（粒子系统）。

❸展开【Object Type】（对象类型）卷展栏，单击【Super Spray】，在顶视图中创建一个超级喷射粒子系统。透视图中位置如图 12-30 所示。

图 12-30　透视图中的超级喷射粒子系统　　　　图 12-31　装载/保存预设

❹单击选中超级喷射粒子系统，进入【Modify】（修改）命令面板，打开【Load/Save Presets】（装载/保存预设）卷展栏。如图 12-31 所示。

❺单击【Bubbles】项目，单击【Load】按钮，载入预置参数。拖动时间块到第 80 帧，然后快速渲染透视图，查看装载的预设气泡效果。如图 12-32 所示。

❻打开【Partical Generation】卷展栏，设置参数如图 12-33 所示。

❼选中气泡，单击主工具条上的【Material Editor】（材制编辑器）按钮进入材质编辑器，选择一个空白样本球框，设置参数如图 12-34 所示。

❽单击横向工具栏中的【Assign Material to Selection】（将材质赋给选择物体）按钮，然后单击【Show Map in Viewport】（在视图中显示贴图）按钮。快速渲染透视图，观察赋了材质的气泡，如图 12-35 所示。

❾单击主菜单栏上的【Rendering】（渲染）菜单，在子菜单里选择【Environment】（环境）选项，打开环境对话框。

⑩单击【Environment Map】（环境贴图）下的长按钮，在弹出的对话框中选择【Bitmap】贴图，并选择一张海底的图片（光盘中的贴图/haidi.jpg）作为背景贴图。

⑪快速渲染透视图，观察效果，如图 12-36 所示。

图 12-32　装载后的气泡效果　　　　　　图 12-33　修改参数面板

图 12-34　设置气泡的材质面板　　　　　图 12-35　赋予材质后的气泡渲染图

图 12-36　完成后的效果图

# 12.4　课后习题

1．填空题

（1）可以模拟爆炸的空间变形体是_____。

（2）可以模拟涟漪的空间变形体是_____。

（3）粒子系统有_____种。

（4）基本粒子系统有_____，_____。

## 2．问答题

（1）粒子系统的作用有那些？

（2）基本粒子系统发射器大小如何调节。

（3）讲述应用基本粒子系统的参数。

（4）高级粒子系统应用的过程？

## 3．操作题

（1）使用 Ripple 变形模拟涟漪效果。

（2）使用 Wave 变形模拟波浪效果。

（3）应用基本粒子系统生成雪花的动画。

（4）用 Spray 粒子系统模拟喷泉效果。

（5）使用 Snow 粒子系统模拟下雪的场景。

（6）使用系统预设的粒子系统模拟水泡效果。

# 第 13 章 环境效果

环境效果对于表现造型的作用是不言而喻的。如何有效地为场景加入环境设置，直接影响最终的效果图或者渲染结果。本章就来学习各种环境效果的设置，共分 5 个部分：环境特效面板的介绍、环境贴图的运用、雾效的使用、体积光的使用以及火焰效果的使用等。其中前两部分是后三部分学习的基础，也是比较常用的部分。后三部分是环境效果的重头戏，读者应足够重视。

■ 教学重点与难点

➢ 环境贴图的运用
➢ 设置各种雾效
➢ 设置各种体积光
➢ 使用特效增强火焰效果

## 13.1 初识环境特效面板

环境效果的设置都是在环境特效面板中完成的。打开环境特效面板的方法很简单，只要单击菜单栏上的【Rendering】菜单，在子菜单里选择【Environment】选项即可打开环境特效面板，如图 13-1 所示。

图 13-1 环境特效面板

图 13-2 一般参数卷展栏

从图可以看出，【Environment And Effect】（环境和特效）对话框包括两个选项卡，即【Enviroment】（环境）和【Effect】（特效）。其中【Effect】（特效）已经在灯光特效中介绍过，这里主要介绍【Enviroment】（环境）选项卡的内容。【Enviroment】（环境）面板下卷展栏，分别是：【Common Parameters】（一般参数)卷展栏、【Exposure Control】卷展栏以及【Atmosphere】（大气）卷展栏。我们主要介绍一般参数卷展栏和大气卷展栏。

【Common Parameters】（一般参数）卷展栏：单击卷展栏前面的加号将其展开，如图 13-2 所示。

* Background（背景）区域：用来为场景渲染的背景指定颜色和贴图。

❖ Color（颜色）：指定场景选后的背景颜色，单击颜色框将弹出颜色编辑修改框，用户可以在其中对背景颜色进行编辑和设置。

❖ Use Map（使用贴图）：确定是否在场景渲染过程中使用背景贴图。当选中此复选框时，单击位于下方的长按钮，即可以为背景指定一个贴图文件。

● Global Light（全景灯光）区域：指定场景中的全景灯光颜色。单击位于下方的 Tint 颜色框，系统会弹出颜色编辑修改框，用户可以在其中对颜色进行修改。

❖ Level（级别）：指定全景灯光的强度值。

❖ Ambient（周围）：设置位于场景周围的灯光颜色。

【Atmosphere】（大气）卷展栏：用来为场景指定有关的大气的影响效果，例如雾效、体光、体雾和燃烧等。单击卷展栏前面的加号将其展开，如图 13-3 所示。

图 13-3　大气卷展栏

❖ Add（增加）：添加大气效果。

❖ Delete（删除）：将选定的大气效果删除。

❖ Active（激活）：激活选择的大气效果。

❖ Move Up（上移）：将所选定的多项大气效果从下到上移动，以便进入相应不同的参数面板。

❖ Move Down（下移）：将所选定的多项大气效果从上到下移动，以便进入相应不同的参数面板。

❖ Merge（合并）：和并已经创建的场景大气效果。

❖ Name（名称）：显示当前所选定的大气效果名称。

# 13.2　环境贴图的运用

上节中介绍了常用的环境特效设置面板的各项参数的意义，现在就通过实例来学习各项参数的功能。

❶单击【3DS】菜单中的【Reset】命令，重新设置系统。

❷进入【Create】（创建）命令面板，按下【Geometry】（几何体）按钮，展开【Object Type】（对象类型）卷展栏，在透视图中创建一个球体。如图 13-4 所示。

❸快速渲染透视图，效果如图 13-5 所示。

❹单击菜单栏上的【Rendering】菜单，在子菜单里选择【Environment】选项打开环境特效面板。

❺找到【Background】（背景）区域下的【Color】颜色块，默认情况下背景颜色

是黑色，这也是每次渲染视图后，看到的背景总是黑色的原因。单击颜色块，在弹出的颜色对话框中任意选择一种颜色，这里选择淡绿色。

❻快速渲染透视图，发现渲染出的图片背景变成了淡绿色。如图 13-6 所示。

图 13-4　场景中的对象　　　　　　图 13-5　　未改变设置时的渲染图

❼单击 Enviroment Map（环境贴图）下的【None】按钮，在弹出的对话框中选择 Bitmap，然后再选择一个背景图片（本里选择光盘中的贴图/LAKE_MT.jpg 文件）。渲染透视图，发现背景变成了刚才所选的图片，效果如图 13-7 所示。

图 13-6　改变背景颜色效果　　　　　图 13-7　　设置背景图片的效果

❽单击 Global Light（全景灯光）下的白色颜色块，在弹出的颜色对话框中选择淡蓝色，渲染透视图，观察球体颜色的变化，效果如图 13-8 所示。发现原来的红色变暗了很多，这是因为环境光已经变成了淡蓝色。

❾将 Global Light（全景灯光）下的 Level（级别）值设为 4，再次渲染透视图，观察球体颜色的变化，效果如图 13-9 所示。发现球体的颜色亮了很多，这是因为提高了环境光的级别。

图 13-8　改变环境光颜色的效果　　　　图 13-9　增加环境光颜色级别后的效果

# 13.3　雾效的使用

## 📖13.3.1　标准雾

Standard Fog（标准雾）在 3ds Max Design 2010 中设置起来最简单，可给场景增加大气扰动效果。雾效的设置是在【Atmosphere】（大气）卷展栏完成的。先展开大气卷展栏，单击其中的【Add】（添加）按钮，此时弹出添加对话框，如图 13-10 所示。在列表框中选择【Fog】（雾），然后单击【OK】按钮就完成了雾效的添加。同时，参数面板跳转到雾参数面板，如图 13-11 所示。

图 13-10　添加大气效果对话框　　　图 13-11　雾参数面板

**01** 参数简介

- ◈　Color 颜色框：指定设置的雾的颜色，系统模认为白色。
- ◈　Environment Color Map 和 Environment Opacity Map：为环境设置贴图的，它分为彩色贴图和不透明贴图两种。

> 注意：只有先在材质编辑器中为贴图指定了贴图通道，并选择了贴图类型和贴图文件后，才能为雾指定贴图。

- ◈　Fog Background：确定是否在场景中的背景使用雾。
- ◈　Type：指定雾的类型，系统提供了两种雾，分别为标准雾和层雾。
- ◈　Exponential（指数）：柔化标准雾，从而增加它的真实感。
- ◈　Near：指定近镜头范围的雾的百分比。
- ◈　Far：指定远镜头范围的雾的百分比。

**02** 实例运用

❶利用 13.2 节例子中的场景。

❷单击菜单栏上的【Rendering】菜单，在子菜单里选择【Environment】选项打开环境特效面板。

❸在 Atmosphere（大气）卷展栏单击 Add（增加）按钮，在弹出的对话框中选择 Fog（雾）选项，添加雾特效。

❹Effects（效果）列表中列出所有在当前场景中设置的效果项。在列表中选走 Fog（雾）特效，在 Atmosphere 区域下边显示出设置雾的各种参数命令卷展栏。

❺快速渲染透视图，观察效果，如图 13-12 所示。

图 13-12　添加雾后的效果图　　　　13-13　调整雾的浓度后的效果

❻调节雾的浓度，在 Environment（环境）对话框中，可改变表示雾的远处浓度的参数 Far（%）的值，此处设为 70，并勾选 Exponential（指数），再次渲染透视图，观察雾的浓度的变化，如图 13-13 所示。

❼在 Fog Parameters（雾效参数）卷展栏中单击颜色方块，弹出颜色对话框，选择淡蓝色，渲染结果如图 13-14 所示。此时雾的颜色即变成了淡蓝色。

❽模拟夜幕效果时，可以将雾的颜色变成纯黑色，并调整相关参数。渲染后的效果如图 13-15 所示。

❾单击工具栏中的取消按钮，取消上步操作。关闭 Fog Background（雾化背景）复选框，渲染生成的场景中背景不受雾化作用，但场景中的对象小球仍被雾效笼罩。如图 13-16 所示。

图 13-14　淡蓝色雾效　　　　　　图 13-15　黑色雾模拟夜幕效果

❿选择 Fog Background（雾化背景）复选框，在【Fog Parameters】卷展栏的 Fog

栏单击 Environment Opacity Map（不透明环境贴图）下的【None】按钮，在 Material/Map Bowser（材质贴图浏览器）中选 Noise 项。单击 Quick render 按钮，可以看到场景中的白雾变得破碎了，如图 13-17 所示。

图 13-16  取消雾化背景后的效果　　图 13-17  添加透明度环境贴图后的效果

## 13.3.2  分层雾

【Layered Fog】（分层雾）像一块平板，有一定的高度，有无限的长度和宽度。可在场景中的任一位置设定分层雾的顶部和底部，分层雾总是与场景中的地面平行。

> 说明：使用【Top】和【Bottom】参数可以完全控制它在垂直方向的开始点和结束点，从而确定雾的高低。

❶ 继续利用上面 13.3.1 节例子中的场景。

❷单击菜单栏上的【Rendering】（渲染）菜单，在子菜单里选择【Environment】（环境）选项打开环境特效面板。将雾的颜色改为白色。

❸在【Fog Parameters】（雾效参数）卷展栏中的【Type】（类型）旁选中【Layered】（层）以使分层雾的参数生效。

❹设置雾的高度，【Top】为 10、【Bottom】为 0、【Density】为 80。快速渲染透视图，效果如图 13-18 所示，贴着地表的分层雾出现，但界限太明显。

图 13-18  分层雾效果　　　　　　　图 13-19  弱化边缘后的效果

❺使用水平噪声使地平线柔化，在【Environment】（环境）对话框中勾选【Horizon Noise】（水平噪声），并设置【Size】（大小）值为100，【Angle】（角度）值为10。快速渲染透视图，结果如图13-19所示。观察发现，地平线的边界变得柔和了些。【Angle】的值越大，雾的边越模糊。一般设置为 5°～10° 可以表示真实的雾的效果，如果设置Angle的值较大，场景中的大部分雾都被水平噪声所取代，如果设置Angle为0，则相当于关闭Horizon Noise选择项。

❻给雾加上弱化效果并减弱雾的浓度是个好办法。为了看得更清楚些，先取消勾选【Horizon Noise】（水平噪声），再将Top值改为40。在【Falloff】（弱化）选项图标旁点选【Top】项，效果如图13-20所示，雾在顶部较薄，向下雾的效果逐渐明显。

❼在【Falloff】（弱化）选项图标旁点选【Bottom】项，效果如图13-21所示，雾在底部较薄，向上雾的效果逐渐明显。

图 13-20　勾选 Top 选项效果　　　　　图 13-21　勾选 Bottom 选项效果

❽使用多层雾可模拟贴着地表的真实雾效。以图13-19为基础，在其上面再加一层雾。在进行之前先将【Top】值改为10。

❾在环境设置对话框中单击【Add】按钮。选择【Fog】，单击【OK】按钮。选择【Layered】，设置【Top】为40，【Bottom】为10，【Density】为50。选择【Horizon Noise】，设置【Size】为100，【Angle】值为5。最终效果如图13-22所示。

图 13-22　多层雾　　　　　　　　　　图 13-23　体雾参数面板

## 📖 13.3.3　体雾

Volume Fog（体雾）可用来产生场景中密度不均匀的雾，它也能像分层雾一样使用噪声参数，可制作飘忽不定的云雾，很适合创建可以被风吹动的云之类的动画。

要在场景中加入体雾的效果，执行 Rendering（渲染）/Environment（环境）菜单命令，在出现的 Environment（环境）对话框中展开 Atmosphere 转帘栏，鼠标单击 Add... 按钮。在 Add Atmosphere Effect 对话框中选择 Volume Fog 之后单击 OK 确认。高亮显示 Volume Fog，在 Environment 面板下方就会出现 Volume Fog Parameters 下拉窗口，如图 13-23 所示。

**01** 参数简介

- ❖ Pick Gizmo：选择一个包含体雾特殊效果的容器，如果不选择任何物体，那么体雾就会充满整个场景。可以通过特技物体的放缩和变形，从而确定体雾的外形。
- ❖ Color：设置雾的颜色
- ❖ Fog Background：选择该选择项之后，雾对场景背景贴图或颜色有效果，不选择该项时雾只对场景中的对象有影响。
- ❖ Exponential：选择该选项时，雾的密度随着距离指数增加，因此雾的浓度梯度比较大。
- ❖ Density：设置雾的浓度，Density 值越低，雾越薄越透明，该值越高，雾浓得几乎不透明。
- ❖ Step Size：设置取样步长，该值如果设置得较大，雾粗糙成团，该值被设置为较小值时，雾比较精细。当使用 Pick Gizmo 选择了一个特效物体时，这个值将不起作用。
- ❖ Max Steps：取样步长不会大于 Max Steps 值，如果已经使用 Pick Gizmo 选择了一个特效物体，该值可以设置小一些。

**02** 应用举例

❶使用上面的例子中的场景和背景贴图。

❷单击菜单栏上的【Rendering】菜单，在子菜单里选择【Environment】选项打开环境特效面板。

❸在【Atmosphere】（大气）卷展栏单击【Add】（增加）按钮，在弹出的对话框中选择【Volume Fog】（体雾）选项，添加体雾特效。

❹在【Effects】（效果）列表中单击【Volume Fog】选项，在【Atmosphere】区域下边显示出设置体雾的各种参数命令卷展栏。

❺勾选 Exponential 选项，快速渲染透视图，观察效果，如图 13-24 所示。发现雾的密度很不均匀。这是因为体雾应用了噪声技术。

❻在噪声类型下选择 Fract 选项，改变噪声类型。再次渲染透视图，效果如图 13-25 所示。

❼进入【Create】（创建）控制面板，单击【Helpers】（帮助物体）　按钮，在

下拉菜单中选择【Atmospheric Apparatus】（大气部件），创建一个【SphereGizmo】特技物体。结果如图 13-26 所示。

图 13-24　体雾效果　　　　　　　图 13-25　改变噪声类型的体雾效果

❽在体雾卷展栏中，单击【Pick Gizmo】（拾取控制框）按钮，并用鼠标点取视窗中的球形控制器。为了看得更清楚些，将【Density】（浓度）数值改为 80。渲染场景，效果如图 13-27 所示，雾被限制在控制框占据的空间内。

图 13-26　创建 SphereGizmo 特技物体　　　图 13-27　限定在球形控制器内的体积雾

# 13.4　体积光的使用

体积光是一种被光控制的大气效果，把它看作一种雾更好。粗略地讲，体积光是一种雾，它被限制在灯光的照明光锥之内。体积光的参数面板如图 13-28 所示。

参数简介：

❖ Fog Color（雾颜色）：单击色块使选择器可改变雾的颜色，这种颜色和体积光的颜色融合起来。

❖ Attenuation Color（衰减颜色）：设置方法和雾色相同，使衰减的范围内雾的颜色发生渐变。

❖ Exponential（指数）：只有渲染场景中的透明对象时才使用。

❖ Density（浓度）：设置雾的浓度值越大，在光的容积内反射的光线越多。

❖ Max Light（最大光照）：体积光最大光照，默认值为 90。值越小光线亮度越低。

❖ Min Light（最小光照）：值大于 0，光照容积区外发光并使用雾色，就像加入容积雾。

❖ Filter Shadows（过滤阴影）：设置过滤阴影提高阴影质量。

❖ Sample Volume（取样容积）：一个光的容积取样的个数，默认状态设置为 Auto 自动。

❖ Attenuation（衰减）：减小 Start（起点），使体积光源点移动，减小（End）值结束扩展光线投射的长度变小。默认值为 100%。对于点光源，需要在灯光总体参数的衰减区设置 Use，对于泛光源可不设置使用衰减。

❖ Noise（噪声）：可在体积光中加入雾的效果。

图 13-28　体积光的参数面板

## 📖 13.4.1　聚光灯的体积效果

❶ 单击【3DS】菜单中的【Reset】命令，重新设置系统。

❷进入【Create】（创建）命令面板，按下【Geometry】（几何体）按钮，展开【Object Type】（对象类型）卷展栏，在场景中创建一个球体和一个正方体平板，最后再创建一盏目标聚光灯，如图 13-29 所示。

❸选中目标聚光灯，进入修改命令面板，在一般参数栏下勾选【Shadows On】复选框。快速渲染透视图，效果如图 13-30 所示。

图 13-29　场景中的对象及灯光位置　　　　图 13-30　选然后的效果

❹单击菜单栏上的【Rendering】菜单，在子菜单里选择【Environment】选项打开环境特效面板。

❺在【Atmosphere】（大气）卷展栏单击【Add】（增加）按钮，在弹出的对话框中选择【Volume Light】（体积光）选项，添加体积光特效。

❻Effects（效果）列表中列出所有在当前场景中设置的效果项。在列表中选定【Volume Light】（体积光）选项，在 Atmosphere 区域下边显示出设置体积光的各种参数命令卷展栏。

❼在【Volume Light Parameters】（体积光参数）卷展栏下，单击【Pick Light】（选择灯光）按钮，随后在任意视图中选择目标聚光灯。这时可以看到，目标聚光灯的名字出现在灯光参数卷展栏中。

❽快速渲染透视图，观察体积光效果，如图 13-31 所示。

图 13-31　体积光效果　　　　　　　图 13-32　绿颜色的体积光

❾上图中的体积光是白色的，还可以设置任意颜色的体积光，这里将体积光颜色改为淡绿色。单击展开【Volume Light Parameters】（体积光参数）卷展栏，在【Fog Color】（雾的颜色）下面的白色颜色块上单击，打开颜色对话框，选择淡绿色后关闭对话框，再次渲染透视图，发现体积光的颜色已经变为淡绿色，如图 13-32 所示。

❿如果觉得体积光的强度不够，还可以通过参数来调整。这里修改【Volume】栏中的 Density（密度）值为 10。渲染透视图，观察修改结果，如图 13-33 所示。

⓫设【Noise】栏的【Amount】值为 0.8，Type 选项为【Turbulence】（干扰），【Size】

的值为 20。快速渲染透视图，可以看到光柱中好像飘着烟状物，如图 13-34 所示。

⑫取消【Noise】栏中的【On】选项，取消对体积光的【Noise】作用。

图 13-33　增加强度后的体积光效果　　　　　图 13-34　加入噪声后的体积光效果

⑬选择目标聚光灯，单击其修改命令面板中的【Advanced Effects】（高级效果）
卷展栏【Projector Map】（投影图）的 None 大图标。

⑭打开材质／贴图浏览器，随后任意选择一幅彩色图片。快速渲染透视图，体积光
柱染上了彩色，如图 13-35 所示。

图 13-35　加入投影图的体积光效果　　　　　图 13-36　场景中的对象与灯光

## 📖13.4.2　泛光灯的体积效果

泛光灯体积光最有特色的光效就是能够产生美丽的光晕效果。下面就以一个灯泡模
型为参照，介绍泛光灯体积光的设置和光晕效果的生成。

❶单击【3DS】菜单中的【Reset】命令，重新设置系统。

❷进入【Create】（创建）命令面板，在场景中创建一个茶壶，然后再创建 3 盏光
灯。其中一盏在茶壶的里面，另两盏用作照明，如图 13-36 所示。

❸单击菜单栏上的【Rendering】菜单，在子菜单里选择【Environment】选项打开
环境特效面板。

❹在【Atmosphere】（大气）卷展栏单击【Add】（增加）按钮，在弹出的对话框中
选择【Volume Light】（体积光）选项，添加体积光特效。

❺Effects（效果）列表中列出所有在当前场景中设置的效果项。在列表中选定【Volume Light】（体积光）选项，在 Atmosphere 区域下边显示出设置体积光的各种参数命令卷展栏。

❻在【Volume Light Parameters】（体积光参数）卷展栏下，单击【Pick Light】（选择灯光）按钮，随后在任意视图中选择处于茶壶中心的泛光灯。这时可以看到，泛光灯的名字出现在灯光参数卷展栏中。

❼快速渲染透视图，观察体积光效果，发现体积光效果不太明显。在【Environment】对话框中修改【Volume Light Parameters】（体积光参数）卷展栏中的参数来优化光效。这里将【Attenuation】（衰减）下的【End%】值设为 30（读者可根据具体渲染效果决定），再次渲染透视图，发现茶壶已全部笼罩在泛光灯的体积光中了，如图 13-37 所示。

❽上图中的体积光是淡黄色的，这是泛光灯的黄色和雾的白色叠加而成的。也可以根据具体需要来设置其他颜色。单击展开【Volume Light Parameters】（体积光参数）卷展栏，在【Fog Color】（雾的颜色）下面的白色颜色块上单击，打开颜色对话框，选择绿色后关闭对话框，再次渲染透视图，发现体积光的颜色已经变为绿色了，如图 13-38所示。

❾如果觉得体积光的强度不够，还可以通过参数来调整。这里修改【Volume】栏中的 Density（密度）值为 8，渲染透视图，观察修改结果，如图 13-39 所示。

❿设【Noise】栏的【Amount】值为 0.7，Type 选项为【Turbulence】（干扰），【size】的值为 20。快速渲染透视图，可以看到茶壶笼罩在绿色的烟雾中，如图 13-40 所示。

图 13-37　泛光灯的体积光效果

图 13-38　绿颜色的泛光灯体积光

图 13-39　增加强度后的体积光效果

图 13-40　加入噪声后的体积光效果

⓫取消【Noise】栏中的【On】选项，取消对体积光的【Noise】作用。

⓬选择泛光灯，单击其修改命令面板中的【Advanced Effects】（高级效果）卷展栏【Projector Map】（投影图）的 None 大图标。

⓭打开材质／贴图浏览器，随后选择一幅彩色图片。快速渲染透视图，观察体积光的变化，如图 13-41 所示。

图 13-41　加入投影图的体积光效果　　　　图 13-42　头视图中的对象与灯光

## 13.4.3　平行光灯的体积效果

在介绍灯光的章节中，曾经提到平行光的体积光效常用作模拟激光束效果，下面就来介绍其用法。

❶单击【3DS】菜单中的【Reset】命令，重新设置系统。

❷进入【Create】（创建）命令面板，在 Top 视图中拖拉出一个圆柱作为激光发射器的发射口。在发射口的中心设定一盏目标平行灯，在发射口的周围设置几盏泛光灯作场景照明，建好的模型如图 13-42 所示。

❸单击菜单栏上的【Rendering】菜单，在子菜单里选择【Environment】选项打开环境特效面板。

❹在【Atmosphere】（大气）卷展栏单击【Add】（增加）按钮，在弹出的对话框中选择【Volume Light】（体积光）选项，添加体积光特效。

❺Effects（效果）列表中列出所有在当前场景中设置的效果项。在列表中选定【Volume Light】（体积光）选项，在 Atmosphere 区域下边显示出设置体积光的各种参数命令卷展栏。

❻在【Volume Light Parameters】（体积光参数）卷展栏下，单击【Pick Light】（选择灯光）按钮，随后在任意视图中选择目标平行光灯。这时可以看到，目标平行光灯的名字出现在灯光参数卷展栏中。

❼快速渲染透视图，观察目标平行光灯的体积光效果，如图 13-43 所示。发现一束黄色的光束直冲上面。

❽图中的体积光是淡黄色的，这是目标平行光灯的黄色和雾的白色叠加而成的。也可以根据具体需要来设置其他颜色。单击展开【Volume Light Parameters】（体积光参

数）卷展栏，在【Fog Color】（雾的颜色）下面的白色颜色块上单击，打开颜色对话框，选择蓝色后关闭对话框，再次渲染透视图，发现体积光的颜色已经变为蓝色了，如图 13-44 所示。

❾如果觉得体积光的强度不够，还可以通过参数来调整。这里修改【Volume】栏中的 Density（密度）值为 10。渲染透视图，观察修改结果，如图 13-45 所示。

图 13-43　目标平行光灯的体积光

图 13-44　改变颜色的体积光灯效果

❿设【Noise】栏的【Amount】值为 0.8，Type 选项为【Turbulence】（干扰），【size】的值为 80。快速渲染透视图，我们可以看到光束变为蓝色的烟雾。如图 13-46 所示。

⓫取消【Noise】栏中的【On】选项，取消对体积光的【Noise】作用。

⓬选择目标平行光灯，单击其修改命令面板中的【Advanced Effects】（高级效果）卷展栏【Projector Map】（投影图）的 None 大图标。

⓭打开材质 / 贴图浏览器，随后选择一幅彩色图片。快速渲染透视图，体积光柱染上了彩色，如图 13-47 所示。

图 13-45　增加强度后的体积光效果

图 13-46　加入噪声后的体积光效果

图 13-47　加入投影图的体积光效果

# 13.5　火焰效果

Fire Effect（火焰效果）早先是非常出色的外挂模块，极适合创建火、烟和爆炸之类的动画场景。火焰效果参数面板如图 13-48 所示。

**01** 参数简介

Colors参数栏：

- ✧ Inner Color（内焰颜色）：通常设为浅黄色。
- ✧ Outer Color（外焰颜色）：通常设为亮红色。
- ✧ Smoke Color（烟色）：通常设为灰黑色。

Shape参数栏：

- ✧ Flame Type（火焰形状）：分为 Tendril（卷曲）和 Fire ball（火球）两种。

图 13-48　火焰效果面板

- ✧ Stretch（伸展）：火焰的伸展值。
- ✧ Regularity（规则度）：该值越大，火焰越大，火焰的形状越接近线框，该值越小，火焰越小。

Characteristics参数栏：

- ✧ Flame Size：火焰的大小。
- ✧ Flame Detail：火焰精细度。
- ✧ Density：火焰的亮度，值越大，亮度越大。
- ✧ Samples（样本）：火焰的样本数。

Motion（动画）参数栏

用于做燃烧跳动的火焰动画效果。包括 Phase 和 Drift（偏移）两个参数。如果设置了动画，这两项参数的增减框会被加上红框。

**02** 实例应用

❶ 单击【3DS】菜单中的【Reset】命令，重新设置系统。

❷ 进入【Create】（创建）命令面板，单击【Helpers】（辅助物），在下拉列表中选择【Atmospheric Apparatus】（大气部件），在透视图中创建一个【SphereGizmo】帮助物体。如图 13-49 所示。

❸ 单击菜单栏上的【Rendering】菜单，在子菜单里选择【Environment】选项打开环境特效面板。

❹ 在【Atmosphere】（大气）卷展栏单击【Add】（增加）按钮，在弹出的对话框中选择【Fire Effect】（火焰效果）选项，添加火焰特效。

图 13-49　辅助物体 　　　　　　　　　　图 13-50　火焰效果

❺ Effects（效果）列表中列出所有在当前场景中设置的效果项。在列表中选定【Fire Effect】（火焰效果）选项，在 Atmosphere 区域下边显示出设置火焰的各种参数命令卷展栏。

❻ 在【Fire Effect Parameters】（火焰效果参数）卷展栏下，单击【Pick Gizmo】（选择辅助物）按钮，随后在任意视图中选择创建好的辅助物体。这时可以看到，辅助物体的名字出现在火焰参数卷展栏中。

❼ 快速渲染透视图，观察火焰效果，如图 13-50 所示。

❽ 将【Flame Type】（火焰类型）改为【Tendril】（卷曲）型，并将【Flame Size】（火焰大小）设为 10，渲染透视图，观察效果的变化，如图 13-51 所示。

❾ 将 Density（亮度）改为 60，再次渲染透视图，发现火焰的颜色多了很多，如图 13-52 所示。

图 13-51　修改火焰类型和大小后的效果　　　　图 13-52　增加亮度后的效果

# 13.6 实战训练

❶单击【3DS】菜单中的【Reset】命令，重新设置系统。

❷进入【Create】（创建）命令面板，在视图中创建两个圆柱，一个作为蜡烛的主体，另一个作为灯芯。如图 13-53 所示。

❸进入【Create】（创建）命令面板，单击【Helpers】（辅助物），在下拉列表中选择【Atmospheric Apparatus】（大气部件），单击【SphereGizmo】（球形框）帮助物体，勾选【Hemisphere】（半球）选项。在顶视图中创建一个半球体虚拟框，并调整其位置，前视图中结果如图 13-54 所示。

❹单击【Select and Uniform Scale】（等比缩放）命令按钮，在弹出的下拉列表框中选择【Select and Non-Uniform Scale】（非等比缩放）命令按钮，在 Front 视图中沿 Y 轴对球体虚拟框进行缩放，结果如图 13-55 所示。

图 13-53　创建蜡烛主体与灯芯

图 13-54　加入辅助半球体

图 13-55　缩放后的辅助半球体

图 13-56　渲染后的火焰效果

❺单击主菜单中的【Rendering】（渲染）命令,在下拉菜单中选择【Environment】（环境），在对话框中单击【ADD】（添加）按钮，在弹出的对话框中选择【Fire Effect】（燃烧效果）选项，单击 OK 结束。

❻在燃烧效果卷展栏中将参数设置如下：Stretch 设为 200，Density 设为 200，其余采用默认值。单击 Pick Gizmo 按钮，在视图中选取球体虚拟框，此时球体虚拟框在渲染后便具有燃烧的效果。如图 13-56 所示。

❼给蜡烛主体和灯芯添加贴图，并添加装饰物。贴图不是本章的重点，所以这里不

再详细讲解，仅给出效果图，如图 13-57 所示。

图 13-57    贴图后燃烧着的蜡烛效果

# 13.7    课后习题

## 1. 填空题

（1）环境设置中 3 种雾的效果，分别为_____、_____和_____。

（2）环境设置中有_____种添加效果：_____，_____。

（3）燃烧效果中火焰分为_____和_____两种。

（4）泛光灯的容积光效果是_____。

## 2. 问答题

（1）如何进入环境控制对话框？

（2）怎样进行环境贴图？

（3）如何使层雾的边缘与场景有机的融合在一起。

（4）体积光有哪几种类型？各有何特点？

## 3. 操作题

（1）创建一个简单的场景，为场景背景贴图。

（2）在透视图创建简单场景，并创建标准雾，调试标准雾参数，观察环境效果。

（3）在透视图创建简单场景，并创建分层雾，调试分层雾参数，观察环境效果。

（4）在透视图创建简单场景，并创建体积雾，调试体积雾参数，观察环境效果。

（5）在透视图创建简单场景，并创建各种灯光的体积光，观察环境效果。

（6）制作特效，模拟太阳。

# 第 14 章　动画制作初步

## 教学目标

　　强大的动画制作功能是 3ds Max Design 2010 在各种三维动画制作软件中脱颖而出的原因之一。用户尽可以展开想象力，构思各种奇妙的动画，一般来讲，在 3ds Max Design 2010 中都能实现。但是要实现复杂的动画，必须付出艰辛的劳动与努力。本书作为入门教程，就是要为读者制作复杂动画打好基础。通过本章的学习，读者可以具备进行动画初步设计的能力。

## 教学重点与难点

　　➢ 动画制作的基本方法
　　➢ 利用轨迹视窗编辑轨迹线
　　➢ 动画控制器的应用

## 14.1　动画的简单制作

### 14.1.1　各按钮的功能说明

　　在制作关键帧动画时，经常用到动画控制面板，如图 14-1 所示。面板的内容已经在前面章节中作了介绍，这里就不再赘述。请读者对照前面的章节，熟悉这些按钮的作用。这些都是制作动画的基础。

图 14-1　动画控制面板

### 14.1.2　时间配置对话框

　　默认情况下，3ds Max Design 2010 显示的时间只有 100 帧，如果要制作更长时间的动画，就需要用到时间配置框，下面就简单介绍时间配置框的使用。

　　用鼠标单击时间配置框，此时弹出 Time Configuration（时间配置）对话框。如图 14-2 所示。

　　其中最常用到的就是动画时间的设定：Start Time 表示开始时间或位置，End 表示结束时间或位置，Length 表示动画的时间或者帧的长度。单击 Re-scale Time 按钮，在弹出的对话框中可以对 Animation 中的 3 个值进行更新设置。

关键帧步幅设制：在关键帧步幅设制选项组中，用来设置包括各种形式的变换关键帧，并贯穿整个动画始终。

图 14-2　时间配置对话框

### 📖14.1.3　制作简单的动画效果

❶单击【3DS】（文件）菜单中的【Reset】（重置）命令，重新设置系统。

❷进入【Create】（创建）命令面板，在顶视图中创建一个圆柱体，并将高的段数设为 10。透视图中如图 14-3 所示。

图 14-3　创建动画对象　　　　　　　　图 14-4　第 50 帧圆柱状态

❸单击【Time Configuration】（时间配置）按钮将 End Time 设为 200。单击【Auto Key】按钮 Auto Key，开始记录关键帧。

❹单击选中圆柱，拖动时间条到第 20 帧，进入【Modify】（修改）命令面板，在【Modifers List】（修改器列表）中按 B 键快速选择【Bend】（弯曲）修改器。此时长方体参数面板跳转至弯曲参数面板。

❺在前视图中选定 Z 轴，将圆柱绕着 Z 轴弯曲 180°，从透视图中观察效果。如图 14-4 所示。

❻拖动时间条到第 40 帧，进入【Modify】（修改）命令面板，将弯曲参数卷展栏下的弯曲方向设为 360。

❼拖动时间条到第 100 帧，进入【Modify】（修改）命令面板，将弯曲参数卷展栏下的弯曲角度设为 0°，弯曲方向设为 0。使圆柱复原。

❽拖动时间条到第 120 帧，进入【Modify】（修改）命令面板，在【Modifers List】（修改器列表）中按 T 键快速选择【Taper】（锥化）修改器。此时长方体参数面板跳转至锥化参数面板。

❾将锥化参数卷展栏下的【Amount】（数量）值设为 2，Curve（曲率）值设为 5，效果如图 14-5 所示。

图 14-5　第 120 帧时的形状

图 14-6　第 160 帧时的形状

❿拖动时间条到第 160 帧，进入【Modify】（修改）命令面板，将锥化数量设为-2，锥化曲率设为 8。此时效果如图 14-6 所示。

⓫拖动时间条到第 200 帧，在主工具栏上选取不均匀缩放工具，将变形体压缩成如图 14-7 所示形状。

⓬单击关闭【Auto Key】按钮，完成动画制作。

⓭单击 Play Animation 按钮▶，然后单击 Perspective 视图，将看到圆柱体在调了一段旋转物之后发生变形效果。图 14-8 所示为两次锥化过渡之间的一帧。

图 14-7　第 200 帧时的形状

图 14-8　两次锥化过渡之间的一帧

# 14.2 使用功能曲线编辑动画轨迹

从上面的例子大致了解了制作动画的基础知识，学会了在特定关键帧改变物体的状态，但是我们对关键帧之外的物体运动轨迹无从知晓。现在，就来学习轨迹视窗的应用。从这里，我们可以清楚地看到物体运动的轨迹曲线。

❶ 单击【3DS】菜单中的【Reset】命令，重新设置系统。

❷进入【Create】（创建）命令面板，按下【Geometry】（几何体）按钮，展开【Object Type】（对象类型）卷展栏，在透视图中创建一个球体。

❸激活前视图，单击【Auto Keys】按钮进行动画录制。

❹将时间滑块拉到30帧，将球体拖到任意一个目所能及的位置。

❺将时间滑块拉到70帧，将球体拖到另一个位置。

❻将时间滑块拉到100帧，将球体再拖到另一个位置。上面的位置可自己调整。

❼再次单击【Auto Keys】按钮关闭动画录制。激活透视图，观察球体运动的动画。

❽选中球体，单击【Display】（显示）命令面板，打开【Display Properties】（显示属性）卷展栏，选中【Trajectory】（轨迹）复选框，此时，各视图中出现小球运动的轨迹线，如图14-9所示。

图 14-9　小球的运动轨迹线

❾选中小球，单击主菜单栏上的【Graph Editors】（图形编辑器），在子菜单下选择【Track View-Curve Editor】（轨迹视窗-曲线编辑器），打开轨迹视窗窗口，如图14-10所示。

❿可以看到，轨迹视窗主要分为5个部分，分别是菜单栏、工具栏、项目窗口、编辑窗口、状态及视图控制窗口。其中编辑窗口显示出了小球运动3个方向的曲线。这些命令都比较简单，这里不详细介绍。

⓫单击左侧项目窗口中的任一球体位置坐标，如图14-11所示。相应方向上的运动曲线及关键帧（曲线上的小方块）就会显示出来，我们这里选择Z方向，则视图中显示Z方向的运动曲线，如图14-12所示。

⓬单击任意一个关键帧，关键帧变成白色，表示其已经被选中。单击工具栏上的【Move Keys】（移动关键帧）按钮，就可以采用单击拖动的方式移动关键帧了。移

动时的图形如图 14-13 所示。

图 14-10 轨迹视窗

图 14-11 选择 Z 方向

图 14-12 Z 方向上的运动曲线

图 14-13 移动关键帧

⑬如果要增加关键帧,只需选择【Add Key】(添加关键帧)按钮 ,在曲线上的适当位置单击即可,如图 14-14 所示。增加了关键帧,利用移动工具就可创建需要的运动轨迹曲线了

⑭如果要删除关键帧,只需选中关键帧,然后按 Delete 键就可以了。

⑮轨迹视窗还可设置复杂的动画,这里就不再详述。读者应多调试,并结合动画播放工具,适时观察调整的结果。

图 14-14 增加关键帧

# 14.3 使用控制器制作动画

## 14.3.1 线性位置控制器

❶ 单击【3DS】菜单中的【Reset】命令，重新设置系统。

❷ 进入【Create】（创建）命令面板，按下【Geometry】（几何体）按钮，展开【Object Type】（对象类型）卷展栏，在顶视图中创建一个球体。

❸ 激活前视图，单击【Auto Keys】按钮进行动画录制。将时间滑块拉到第 30 帧，拖动物体在 X 轴向右移动 40 个单位，在 Y 轴向上移动 40 个单位。

❹ 将时间滑块拉到 70 帧，将物体沿 X 轴向右移动 50 个单位，再向下移动 40 个单位。

❺ 将时间滑块拉到 100 帧，将物体沿 X 轴向右移动 40 个单位，再向上移动 40 个单位。

❻ 在工具栏中打开【Motion】（运动）命令面板，选择【Trajectories】（轨迹）按钮。这时在视图中出现物体的移动路径。如图 14-15 所示。播放动画可以看到物体沿路径前进。

❼ 进入【Track View-Curve Editor】（轨迹视窗-曲线编辑器）对话框，可以在左侧的列表中选择【Position】（位置），可以在右侧视图区看到物体的运动曲线，运动曲线为光滑模式，如图 14-16 所示。

❽ 在菜单【Controller】（控制器）中选择【Assign】（赋予）。在弹出的对话框中选择【Linear Position】（线性位置控制器）。这时【Track View-Curve Editor】（轨迹视窗-曲线编辑器）的视图区中，运动曲线变成直线形式，如图 14-17 所示。

❾ 还可以通过依次选中各关键点，再单击工具栏中的 ，也可以达到同样的效果。或者依次选中各关键点，在关键点上单击右键，弹出的对话框中也可以更改运动曲线的类型。

❿ 在透视图中观察动画效果，并显示轨迹线。发现小球的运动路径已经不再光滑，呈线性运动，如图 14-18 所示。

图 14-15　运动路径显示　　　　　　　　图 14-16　原始轨迹视图

图 14-17　加入线性位置控制器后　　　　图 14-18　加入线性控制器后透视图中的轨迹

## 📖14.3.2　路径限制控制器

这个控制器在前面曾经用到过，它是一个应用很广泛、很简单的控制器。

❶单击【3DS】（文件）菜单中的【Reset】（重置）命令，重新设置系统。

❷进入【Create】（创建）命令面板，在视图中创建如图 14-19 所示的场景。

❸选中茶壶，单击主菜单栏上的【Graph Editors】（图形编辑器），弹出【Track View-Curve Editor】（轨迹视窗-曲线编辑器），在左侧层次列表中选择【Position】（位置）选项。在【Controller】（控制器）菜单中选择【Assign】（赋予），弹出的对话框中选择【Path Constraint】（路径限制）控制器。层次列表改变如图 14-20 所示。

图 14-19　运动对象及路径　　　　　图 14-20　添加路径限制控制器后层次的列表

281

❹进入【Motion】（运动）命令面板，按下【Parameters】（参数）按钮，在【Path Parameters】（路径参数）卷展栏下单击【Add Path】（添加路径），在视图中单击椭圆形曲线。观察透视图中茶壶的位置，已经被限制在椭圆形曲线上了，如图 14-21 所示。

图 14-21　处于椭圆路径上的茶壶　　　　图 14-22　勾选追随选项时的效果

❺单击动画播放按钮，观看动画可以看到茶壶沿椭圆形曲线运动的情况。

❻在参数区中勾选【Follow】（追随）选项，再次播放动画，发现茶壶沿着路径运动的同时，自身方向也发生变化，如图 14-22 所示。

❼在参数区中勾选【Bank】（倾斜）选项，然后设置【Bank Amount】（倾斜数量）值为-1.5，播放动画，可以看到盒子受到向心力的影响，发生了倾斜变化，如图 14-23 所示。

图 14-23　勾选倾斜选项时的变化

## 📖14.3.3　朝向控制器

❶ 单击【3DS】（文件）菜单中的【Reset】（重置）命令，重新设置系统。

❷进入【Create】（创建）命令面板，在视图中创建如图 14-24 所示的场景。其中的鸟头可以用一个锥体和两个小球通过【Group】（成组）命令创建而成。

❸选中小球，单击主菜单栏上的【Graph Editors】（图形编辑器），在子菜单下选择【Track View-Curve Editor】（轨迹视窗-曲线编辑器），在左侧层次列表中选择【Position】（位置）选项。在【Controller】（控制器）菜单中选择【Assign】（赋

予），弹出的对话框中选择【Path Constraint】（路径限制）控制器。

❹进入【Motion】（运动）命令面板，按下【Parameters】（参数）按钮，在【Path Parameters】（路径参数）卷展栏下单击【Add Path】（添加路径），在视图中单击圆形曲线。观察透视图中小球的位置，已经被限制在圆形曲线上了，如图 14-25 所示。

图 14-24　创建动画场景　　　　图 14-25　为小球添加路径控制器后的情况

❺选择鸟头，打开【Track View-Curve Editor】（轨迹视窗-曲线编辑器），在左侧层次列表中选择【Rotation】（旋转）选项。在【Controller】（控制器）主菜单中选择【Assign】（赋予）选项，弹出的对话框中选择【Look At Constraint】（朝向限制）控制器。

❻进入【Motion】（运动）命令面板，向下拉动参数区，在【Look At Constraint】（朝向限制）卷展栏中单击【Add LookAt Target】（添加朝向目标），然后单击视图中的球体，结果发现在球体和鸟头之间多了一条线连接。如图 14-26 所示。

❼一般来讲，希望鸟嘴指向小球，这样上面的图就不能满足要求，在【Select LookAt Axis】（选择朝向轴向）下面勾选【Flip】（反向）选项。这时观察透视图，就得到了想要的结果，如图 14-27 所示。

图 14-26　为鸟头添加朝向控制器　　　　图 14-27　翻转朝向的方向

❽播放动画，观察鸟头看着小球运动的动画，如图 14-28 所示。

图 14-28　运动中的一帧　　　　图 14-29　透视图中的圆环节

### 14.3.4 噪声位置控制器

❶ 单击【3DS】（文件）菜单中的【Reset】（重置）命令，重新设置系统。

❷ 进入【Create】（创建）命令面板，在视图中创建一个圆环节，透视图中如图 14-29 所示。

❸ 选中圆环节，单击主菜单栏上的【Graph Editors】（图形编辑器），在子菜单下选择【Track View-Curve Editor】（轨迹视窗-曲线编辑器），在左侧层次列表中选择【Position】（位置）选项。在【Controller】（控制器）菜单中选择【Assign】（赋予），弹出的对话框中选择【Noise Position】（噪声位置）控制器。

❹ 在轨迹视图中观察圆环节的扰动曲线，如图 14-30 所示。在透视图观看噪声扰动动画，发现圆环节上下左右作不规则的跳动。

❺ 如果对扰动不满意，可以在弹出的扰动控制对话框中改变相关参数。扰动控制对话框如图 14-31 所示。

图 14-30 赋予噪声控制器后圆环节的位置轨迹

图 14-31 噪声控制器面板

❻ 在 Noise 参数对话框中将 Frequency（频率）更改为 0.2，可以看到运动曲线变得比较柔和了。如图 14-32 所示。在透视图中观察动画，发现圆环节扰动也缓和了许多。

❼ 在 Noise 参数对话框中取消 Fractal（不规则）选项复选框，可以看到运动曲线变得规则了，如图 14-33 所示。在透视图中观察动画，发现圆环节扰动也比较有规律了。

图 14-32 调整频率后的曲线

图 14-33 取消不规则复选框后的曲线

❽还可设置对象在 X、Y、Z 轴的扰动强度。在 Noise 参数对话框中，如果>0 复选框关闭，值域是从 Strength/2 到-Strength/2；如果>0 复选框被选中，值域是从 0 到 Strength。

❾若 Roughness 值为 0，值域约按 10%的幅度增加；若 Roughness 值为 1，值域约按 100%的幅度增加。Ramp in 和 Ramp out 表示阻尼值域起始和终止处的噪声量。

❿可自行调试其他参数，理解噪声控制器的用法。需要说明的是，噪声控制器经常和其他控制器结合使用，从而模拟出现实中的真实效果。比如它和路径控制器结合使用，模拟汽车在路上上下颠簸的效果。

## 📖14.3.5　位置列表控制器

❶ 单击【3DS】（文件）菜单中的【Reset】（重置）命令，重新设置系统。

❷进入【Create】（创建）命令面板，在视图中创建一个多面体和一条曲线。

❸选中多边形体，单击主菜单栏上的【Graph Editors】（图形编辑器），在子菜单下选择【Track View-Curve Editor】（轨迹视窗-曲线编辑器），在左侧层次列表中选择【Position】（位置）选项。在【Controller】（控制器）菜单中选择【Assign】（赋予），弹出的对话框中选择【Path Constraint】（路径限制）控制器。

❹进入【Motion】（运动）命令面板，按下【Parameters】（参数）按钮，在【Path Parameters】（路径参数）卷展栏下单击【Add Path】（添加路径），在视图中单击曲线。为多面体添加曲线路径，添加路径控制后的透视图如图 14-34 所示。

❺在左侧层次列表中选择 Position 项。此时可以看见运动曲线，如图 14-35 所示。在右键菜单中选择【Assign Controller】命令，弹出的对话框中选择 Position List 控制器。

❻当添加 Position List 控制器时，3ds Max Design 2010 在 Position 轨迹上增加两个子控制器，将初始的 Position 控制器移到第一个轨迹上，并在它的下面放置一个 Available 轨迹。Available 轨迹是一个指示器，表明在 Linear Position 轨迹层次级别上可以增加更多的轨迹，如图 14-36 所示。

图 14-34　添加路径控制器后的透视图　　图 14-35　添加路径限制控制器后的位置曲线

❼单击【Available】，单击右键，在快捷菜单中选择【Assign Controller】。从弹

出的对话框中选择 Noise Positon。这时弹出【List Controller】对话框，如图 14-37 所示。在对话框中可以更改 Weight 值，从而更改 Noise Position 在运动中的振幅。

图 14-36　添加位置列表控制器后的层级列表　　　图 14-37　列表控制框

❽在左侧层次列表中选择 Noise Positon 项。在右键菜单中选择【Properties】选项，在弹出的对话框中调整【Noise Positon】曲线，如图 14-38 所示。

❾在左侧层次列表中单击 Positon 项，观察合成运动曲线如图 14-39 所示。在透视图中观看动画，观察效果。

图 14-38　噪声控制曲线　　　　　　　　图 14-39　合成后的运动曲线

## 📖14.3.6　表达式控制器

前面介绍的几个控制器都是设定参数或时间，由计算机自动套用公式来进行插值计算，也可以自己定义表达式，从而使动画制作达到相当精确的程度。

❶单击【3DS】（文件）菜单中的【Reset】（重置）命令，重新设置系统。

❷进入【Create】（创建）命令面板，在视图中创建一个长方体、一个球体和一个多面体，并用关键帧动画的方法给长方体和球体制作简单动画。动画轨迹如图 14-40 所示。

❸选中长方体，单击主菜单栏上的【Graph Editors】（图形编辑器），在子菜单下选择【Track View-Curve Editor】（轨迹视窗-曲线编辑器），在左侧层次列表中选择

【Position】（位置）选项。在【Controller】（控制器）菜单中选择【Assign】（赋予），弹出的对话框中选择【PositionXYZ】（空间位置）控制器。

图 14-40　长方体与球体运动轨迹线

❹用同样方法，给球体赋予空间位置控制器。

❺选中多面体，单击主菜单栏上的【Graph Editors】（图形编辑器），在子菜单下选择【Track View-Curve Editor】（轨迹视窗-曲线编辑器），在左侧层次列表中选择【Position】（位置）选项。在【Controller】（控制器）菜单中选择【Assign】（赋予），弹出的对话框中选择【Position Expression】（位置表达式）控制器。此时弹出表达式控制器对话框，如图 14-41 所示。

图 14-41　表达式控制器对话框

❻在 Name（名字）区输入 boxX，代表长方体对象的 X 轴坐标值，单击 Creat（创建）按钮。

❼单击面板底下的 Assign to Controller 按钮，弹出 Track View Pick 对话框，如图 14-42 所示。在其中找到长方体的 X Position，选中后单击 OK 按钮。这样就完成了一个变量的创建。

❽用同样方法，完成长方体和球体其他变量的创建。最后的结果如图 14-43 所示。

❾在 Description 区域输入对表达式的简要说明，以便理解。然后单击 Evaluate 按钮，计算表达式的值。

❿单击 Save（保存）按钮，将对话框中的内容保存。显示 3 个对象的运动轨迹线，

观察表达式控制器的作用效果。如图 14-44 所示。

图 14-42　Track View Pick 对话框

图 14-43　创建好的表达式对话框

图 14-44　表达式控制器效果

图 14-45　篮球及框架

# 14.4　实战训练

通过上面的学习，我们掌握了很多动画制作的技巧，现在，就来看看如何利用学到的知识制作精彩的动画。下面的例子是一个篮球入栏的动画。

❶ 单击【3DS】（文件）菜单中的【Reset】（重置）命令，重新设置系统。

❷ 进入【Create】（创建）命令面板，在视图中创建如图 14-45 所示的场景。

图 14-46　绘制入栏曲线　　　　图 14-47　给篮球添加路径控制器

❸ 在左视图创建一条轨迹曲线，作为球入网时的路径，如图 14-46 所示。

❹ 选中球体，单击主菜单栏上的【Graph Editors】（图形编辑器），在子菜单下选择【Track View-Curve Editor】（轨迹视窗-曲线编辑器），在左侧层次列表中选择【Position】（位置）选项，在【Controller】（控制器）菜单中选择【Assign】（赋予），弹出的对话框中选择【Path Constraint】（路径限制）控制器。

❺ 进入【Motion】（运动）命令面板，按下【Parameters】（参数）按钮，在【Path Parameters】（路径参数）卷展栏下单击【Add Path】（添加路径），在视图中单击椭圆形曲线。观察透视图中篮球的位置，已经被限制在轨迹曲线上了，如图 14-47 所示。

❻ 在参数区中勾选【Follow】（追随）选项，播放动画，观察篮球入网的精彩瞬间。

# 14.5　课后习题

1．填空题

（1）生成动画预览的命令是_____。

（2）Track View-Curve Editer 的层级区有_____、_____和_____等几个主要的层级。

（3）使物体沿固定曲线移动的控制器是_____。

（4）使物体一直面向目标物体的控制器是_____。

2．问答题

（1）什么是关键帧？什么是关键帧动画？

（2）如何打开轨迹视窗？轨迹视窗有什么作用？

（3）动画控制器大概分为哪几类？

（4）噪声控制器的应用步骤有哪些？

3．操作题

（1）利用关键帧动画制作一段简单动画。

（2）利用路径限制控制器制作足球射门的动画。

（3）创建简单对象，练习使用噪声位置控制器制作动画的方法。

（4）创建简单对象，练习使用线性位置控制器制作动画的方法。

（5）创建简单对象，练习使用朝向控制器制作动画的方法。

# 第 15 章　渲染与输出

## 教学目标

创建三维模型并为它们赋予模拟真实的材质后，最终的目的就是要渲染成效果图，或者是输出一个动画视频文件，这样才能把我们设计的动作、材质和灯光效果完美地表现出来。渲染在建模过程中会经常用到。后期制作合成是在做好动画之后，为其添加片头、片尾、各种特效等合适的要素，使作品更加完美，符合人们的视觉要求。本章就来介绍渲染工具的使用以及后期合成的使用。

## 教学重点与难点

➢ 渲染场景工具的使用
➢ 静态图像的合成
➢ 动态视频的合成

# 15.1　渲染工具的使用

3ds Max 提供了一系列选项用来渲染静态图像。工具栏中有两个图标：Render Scene（渲染场景）、Quick Rende（快速渲染）。快速渲染下还有两个按钮（渲染草图）和（着色渲染）。

## 15.1.1　使用快速渲染工具

❶ 单击【3DS】菜单中的【Reset】命令，重新设置系统。

❷ 打开【3DS】菜单，选择【Open】，选择一个以前做好的场景文件。这里选择一个电脑（光盘中的源文件/15 章/电脑.max）文件，如图 15-1 所示。读者可任意选择。

❸ 单击工具栏上的 Quick Rende（快速渲染）按钮，结果如图 15-2 所示。

❹ 常用到的按钮有保存、复制、颜色控制及删除按钮。

❺ 单击【Save Bitmap】（保存位图）按钮，此时弹出保存对话框，如图 15-3 所示。输入文件名，选择保存类型和文件路径将文件保存。

❻ 单击【Clone Renderd Frame Window】（复制渲染窗体）按钮，此时，渲染窗体就被复制出一份。结果如图 15-4 所示。

❼ 颜色控制按钮控制图像的显示方式。默认情况下，3 个颜色的按钮均处于按下状态，单击【Enable Red Channel】（启用红色通道），使其处于弹起状态，则红色通道关闭，观察颜色的变化，如图 15-5 所示。

❽关闭【Enable Blue Channel】（启用蓝色通道），仅使前面两个通道起作用，观察图像颜色的变化，如图15-6所示。

图15-1　调入场景文件

图15-2　快速渲染后的图片

图15-3　保存对话框

图15-4　复制渲染窗体

图15-5　关闭红色通道

图15-6　关闭蓝色通道

其他命令都比较简单，这里不再详细介绍。

## 📖15.1.2　使用渲染场景工具

❶ 单击【3DS】菜单中的【Reset】命令，重新设置系统。

❷打开【3DS】菜单，选择【Open】，选择一个以前做好的场景文件。这里选择一个亭子（光盘中的源文件/15 章/亭子.max）的文件，读者可任意选择。

❸单击工具栏上的【Render Scene】（渲染场景）按钮，此时弹出渲染对话框，如图 15-7 所示。

❹在渲染对话框中，默认情况下为渲染一帧，对动画而言，可以设置渲染的帧范围。在这里也可以设置输出的尺寸、选项等高级参数。

❺设置好各项参数后，单击右下方的【Render】（渲染）按钮，即可看到渲染而成的图片。如图 15-8 所示。

图 15-7　渲染对话框

图 15-8　使用渲染场景工具渲染

## 15.2　后期合成

## 📖15.2.1　静态图像的合成

❶ 单击【3DS】菜单中的【Reset】命令，重新设置系统。

❷打开【3DS】菜单，选择【Open】，选择一个以前做好的场景文件。这里选择苹果文件（光盘中的源文件/15 章/苹果.max），为了控制方便，我们添加一架摄像机。调好的摄像机视图如图 15-9 所示。

❸选择菜单【Rendering】/【Video Post】（后期合成）打开后期合成对话框，此

时对话框左边的导航栏中只有【Queue】（序列）选项，如图 15-10 所示。

❹单击后期制作对话框工具栏上的【Add Image Input Event】（添加图片输入事件）按钮添加一个图片输入事件。在弹出的对话框中选择一幅如图 15-11 所示的图片（光盘中的源文件/贴图/ MEADOW1.jpg）作为场景的背景。

❺单击后期制作对话框工具栏上的【Add Scene Event】（添加场景事件）按钮打开添加场景事件对话框。在弹出的对话框中选择 Camera01，作为当前场景载入。

❻单击后期制作对话框工具栏上的【Add Image Input Event】（添加图片输入事件）按钮添加一个图片输入事件。在弹出的对话框中选择一幅如图 15-12 所示的图片（光盘中的源文件/贴图/ nangua.jpg）作为场景的前景。此时，后期制作对话框中左侧的层级列表如图 15-13 所示。

图 15-9　打升苹果文件　　　　　　　　图 15-10　后期制作对话框

图 15-11　背景图片　　　　　　　　图 15-12　前景图片

❼按住 Ctrl 键单击后期制作对话框工具栏左侧层级列表中的 MEADOW1.JPG 和 Camera01 层级。单击后期制作对话框工具栏中的【Add Image Layer Event】（添加图片层事件）按钮，此时弹出对话框。在 Layer Plug-In 的下拉列表中选择【Alpha Compositor】类型，单击 OK 键完成图层添加。添加后的层次列表如图 15-14 所示。

❽采用同样的方法，第二次添加图层，结果如图 15-15 所示。

❾在后期制作对话框工具栏左侧层级列表中双击 nangua.jpg 层级，打开编辑输入图片事件对话框，如图 15-16 所示。

❿单击【Option】（选项），弹出图片输入属性对话框。选中【Custom Size】（自定义大小）复选框，并适当调整图片大小。选择图片位置如图 15-17 所示。

⓫激活摄像机视图，适当调整苹果在摄像机视图中的位置。

图 15-13　背景图片

图 15-14　第一次加入透明层

图 15-15　第二次加入透明层

图 15-16　编辑输入图片事件对话框

图 15-17　图片输入属性对话框

⑫单击工具栏上的【Execute Sequence】（运行序列）按钮渲染场景。在弹出的对话框中设置输出图像的尺寸。然后单击【Render】（渲染）按钮，合成的结果如图 15-18 所示。

## 15.2.2　动态视频合成

在进行动态视频合成前，要先确定视频总体情节。本例中的情节是这样的：首先出现一个开始的字幕，随着字幕的消失，动画开始播放。动画播放结束时，出现结束字幕。

❶ 单击【3DS】（文件）菜单中的【Reset】（重置）命令，重新设置系统。

❷打开【3DS】（文件）菜单，选择【Open】（打开），选择一个以前做好的动画文件。这里选择 14.2.3 节中的动画文件（光盘中的源文件/15 章/朝向动画.max），调整后的摄像机视图如图 15-19 所示。

图 15-18　图像合成的结果

图 15-19　引入动画文件

❸选择菜单【Rendering】（渲染）/【Video Post】（后期合成）打开后期合成对话框，此时对话框左边的导航栏中只有【Queue】（序列）选项，如图 15-20 所示。

❹单击后期制作对话框工具栏上的【Add Image Input Event】（添加图片输入事件）按钮添加一个片头图片。这个图片可以在 3ds Max 中制作，也可以用其他绘图软件制作，这里是在 3ds Max 中完成的，读者可直接使用光盘中的贴图/start.bmp 文件，如图 15-21 所示。

图 15-20　打开星球文件　　　　　　　　　　　　图 15-21　开始字幕图片

❺单击后期制作对话框工具栏上的【Add Scene Event】（添加场景事件）按钮打开添加场景事件对话框。在弹出的对话框中选择 Camera01，作为当前场景载入。

❻单击后期制作对话框工具栏上的【Add Image Input Event】（添加图片输入事件）按钮添加一个片尾图片，此处用光盘中的贴图/end.bmp 文件。如图 15-22 所示。

❼单击工具栏上的【Add Image Output Event】（添加图像输出事件）工具按钮添加图像输出事件，在弹出的对话框（如图 15-23 所示）中单击【3DSs】（文件）按钮选择输出图像的保存位置、文件名和文件格式，然后单击【OK】按钮确定。

❽添加事件后的后期制作对话框如图 15-24 所示。

❾单击选中后期制作对话框左侧层级列表中的 start.bmp，使其处于黄色选中状态，此时右侧的范围条呈现红色。

图 15-22　片尾图片　　　　　　　　　图 15-23　添加图像输出事件对话框

❿单击工具栏上的【Add Image Filter Event】（添加图像过滤事件）工具添加图

像过滤事件，此时弹出添加图像过滤事件对话框。在下拉列表中选择 Fade（淡化）选项，如图 15-25 所示。

⓫单击【Setup…】（安装）按钮，随后弹出淡化图片控制对话框，如图 15-26 所示。选择【In】（入）选项，然后点击【OK】键结束淡入操作。

图 15-24　添加事件后的后期制作对话框

图 15-25　添加图像过滤事件对话框

图 15-26　淡化图片控制对话框

⓬用同样的方法，为片尾图片添加淡出效果。

⓭添加后的后期制作对话框如图 15-27 所示。

图 15-27　添加淡入淡出效果后的后期制作对话框

⓮添加好了事件，剩下的事情就是调整各事件的时间范围了。选中 start.bmp 层级的范围条，点取其右端点，用鼠标拖动到第 30 帧的位置。提示：调整时应结合下面的状态栏，这样会精确地知道拖动到哪一帧。

⓯用同样的方法，拖动 Fade 层级的范围条到第 30 帧的位置。

⓰选中 Camera101 层级的范围条。点取其左端点，用鼠标拖动到第 30 帧的位置；然后点取其右端点，用鼠标拖动到第 130 帧的位置。

⓱用同样的方法，将下面 Fade 层级范围条和 end.bmp 层级范围条的左边端点拖动

到第 130 帧，右边端点拖动到第 160 帧。

⓲将 1.avi 层级范围条的右端点拖动到第 160 帧。

⓳调整好各事件时间范围的后期制作对话框，如图 15-28 所示。

⓴单击工具栏上的【Execute Sequence】（运行序列）按钮渲染场景。在弹出的对话框中设置渲染的帧数从 0～160。然后单击【Render】（渲染）按钮，渲染中的几个片断如图 15-29 所示。

图 15-28　调整好的后期制作对话框

图 15-29　渲染中的部分帧

# 15.3　课后习题

## 1．填空题

（1）渲染方式有＿＿＿、＿＿＿、＿＿＿和＿＿＿。

（2）Video Post 的工作元素有：＿＿＿、＿＿＿、＿＿＿和＿＿＿等。

（3）3ds Max 系统默认的图像过滤器有＿＿＿、＿＿＿等几种类型。

## 2．问答题

（1）如何设置渲染图像的尺寸？

（2）如何设置渲染动画的帧数范围？

（3）如何输出渲染动画到文件？

（4）静态图像合成的一般步骤是什么？

（5）动态视频后期合成的一般步骤是什么？

## 3．操作题

（1）创建简单对象，利用不同的渲染工具进行渲染。

（2）找到 Video Post 对话编辑框，熟悉操作界面及其功能。

（3）调用自己做好的一段动画，尝试后期合成与输出，制作一段小电影。

# 本书部分答案

## 第 1 章 填空题

(1) 片头广告　影视特效　建筑装潢　游戏开发
(2) combustion
(3) character studio

## 第 2 章 填空题

(1) 三维造型　灯光
(2) 线　关键点
(3) 名字
(4) 关联复制

## 第 3 章 填空题

(1) 点层次　线段层次
(2)【Corner】　【Bezior Corner】
(3) 差集　交集
(4) 一半

## 第 4 章 填空题

(1) 10
(2) 13
(3) 3
(4) 6
(5) 4

## 第 5 章 填空题

(1) 按路径放样　按截面放样
(2) Scale（缩放）　Twist（扭曲）　Teeter（轴向变形）　Bevel（倒角）　Fit（适配变形）
(3) 并集　差集　交集和剪切
(4) 9　　Boolean（布尔运算）　Loft（放样）　Scatter（离散）

## 第 6 章　填空题

(1)【Ignore】
(2) Ctrl
(3) Alt

（4）【Mesh Smooth】

## 第 7 章 填空题

（1）点曲线　CV 曲线
（2）结构网格　曲线　从属格线　　　　　3
（3）通用卷展栏　显示线参数卷展栏　曲面近似卷展栏
（4）产生牵引和排斥的效果

## 第 8 章 填空题

（1）创建参数　通过物体修改编辑器　变换　空间变形结合
（2）锁定堆栈　显示最终结果开/关按钮　独立　删除编辑修改器
（3）节点　边界　面　多边形　元素
（4）从修改器堆栈中进入　在 Selection 卷展栏中单击子物体按钮

## 第 9 章 填空题

（1）3x2
（2）热材质　暖材质　冷材质
（3）7
（4）由若干材质通过一定方法组合而成的材质

## 第 10 章 填空题

（1）4
（2）12
（3）Opacity 贴图通道
（4）Self-Illumination 贴图通道
（5）6

## 第 11 章 填空题

（1）6　泛光灯　目标聚光灯　自由聚光灯　目标平行光灯
（2）泛光灯
（3）目标摄像机　自由摄像机
（4）摄像机　目标

## 第 12 章 填空题

（1）Bomb 变形体
（2）Ripple 变形体
（3）6
（4）雪　飞沫

## 第13章 填空题

（1）标准雾　分层雾　体雾

（2）2　背景贴图　大气效果

（3）fireball　　tendril

（4）产生光晕效果

## 第14章 填空题

（1）Make Preview（位于 Animation 菜单下）

（2）World（世界）　Sound（声音）　Video Post（视频通道）

（3）路径限制控制器

（4）朝向控制器

## 第15章 填空题

（1）渲染场景　快速渲染　渲染草图　着色渲染

（2）场景事件　图像输入事件　图像过滤器事件　图像分层事件

（3）衰减　辉光